JN126360

鳩沢佐美夫の仕事

鳩沢佐美夫の仕事　第二巻　目次

まえがき

本書は北海道沙流郡平取町出身の作家・鳩沢佐美夫（一九三五－一九七一）の著作集として全三巻の刊行が計画されている『鳩沢佐美夫の仕事』シリーズの第二巻である。本巻の収録作品はほぼ創作の年代順に配列されている。まず、鳩沢が最初に参加した同人文芸誌『日高文学』（日高文学会）のために書かれた「アイヌ人の抵抗」など習作的な作品群。その後闘病生活を送りながら『山音』（山音文学会）に参加した時代に文字通り自らの命を削って挑んだ自伝的小説二編。最後に、自らが先頭となって日高文芸協会発足の呼びかけをおこなう前年（一九六七年）に綴られた日記「灯」。いずれも鳩沢の人と思想について理解するために欠かすことのできない重要なテキストばかりである。

第二巻から初めて本シリーズに触れる読者のために、編者の企図するところについて、第一巻の「あとがき」に記した内容を一部修正しながら繰り返す形で以下に述べる。

鳩沢佐美夫の名を最も有名にしたのは、彼が主宰する『日高文芸』第六号（一九七〇年一一月）に発表され突如脚光を浴びることとなった「対談　アイヌ」であろう。当時のアイヌが置かれた状況について日本社会の差別構造のみならず同族に対する辛辣な批判も辞さず問題点を鋭く抉り出したこの「作品」は、いわば状況への告発として読まれ、その後の〈アイヌ〉をめぐる種々の社会的な運動を高揚させる火付け役となった。

「対談　アイヌ」発表から一年足らずの一九七一年八月、鳩沢は満三六歳の誕生日を目前にして急逝した。そして皮肉にも鳩沢の名はその死後、彼自身の手を離れて刊行された著作集によって初めてローカルな同人誌という枠を越えて広範囲に、しかし「対談　アイヌ」によって強く定着した「たたかうアイヌ作家」とでも呼ぶべき固定的なイメージとともに流通することになる。死の一年後に当たる一九七二年八月には、「対談　アイヌ」などの評論的な作品や日記、書簡などを収めた最初の著作集『若きアイヌの魂　鳩沢佐美夫遺稿集』が、翌一九七三年八月には、新聞や雑誌の同人誌評で紹介されたことのある「証しの空文」「遠い足音」(いずれも〈アイヌ〉を題材として扱っており、その意味では彼に付与された如上のイメージに合致する小説である)を含む彼の文芸作品を収めた『コタンに死す　鳩沢佐美夫作品集』が、ともに新人物往来社から出版された。また先住民族としてのアイヌの動向が社会的に注目を浴びるようになった一九九五年八月には、さきの二つの著作集の編集を手掛けた内川千裕(故人)が社長を務める草風館から、「証しの空文」「遠い足音」「対談　アイヌ」と当時未公刊であった日記二つを収めた『沙流川　鳩沢佐美夫遺稿』が出版されている。

本シリーズはそれ以来、実に二六年ぶりに刊行が開始された鳩沢の著作集である。あえて現在これを新たに世に問う意義は二つある。

第一に、本巻に収録した『日高文学』時代の初期作品のいくつか、あるいは死後草稿を元に他人の手で補筆完成された「ピラトルの春」のように初めて書籍化されるものを含め鳩沢の作品を網羅的に紹介することで、既往のステレオタイプに収まらない多様な「仕事」を残した表現者・鳩沢の全貌がわかるような構成を企図している点である。もともと鳩沢の死後『日高文芸』の同人たちによって最初に計画された著作集は、鳩沢と所縁のある山音文学会（北海プリント社、北海道豊浦町）から「全集」として構想されていた。本シリーズは図らずもその初志に近いものを目指す形となっている。

第二に、過去に書籍化されたことのある作品を含め、鳩沢自身が書き残した手稿を綿密に分析する校訂作業を通じて、これまで活字として流通してきたテキストに含まれている問題点、すなわち、同人誌なり書籍なりに活字化される段階で鳩沢以外の他者によって加えられた修正や改竄を極力排し、鳩沢が本来意図していた表現を最大限に復元することを試みた、という点である。とくにこれについては、鳩沢の遺族から手稿や日記・書簡等の遺品を譲渡され著作権を含む一切の取り扱いを委ねられてきた盛義昭氏（元『日高文芸』編集人）、および身体に障害を抱える盛氏に代わって実質的にその保存・管理に尽力してきた同氏のパートナーである額谷則子氏、そして筆者（木名瀬）の三者が二〇〇四年頃から協同でおこなってきたそれら資料全体の整理と手稿類のデジタル化、およびその読解という地味ながら長期に及んだ作業の蓄積に大きく依拠している。こうした研究を通じ、私たちは鳩沢のライフヒストリーや作品が生み出される過程など、それまで明らかにされてこなかった多くの事実を知ることとなった。その成果は、二〇一〇年六月に財団法人北海道文学館寄贈資料［特別資料］とした木名瀬高嗣・盛義昭・

額谷則子（作成・編集）『鳩沢佐美夫デジタル文書資料集』、および二〇一三年一二月に刊行した日高文芸特別号編集委員会（編）『日高文芸　特別号　鳩沢佐美夫とその時代』（４９１アヴァン札幌）という形で公にしている。

本シリーズはこの二点を踏まえて編集された初のクリティカル・エディションである。

没後五〇年余りが過ぎ、鳩沢佐美夫の名は今やそれを知る人々の間ですら懐古的な響きをもって受け止められるようになった。前世紀の末期から今世紀の初頭にかけて、国際的な先住民族運動などを背景にアイヌは日本政府からアイヌ文化を中心とした新たな立法と施策を「勝ち取って」きた。鳩沢が絞り出すように言葉を紡いだ重苦しい時代はとうの昔に去ってしまったかのような幻惑を覚える。しかし、施策自体や結果としてもたらされた社会的な関心の高まり（と映るもの）に功罪両面があることも次第に明らかとなりつつある。何より、現行の施策を規定する法律が「尊重」すると謳っている「アイヌの人々の誇り」なるものは、その「誇り」の内実を誰がどのように決するのかという重要な反省的回路を欠いたまま、依然として〈他者〉の威光によって鎧われたコトバで弥縫され続けている。そのような軛から脱するためにこそ、あの時代の鳩沢は「文学という普遍性を命題として、われわれは勇気をもって、人間という全体にこの問いかけをしよう」（「対談　アイヌ」）と呼び掛けた。その思想は〈アイヌ〉という文脈にとどまらず、自らのコトバを〈他者〉の手から取り戻さねばならない立場の人々すべてにとって、今もなお輝きを失っていない。

鳩沢佐美夫の没後五〇年に当たる二〇二一年の一二月末に第一巻を刊行したのち、校訂作業が難航したために続刊の完成が当初計画よりも遅れたが、結果としてその内容が相当に重厚なものになったことを編者として喜ばしく思う。ただし、内面の葛藤を反映した晦渋な表現を随所に含むこれらの文章は、必ずしも読みやすいとは言えないところがある。その意味で、彼の人生遍歴とともに各作品の解題的な情報について記した第一巻所収の拙稿「年譜　鳩沢佐美夫の生涯」は、本巻においても個々のテキストを理解する上での助けとなるだろう。適宜参照・併読していただければ幸いである。

末筆ながら、第一巻に引き続きタイトな工程スケジュールのもと刊行して下さった藤田印刷エクセレントブックスの藤田卓也氏およびスタッフの皆様、そして今回の編集の過程でも陰からサポートをしてくれた盛氏、額谷氏には心から感謝する次第である。

二〇二三年三月　　編者

校訂方針および底本について

　これまで鳩沢佐美夫（一九三五～一九七一）の作品は、最初に『山音』などの同人文芸誌に掲載、さらにはのちに『若きアイヌの魂　鳩沢佐美夫遺稿集』、『コタンに死す　鳩沢佐美夫作品集』などの図書に収録される際、編集者などの他者による加筆や修正・改竄を経て世に出たものが少なくない。その結果、作品理解にとって致命的な誤謬が刻み込まれてしまったテキストも中にはある。この点については、第一巻所収「年譜　鳩沢佐美夫の生涯」の「備考欄」で、個別の作品が書かれた状況等について記しているので参照されたい。

　こうした事情に鑑み、本書は収録作品の校訂にあたって、他者による干渉の痕跡を可能な限り排し、鳩沢自身が意図したテキストそれ自体をよみがえらせることによって、表現者としての鳩沢佐美夫のよりリアルな姿に迫ることを目指した。

　鳩沢自身による浄書原稿が現存するものについては、先述の『鳩沢佐美夫デジタル文書資料集』に収録されているデジタルデータを底本とし、草稿が現存するものについてはそれも参照対象として活用した。とりわけ第一巻所収の代表作「証しの空文」をはじめ、鳩沢が旺盛な執筆活動を展開した『山音』時代の作品については、鳩沢に多くの助言を与えた編集人の出堀（でぼり）四十三（しとみ）（一九一二～一九七〇）が、鳩沢の書いた原稿に上書きした筆跡を多数残している。この時代に書かれた本巻所収の「遠い足音」「（続）遠い足音」も例外ではない。とりわけ「（続）遠い足音」は後述するように、鳩沢が病態悪化によって自ら完成させることを断念し出堀が補筆完成させた作品である。こうした事実は原稿それ自体の精査に加え、当時出堀が鳩沢に宛てて書いた書簡を検討することで判明した。

　いずれにせよ、同資料集に収めた高解像度のデータは、こうしたテキスト中の問題含みの箇所を丹念に分析し鳩沢自身の筆の跡を復元するという難度の高い作業において大いに役立った。また、鳩沢の肉筆による原稿が現存しない作品については、より鳩沢自身が書いたオリジナルに近いと考えられるテキストを底本とした。いずれの場合も、別媒体に掲載された異稿と比較しつつ、現在の読者にとっての読みやすさもある程度は担保されるよう考慮した上で校訂稿を作成した。

原則として、底本とした稿に明らかな誤字および文法的な誤りがある箇所については、比較対象とした異稿で採られている修正、あるいは出堀など他者によって原稿に書き込まれた修正を採用するか、二〇二三年現在において正しいとされる表記に改めた。それ以外の、通常用いられない語や言い回しだが明らかな誤りとまでは言い難い箇所、さらにはそのままでは意味がわかりづらいものの置き換えるべき言葉を一つに定められないような箇所については、鳩沢が自分で書いた表現をそのまま用いた。

送り仮名は、可読性が損なわれない範囲でできるだけオリジナルの表記を保つよう努めたが、今日の標準的な漢字ひらがな混じり文の表記法に照らして破格の度合いが強い場合など、個別に判断した上で、修正された異稿の表記を採用した箇所も少なくない。漢字のルビは、本シリーズでは鳩沢自身が付けた字以外には付けていない。句読点についても、明らかな誤用を改めたほかは、ほぼオリジナルのままである。ダーシおよび三点リーダーはそれぞれ二倍で統一した。

各収録作品の底本は、以下の通りである。

入院雑記の内よりその一　嫉妬
入院雑記の内よりその二　暗い診断

初書籍化。底本は『日高文学』4号（一九六〇年一〇月）掲載版。元々これらは鳩沢が平取町立病院に入院中の一九五八年一〇月二三日と一一月七日の日記に書いてあった詩であるが、当該日記や浄書原稿などは一切現存しない。

アイヌ人の抵抗
初産を終って

底本は『日高文学』5号（一九六〇年一二月）掲載版。いずれも浄書原稿や草稿は現存しない。「アイヌ人の抵抗」は同号の特集「日高の諸問題」のために「アイヌ人問題」について書くことを編集責任者の須貝光夫が鳩沢に依頼し、それに応える形で書かれたもの。鳩沢が同人文芸誌のために書き下ろした作品としてはこれが最初である。「初産を終って」はその末尾に付された小文。「アイヌ人の抵抗」のみ『若きアイヌの魂』に収録されている（誤記・脱落の箇所がある）。この時期の鳩沢はまだ作文に習熟しておらず、随所に用字用語の乱れや文意を解しにくいところがあるが、改めたのは明らかな誤字のみにとどめた。なお、一九六一年六月一一日に鳩沢が「アイヌ人の抵抗」を朗読した肉声がオープンリールテープに録音されており、校訂に際してはその音源も参照した。一二頁の四行目「挙援」は朗読では「きょじゅう」と発音されている。

颯然たる論（騒）『アイヌ人の抵抗反省記』

本来は『日高文学』に投じようとして一九六一年二月から三月にかけて書かれたものであ

るが、同誌が六号（同年三月）を最後に刊行されなくなったことから、鳩沢の生前に未発表のまま残された作品。原稿用紙に浄書された原稿が現存するので、それを底本とした。『若きアイヌの魂』が出版された際に収録されたが、その際のタイトルは「「アイヌ人の抵抗」反省記」。その編集過程でのものと思われるが、須貝光夫による書き込みが浄書原稿に散見される。

コント　十円玉
コント　いやな感じ

初書籍化。底本は『日高文学』6号（一九六一年三月）掲載版。浄書原稿や草稿は現存しない。「コント　十円玉」に登場する療友の「長谷氏」は、のちに「ピラトルの春」となる草稿にも同じ名前で登場する。

遠い足音
（続）遠い足音

底本は浄書原稿。『山音』38号（一九六四年七月）・39号（同年九月）掲載版および『コタンに死す』版（二つを合わせて「遠い足音」として収録）のほか、のちにこの作品となる下書き段階の草稿が二バージョン（それぞれ四九枚、五四枚）現存しており、それらも参照しながら校訂した。前半（第三章まで）に当たる「遠い足音」の浄書原稿（表紙を除き、本文一〇九枚）は鳩沢自らの筆跡で書かれたものではなく、誰か別の人物に浄書を依頼したらしい。鳩沢は当初「なんだか知らないけど」という表題を構想していたが、『山音』38号用の浄書原稿が出堀四十三に提出された時点では表題が付されてなかった。これに「遠い足音」と命名したのは出堀である。後半（第四章以降）の「（続）遠い足音」は、八七枚に及ぶ浄書原稿のうち七五枚目の途中（一六六頁の四行目）までを鳩沢自身が書き、それ以降（つまり第六章の後半）は彼の病態悪化によって執筆の継続を断念、出堀が引き継ぐ形で掲載に漕ぎつけている。当時出堀が鳩沢に宛てて書いた書簡によれば、『仰げば尊し』の歌詞で終わる幕切れ（現存する下書き段階の草稿ではここに『蛍の光』が用いられている）など鳩沢自身が最終段階の草稿で書いた内容に概ね基づいているようであるが、一方で例えばアイヌの少年秀雄に関するくだりなど、鳩沢が書いていた草稿の断片を出堀が本文に入れ込んだらしき箇所もあり、その意味でこの作品は出堀によって補筆完成されたものとして見るべきであろう。

出堀が浄書した部分（一六六頁の五行目以降）は一部誤字などの箇所を除き出堀による表記をそのまま用いているが、それ以前の部分については「遠い足音」「（続）遠い足音」とも、鳩沢が書いた浄書原稿に出堀が手を入れた箇所は基本的に鳩沢自身が元々用いていた表記に戻してある。時系列的にみれば、「遠い足音」が出堀による修正を経て『山音』38号に掲載されたのち、鳩沢はその表記に合わせる形で後から「（続）遠い足音」の浄書に取りかかっている。そのため、前者をオリジナルに復することによって後者との間に表現上のズレを生じる箇所がある（例えば、担任教師の表記は「遠い足音」では「奥山」、「（続）遠い足音」では「奥山先生」となる）。本シリーズでは鳩沢が自ら浄書段階で書いた表現を優先する方針を採っているため、あえて両作品の間のこうしたズレを整えずそのまま残した。なお、第一・二・四・五章の註はすべて鳩沢自身によって付されたものである。

ピラトルの春

初書籍化。底本は『山音文学』60号（一九七三年四月）掲載版。鳩沢の死後に遺品から発見された草稿を元に、当時『山音文学』の編集人であった木村南生が補筆完成させ（これを依頼したのは須貝光夫であった)、「ピラトルの春」の題を与えて鳩沢佐美夫の名で発表した。草稿(一〇五枚)は現存しており、完成稿と比較対照してみると作品の基本構造としては一応出来上がっていることがわかる。文中の小見出しは木村が付したもの。『山音文学』版の印刷には誤植や脱字が随所に散見されるが、そのような箇所は草稿を参照することで一通りの校訂が可能であった。

一九六四年に鳩沢が各方面に送った年賀状には「今年は一生県(ママ)命勉強して「なんだか知らないけど」(百枚)と「白樺」(約百五十枚)などを発表したいと思っております」という一文が印刷されている。このとき「白樺」と呼んでいたものの原型が本作品の元となった草稿である。体裁などから、のちに「遠い足音」「(続)遠い足音」となる草稿(「なんだか知らないけど」)と同じ頃に並行して書き進められていたものと推測される。

内容は一九五八年頃からの平取町立病院入院中に書き溜められたノートに基づくとされる。主人公の多賀光一(モデルは鳩沢自身)と同じ結核病棟の入院患者であった人妻・戸島澄枝との恋愛という題材も実際にあった事実であると言われてきたが、一方で五年に及ぶとされる光一(=鳩沢)の入院期間や、結末で自宅療養の道を選択して退院するという彼の行動が実際の鳩沢の年譜と符合しないことなどに鑑みれば、鳩沢がこの作品で少なからずフィクションを含んだ創作を企図していたことが窺える。とはいえ、草稿の最後は完結しておらず発表に至ってもいないことから自身ではその出来に飽き足らなかったとみられ、「遠い足音」「(続)遠い足音」の発表後も引き続きこの作品を完成させようと試みていたが、最終的にはそれらノートを焼却するという形で断念された。

灯

赤い表紙のノートに綴られた日記（一九六七年一月一九日〜四月一二日）。「灯」の表題はその表紙に書かれている。ノートが現存するのでこれを底本とした。『若きアイヌの魂』に収録されており、そこでの表記を採用した箇所もあるが、おそらくは原稿に起こした際の書写ミスと思われる脱落が散見されるなど同書所収のテキストには問題がある。右手中指の切断（一九六六年九月）や病院からの失踪（一九六七年一月）という謎多き行動を経たのち精神の「整い」へと向かう過程で書かれたという事情もあり、日記の内容はいささか難解であるが、「自然の善」を中心とした宗教観など鳩沢の思想が語られる際にしばしば言及されてきた重要な「作品」である。

なお、本書に収録されたテキストには、少なからず差別的な表現が含まれる。これを曲げることなくそのままの形で復刻するのは、そうした差別が鳩沢自身の経験した歴史的事実であり、当該時代の状況や社会構造について多くの示唆を与えるものであるからだ。当然ながら、この復刻は差別の再生産を企図するものではなく、ましてや文脈を違えた恣意的な切り取りや悪用のために供されるものでもない、ということをあらかじめお断りしておく。

『日高文学』時代の作品

入院雑記の内よりその一　嫉妬

あゝ、、、見たくもない芝居。
早くやめてくれ、幕だ幕だ、
俺はたまらない、もうこれ以上はたくさんだ。
君達は職業役者かも知れない、
だがあまり孤独さを刺戟しないでくれ。
　何、勝手だって、
　お前にはやめらす権利がないって、
否、俺だってそんな事ぐらい解っている。
しかしあの愚劣な野郎が哀れじゃないか、
何故あんなに苦しますのだ。

そうか、、、、、、。
君達は職業役者、、、。
そうだ、何も関係がなかったんだね。
フン、俺はやはり莫迦か、
君達が生きるために真剣に行う芸術を見て、嫉妬し悩み煩悶している、そして自己を侮蔑している。
俺はなんたる愚か者なんだ。

君達は羨しいよ、
内面と表面を使い分ける事ができるから、
俺にはそれができないのだ、
ね、頼む、教えてくれ
どうすれば君達のように偽装した名優になれるんだ、
俺は心を誰れにも見せたくないのだ。

（一九五八・十月二十三日）

入院雑記の内よりその二　暗い診断

人間感情を捨てねばならん
生きる屍でなければならん
孤独に泣かねばならん、
現実を狂わねばならん

今日の俺は狂いそうだ、
自己を見失う
俺の微弱な命を探る運命の神よ、
少し、少しで宣いから生きる道を照してくれ。

苦難は覚悟している
だがいくらかの希望を持たせてくれ、
夢を破壊しないでくれ
そうでなければ白痴(ばか)にしてくれよ。

俺は無知なポン助でありたい。
俺はどうすればよいのだ、
たった、たったそれだけなのか、
生きる事、生きればどうにかなると云うのか。

(一九五八・十一月七日)

アイヌ人の抵抗

南アのフルウールトイズムや、米国の黒人偏見などが世界的批判をあびている今日、幸いにして我が国には可様な気違い共がいない。

しかし、明治三十二年三月二日設定の法律第二十七号の旧土人保護法なるものは、いったいなんであろう。平等を主義とした憲法もある今日、間接的には人種差別の憲法違反ではなかろうか。

勤労意慾もとぼしく、非科学的アイヌ人保護には、一ツの手段であったのかも知れない。だが今日も厳然と地上権問題などでは、その効力が実在している。勿論、現代も地上権売却には、生活的問題も連って来るが、最早その自主性に委ねるべきであろう。

同法の第二条には、北海道長官ノ許可ヲ得ルニ非セレバ地役権ヲ設定スルコトヲ得ズ。又同法第十条には、北海道長官ハ共有者ノ利益ノ為ニ共有財産ノ処分ヲ為シ、又必要ト認ムルトキワ、其ノ分割ヲ拒ムルコトヲ得。と昭和二十二年四月一日改定施行された法律などあるが、これなど新憲法設定後の法案である。今更憲法十四条を言々するものではないが、当然保証されている筈の平等の権利が迫害されている。

明年度を初年度として、五ヶ年計画による旧土人環境改害策なる道の厚生施策があるようだが、これとて、旧土人の名のもとにアイヌ人を無視し利用した予算化要求である。

　昭和三十五年七月二十三日道新発表の、初年度事業七千九百五十四万九千円の明細事項の中に、共同井戸、炊事場、作業場、浴場、隣保館、など共有施設の設立があるが、その不備の根拠となった実態調査にそもそも問題がある。

　私は、この原稿執筆に当り道内でもアイヌ人口のいちばん多い平取町、町役場厚生課を尋ねて見た。私自身アイヌ人でありながら、その実態を全々知らなかったので統計的参考を認知すべく訪れたのだが、その時、前記発行の道新を突きつけられた。要を得ぬまま平取町のアイヌ人統計を要請した私は、係員の答に唖然とせざるを得なかった。人口総数一万四千程度の平取町で、アイヌ人口二千五百の実態も不明確であるのだ。何一ツとして統計的なものはあり得なかった。係員の困惑した表情は、あくまでも推定人口を強調し、偏見差別のないことを説いていたが、旧土人環境改善策なるものの本質を正すことができた。それによると、一般困窮者もその対象として含め、人口指数を「フッカケタ」と豪語するに及び、全道一万七千六十七の人口も全く不明確なものであることを指摘した。このような人口推定の中から、市町村税非課三〇・九％、生保世帯一〇％の困窮者統計も出現するのであろう。事実アイヌ人に、これ等対象となる家庭も見受けるが、何も事、アイヌだけに関した問題でなかろう。時折り採光、通風不良の板窓とか、風俗習慣による生活環境など問題点として指摘されるのだが、これ等は極く稀な一例である。これを一般的通例として認知せられるような、道庁発表のアイヌ人実態は、全く無責任極まりないものである。

これ等の問題に関運して、私のアイヌ意識を刺激する点が多々ある。

今日、アイヌ問題をテーマとした作品も相当出ているが、著者が深造自得し真に民族的問題を探究する熱意があるのか、どうか。単に、宗教風俗等の生活様式の異質さのみを羅列するのでは許されない。特に人種として、大きな層を相手にしての倫理性を強調するのであるから、当然その責任を確立すべきであろう。二、三の小説を例にとっても、昔代の蛮人本能を肯定するが如き、人物描写をしているが、これ等は無責任な意識的作品である。

現代アイヌ人の劣等、抵抗などの問題は、過去の蛮人本能の無知性を嫌厭し否定する結果なのだ。その根本的問題を無視して、宗教風俗等の異質さのみをフイックション化し、その糧を意識するが如き作品は、強く責められなければならない。

その具体的例を上げるなれば、石森延男のコタンの口笛、これは未明文学賞受賞作品だが、その中の各節にこれ等の問題点が指摘される。この著者は、昭和女子大で教鞭をとり、アイヌ問題も相当研究された方のようだが、アイヌ人認識の客観性がない。ここに無責任な意識的作品の批判があるのだ。道徳的観念論も通俗読物なら必要がないであろう。しかし、著者の意図する偏見矯正でアイヌ人の現代を描こうとするのなら、あくまでも文学的信念で昔代思想を探究して欲しかった。著書の前後に、この書を恩師矢沢邦彦先生と、長女みちの霊に捧ぐ、この書を手にされたらなんと云われたであろう、この物語りを二者の霊に捧げる気持は、ひとしく全国の少年少女の皆さんと、その家庭に捧げる気持でもある。と列記されているが、この事実は大成をなした著者の感傷的陶酔だけであろうか、おそらくそうではあるまい。創作に取り組む時すでにその弔い心があったのだ。不明確な数と云えども、現在一万七千からの人口を擁するアイヌ人のシムーン的抵抗を、二者の霊に供物として、強いては営利化を計った意識的作品と云われるであろう。その場合アイヌ人の抵抗を意識したではあるまいか、その結果、マサ、ユタカ姉弟に現代的知識の挙援となり、その妥協を計ったのであろうが、これだけでは問題の解決にはならない。

マサ、ユタカ姉弟に現代的知識を与え、尚かつ昔代認識をも与えた結果、著者の意図する偏見除去の問題点が疎外されてしまっている。アイヌ人の何が偏見の対象になるか、そこに問題点がある筈だ。マサのクラス内に盗難事件を起すことにより著者のアイヌ観を出している。それによると、皮膚、毛、髪、骨、体臭ゆえに偏見されなければならないと、肢体にとらわれた認識論のようだがこれが根本問題ではない。偏見されなければならないアイヌ人の抵抗は、容姿のみの単純なものでなく、あくまでも過去の蛮人的無知性にあるのだ。

著者のこれ等を無視したアイヌ認識は、イカンテ（マサ、ユタカの父）の葬儀にも、ユタカの級友刺殺計画にも、蛮人本能を髣髴させているが、これ等は当然偏見されなければならない非現代的問題である。その解決を和人批判には向けてはいるが、石の上に種を蒔く如く、実に不調和な印象が免れず、全体的内容に偏見除去の問題が抽象化されてしまっている。

この批判は、アイヌ人なるが故の感情論でなく、私自身、アイヌ人の隘路彷徨的、抵抗劣等などの問題をフイックション化しようと計る結果の真摯な探究理論である。今日、和人といくら同化しようとしても、まだまだ幾多の障害がある。アイヌ人種としての稟性的劣等感は、如何にしても拭い難き問題であり、非常に偏狭で無意識的隘路彷徨でもある。

今日郷土研究、あるいは民芸品の名のもとに、各地のアイヌ部落に訪問者が絶えないが、これについても言及する。

先ずアイヌ人の見世物興行的状態に一ツの誤謬がある。真に祖先の宗教風俗等の伝承に及ぶのなら、アイヌ民族としての象徴的威厳を保ってもらいたい。昔代のサンプルを売り物にして、各地に居住するアイヌ人達は、適確な理性を欠くように思われる。これ等のアイヌ人の中には、真にアイヌ民族研究に助援する者もいるが、アイヌの影におびえるアイヌ人として、常に同人種からの反感を意識するであろう。この問題は、名勝なくして観光化されている現状にあるのだ。真の民族研究者以外は受けいれるべきでない。見世物意識で、バスを連ねて、ゾロゾロ来る人達にアイヌの何を見せて誇るのだ。結局、蛮人時代のサンプルを見世物とするより他はないであろう。この論旨にも指摘されるように、まだまだ劣能民族として、誤った潜認感があるのだ。アイヌ人の宗教的祭典なら、独自で行うべきであって、観光協会とか其の他興行者との共催は絶対避けるべきである。現在のままの状態ならいつまでたっても偏見は、取り除くことができないのである。

又真に、研究を志す者でも既刊の参考書物があろうが、それ以上求めて今日、アイヌ部落を彷徨したとしても、最早その収穫はあり得ない。アイヌ人を最初から昔代のフィルターで見るのなら別であるが、人間として、人権を尊重する意思があるのなら、無意味な徒労をせぬがよい。私とて真面目な研究者への協力を惜しむるものではないが、アイヌ人としての本質的なものは何もない。もしあるとしても、書物の中から取得した頑な観念論だけであるのだ。

初産を終って

ながいながい陣痛、来る日も、来る日もこの苦痛に悶えなければなりませんでした。一ツの生命を創り上げるのに当然の過程でもありましょう。しかしこれ程まで苦しいとは思って居りませんでした。連日の苦しさの汗と油で汚れた紙くずは、私の産床のまわりに山となり、その中に私は悶え苦しんでいたのです。

今は、何も申上る気力もございません。

ただ、本当に苦しかった、の一言です。

助産婦の須貝さん、中原さん、そして、付添の島野さん、ありがとうございました。心から御礼を申上ます。あなた達がいなかったらこのみにくい子の姿でも、私は見ることができなかったでしょう。

初産故の恐怖心は、ともすれば私を死に追いやる程でした。親としての責任感、奇形児を生み嘲笑されることのくやしさ……今にして思えば、いらぬ思惑もずい分ございました。

懐妊した以上、生むのが親の責任、義務でしょう。たとえ悪魔の誕生でも神聖な稚児の内、いくらでも矯正の道はあるでしょう。

私の病弱なこと、生むだけの体力のないこと、そんなことを泣きごととして、私は堕胎しようとすら計ったりしました。しかし助産婦の須貝さん、中原さんの励ましや、島野さんの看護などで、やっと初産を終えることができました。この喜びは、あの苦しい陣痛を経験した者のみが起る、幸福感、陶酔感です。

剽軽で、チッポケな子供をば、可様に愛撫する親バカを、お笑いなされる方もおありでしょう。だが私は、誰れはばかりもなく、吾が聖なる魂をば誇ります。この子に欠点、不備がございましても、私の最大の念願であった化身なのですもの、誰れに遠慮がいるものか。みにくい吾が子なれども、その根拠なく潮罵するのでしたら、絶体許しません。しかし、誠実にこの子の不備や、傲慢さを御指摘下さるのなら、親としてこんな生きがいはございません、喜んでお受けいたします。親として、吾が子可愛いは世の常、今度こそ、躊躇せず反論し、不備の補いは弁護します。

微弱な私の体故、この子を育てて行くだけの母乳を与えることができないでしょう。日高文学の兄姉殿、吾が子育てる乳液の糧をお与え下さい。その義務として、吾が子成長の御報告はお約束いたします。

この度の初産を見て、大の認知と、子の性格はお分り下されたでしょう。しかし、親子であってもままならぬはその性格、育ち行く吾が子に翻弄されるかも知れません。又親として、過剰な権力をふるうかも知れません。これ等を御容認の上、一ツの生命の誕生を、慈愛の眼で、お見守り下さい。

日高文学の兄姉殿、遅ればせながら、初産の御報告を申上る次第です。（一九六〇・十・十四日）

コント　十円玉

煩しい師走風は、感情のあるところならどこにでも、遠慮なしに吹いて来るものらしい。獄舎住いの如く殺伐とした病院生活を送り、年内退院のメドのない患者達にも、喜の常の如くこれだけは平等に分かちられる。

歳暮の一瞬まで——あといくつ寝たら?……と、指を折り続ける稚児のように、早くその日の来るのを待つ患者達は、と、ある小さな田舎病院の結核病棟にも、いっぱい満ち満ちていた。それは退院の一ツの暗示でもあるが、医師の許可により晴れて帰宅し、家庭の懐襟に抱かれる喜びと、虚美の中にも今年こそ!といったあわゆい希望も新たに湧いて来るからでもある。

鳩君もその中の一人であるが、医師から一週間の外泊許可をもらうことができたが、家も近いので三十日帰宅と決めていた。だが同室の長谷氏は、病院から六時間もバスに揺られなければ着くことのできない山村の街地に自宅を有していたので、二十九日と決めていた。お互いその日の来るのを待っていたのだが、いよいよ長谷氏の帰宅する二十九日が当来した。

その日は朝から長谷氏がてんで落着きがなかったが、それも最愛の妻子の待つ内懐を早くも意識してのことらしい。あれこれおみやげや、手持品などまとめたりして、あわただしく動きまわる長谷氏を見て、鳩君も何かと手伝ったりしていたが、停留所まで送ろうと、手荷物を持ち連れだって病院を出た。

寒威にすつかり陵駕された自然は雪もなく、二人の足音をカチカチと軽ろやかに迎えていた。ほどなく街に出たが音響の悪いスピーカから流れる大売出しの広告も、がめつく目につく商魂たくましい看板も、シヤバの現実の姿として、二人にはそれ程苦にならなかった。

先ず本屋へ入って、子供へのプレゼントとして、いろはかるたと、えほんを長谷氏は買った。〆て百九十円也と女店員に云われて、長谷氏は二百円を出したが——おつり——と差出す十円玉を手で制して、「いいですよ、いいです」と気前良く受取らなかった。

それから妻君への贈物として、調味品など買いに食料品店に入ったが、家庭人らしく正月向きの高級な品を二三買ったが、〆て五百八十円、デッチの荒れた手に六枚の紙幣をのせて、「おつりはいらないよ」と事もなげに言いはなった。鳩君は、あれ！と腑に落ちない複雑な表情をした。さっきも十円玉を受取らなかった。そして、今もつり銭の二十円を受取らない長谷氏、……鳩君は帰宅するのに、バス賃二十五円、つまりあの三十円があれば、五円のおつりさえあるのに、……何故受取らないのであろう。鳩君は幼くして病弱であり、すべて細やかに考えるのだが、いずれにしてもつり銭をもらっても悪くないだろうに、……と思ったが、その時いつか長谷氏が「買物にいって、五円や十円のつり銭をもらうのが大人気なくてなあ……」と述懐したことを思い出した。そうだあの気持だ！……鳩君はとたんに気が滅入ってしまった。

がんらい三十五歳にしてはすごく若く見える長谷氏だが、それも色白で鼻の隆起が魅力的であり、美男子の列に属する彼氏には非常に派手好きであり、そして人一倍強い虚栄主義者でもあった。長谷氏より十歳も若い鳩君だが、一緒に並べばさほど年齢的ギャップは感じられない。先ずマスク的に最早鳩君は威圧されてしまう。それにプンプン漂う香水の甘い香り、無精髭を剃り落さない鳩君が側にいるのも気がひけるほど、どこから見てもすべて整った完全なる紳士である。

食料品店を出てから、皇室の古い愚かなる習しの如く、半歩程遅れて、鳩君はとぼとぼ長谷氏にしたがった。街へ出るまでのように、いろいろくったくのない話しはもう鳩君にはできなかったが、それが当然だと言わんばかりの長谷氏の態度に、今日ばかりは小僧らしい、そして嫉妬すら感じた。

と、また呉服店に入ったが、五歳の男児用の帽子を長谷氏は品選びをして、やっと買ったが、奇しくもそれも百九十円であった。長谷氏はまた二百円出したが、とたんに「おつりはいらないよ」と鳩君が代って叫びたいほどいらいらしたので、トットと先に店を出てしまった。案の定つり銭を受取らず長谷氏もすぐ後に続いた。

もうすぐ停留所であった。

長谷氏は時計を見て「十二時十五分か――まだ時間があるな……鳩ちゃんパチンコやろう――」と、先に歩く鳩君に声をかけた。バスは一時発だからまだ時間はあるが、鳩君は残念ながら金を持って来ていなかった。長谷氏を見送りそのまますぐ帰院するものと決めていたので、うかつにも街へ出るのに金を持たないで来てしまったのであった。しかし長谷氏は先になり、停留所近くのパチンコ店〝ホームラン〟に入ったので、鳩君も手荷物をぶらさげたまま不承不承にしたがわなければならなかった。

狭っ苦しい店内は、たばこの煙や、人いきれでムーッとしていた。玉売場の前に荷物を置くように指定されたので鳩君はそこに手荷物を置き、店内を改めて見まわしたが、三十五番がいちばん最後にあり、十、二三人の人達が県命にバネを弾いていた。その時長谷氏が軽く肩を突くので振り返ると、受皿の玉を指して、自分は玉売場のすぐ側の機械に取り組んでしまった。鳩君は指定されるままにそれを両手に受けて、機械を物色したが、長谷氏とは反対の方向の機械に向って、丁寧に一発一発弾いていた。

しばらくしてから肩を突かれたので、振り向くと長谷氏が立っていた。そして玉売場の下の方を指して「あそこに十円落ちている」と言ったので、その方に目をやるとたばこの空箱や紙屑の中に十円銅貨が認められた。何んのことはない鳩君はそれを拾いに行ったが、丹念に弾く玉はけっこう小気味良い音を立てて受皿にたまるので、鳩君はすっかりその方に気をとられていたので、その十円玉を無造作に拾い上げてポケットに入れてしまった。そしてまた機械に向っていたのだが、その内時間が来たと見えて、長谷氏が鳩君の側に来て「俺もう時間だから行くから、まあ達者で、また正月から顔を合そう……」――「いやぼくもバスのところまで……」と、言ったが長谷氏は受皿を見て、「いやかまわんかまわん、そんなにたまっているんだものやれやれ、わずか一週間の別れじゃないか、そんなに固苦しい見送りもいらないだろう」と、鳩君の持った手荷物をとって、「元気で……」とニッコリ微笑んで出て行った。

外に出るともうバスが停留所の前にいたので、長谷氏は急がなければならなかった。待合所のバス券発売窓口に立ち「山村学校前まで」と言いはなった。すぐ係員は「五百十円」と事務的に答えたが、長谷氏は心得たり、とばかりに左側のポケットに手をつっこんで紙幣をつまみ出した。が？百円紙幣はたしかに五枚あるが、十円玉がない。空っぽのポケットに五百十円を入れて、他の金は右側のポケットに入れ、いろいろ買物をしたが、百円残っていたので鳩君を誘ってパチンコ店に入ったのである。それでちょうど待ち合せの金は全部使いはたし帰りのバス賃だけが左側のポケットにあるかんじょうであった、のだが……？おかしい、たしかにあったのだ。もう一度ポケットに手を入れたが狭い袋の中、どこにも十円玉の隠れる場所などあろう筈がない。上着ズボンオウバアーとありとあらゆるポケットをさぐって見たが、やはりどこにもない。「五百十円ですよ」と、もう一度窓口から声がした。長谷氏はいよいよあわててしまった。パチンコ屋でたしかめた時五百十円あったのだから……あーっそうだ、鳩君に教えて拾わせた十円玉、あれ俺のだ、と思わず叫びそうな衝動に駆られた。長谷氏はあの時五百十円をたしかめてから、ポケットに戻す時、不埓にも謀反を起した十円玉を知らなかった。それっ！と、八メートルほど離れたパチンコ店をめがけて疾走した。が、テイベイーとして肺活量のない悲しさ、はあはあ息を荒くして、パチンコ店に飛込んだ。鳩君はまだ機械と取り組んでいたが、バス発車のベルにせかされる長谷氏は、乱暴に鳩君の肩を突いた。キョトンとする鳩君の顔に突きつけるように手を出して、喘ぐ息の間一声、

「十円玉――」

コント　いやな感じ

日高文学第四号合評会に、平取からはるばる浦河まではせ参じる鳩君、小雨そぼ降るプラットホームを後にして、あわただしく車内の人となった。喫煙や人温でムッととする車内は、少し混み合って通路にも疎に立つ人もいた。だが窓ぎわに若い娘さん二人向い合って座り、その一方に五十歳ぐらいの小母さんが掛けるボックスに一人の空席があった。しかしそこには雑誌や包み物が乱雑に放り出してあり、誰れかが座っている風でもあった。浦河まで約三時間、立ちんぼもゆるくないと鳩君は思ったが、席の主がちょっと立ったのかも知れない、と遠慮してその側に立っていた。だが次の駅近くになってもその空席の主は現れなかった。合評会に臨む鳩君、自分の不勉強を列車内でおぎなおうと思っていたのだが、立ったままではどうしても落着いて読むことができなかった。なによりそこにある空席が気にかかってならなかったのである。雑誌や包み物も窓ぎわにいる娘さん達の持物らしく、そこから何かをとって食べながら楽しそうに談笑している。鳩君は、意を決して娘さん達に問い正すことにした。

「あの、ここ空いておりますか?」

「――」

だがかの娘さん、鳩君を一瞥して雑誌や包み物を膝の上に寄せかえただけで返事もしなかった。そんなことはどうだっていい、鳩君は座れれば文句がないのだ。鳩君は座ることができてほっとした。

三号まで発刊できまいといわれていた『日高文学』も、ガリ印刷当時と全く見違えるほど外装もととのって四号を手にし、五号創刊を目前にすれば、自と鳩君は真剣に勉強する気になるのであった。どんなにつまらん小文でもいざペンを持てば、そうとうの勇気と努力の要ることを知って、鳩君は同人誌の意義を新たに見い出し愛着も深めていた。疾駆するデーゼルカーの響も周囲の雑騒も鳩君は無関心に、『日高文学』の中に浸り何かをつかんで皆んなをびっくりさせるんだ、と、同人の面影を浮べ同じ節を何度も読みかえしあれこれ批評をめぐらしていた。だがこんな鳩君の緊張は、側の娘さん達のとてつもない笑声に破られてしまったのである。

「プッ……ホホ……」

「ハハ……フフ……ヒヒ……」

鳩君の横の娘さん達は、さもおかしそうに笑いこけていたが、どちらも二十歳前後の健康そうな娘達であった。お互い足をのばし相手の座席に渡しかけ、その上に包みを広げておにぎりを食べていたが、一方の娘さんの口のまわりにごはん粒がついた、とかで笑っているらしかった。

「フフ……いやな感じ」

「……あまり大きい口で食べるからよ」

と、仲の良い笑いに鳩君、一瞬気をとられ雑誌を伏せてしまった。

マンボスタイルで細いズボン、グリーンのセータ、水玉模様のスカーフと、どちらも似たような服装をしていた。のばしきりにのばした彼女達の足は、細いズボンの足首のチャックを割って素肌を見せていたが、鳩君の横に座る娘さんの脛などおそらく鳩君の二倍はあろう。鳩君は思わず、自分の細い足を座席の下に折りたたむようにしてしまった。

頬にごはん粒をつけて笑われた娘さんは、スワ一大事、とばかりにコンパクトを出していっしょうけんめいパフを叩きつけている。一方鳩君の横の娘さんは、そんなことにも無頓着につまむようにしておにぎりを口にはこんでいる。鳩君が車内に入った時、すでに何かを食べていたがそれから五ツか六ツの駅を通過しているのに、その間ずうっと食べ続けである。

天高く馬肥ゆる秋、である。

人様の食欲をとやかく言いたくないが、胃腸のあまり丈夫でない鳩君、彼女達の旺盛なる食欲に目を見はった。そんなにお食べになっては胃が破れますよ、と注意してやりたいぐらいであったが、それより身につけている衣装の方が破れそうである。二人共肢体にくいこむようにぴったりした服装であるが、全く、はちきれんばかりに思われた。――スカーフを三角にして頬冠りするのはよいが、ハンカチぐらいの小さな布切では、耳も半分出ているし後頭部はまる出し、あご下にそんな固いふさな結び目をこさえては痛くないですか?。それと、あなた達の健康な美しいお肌に、なぜそのように濃いお化粧をなさるのですか?、あなた達のお肌は、病み持つ人のように精気がございません。それに、そんなに濃いアイシャードをなさっては、下流呑屋の堕落した女にも見られます。それにまだあるんですよ、それはネ、淑女としてのたしなみをあなた達はお忘れのようですね。そんな細いズボンから膝小僧が出るほど足をのばし、お互いの座席を占領しておりますが、そんなかっこうでお食事をなさっては見苦しいものですよ――と、鳩君は、心の中の娘さん達に語りかけていたが、こんなことはいっこうおかまいなく、彼女達はペチャペチャお喋りをしながら食べ続けている。そのお喋りの中によく、俗語「いやな感じ」が連発されていた。

「ちょいと、福田さんね、明日二人で山へ行こうって、いやな感じ」

「え、あの福田さんが、いっさ、まあ、いやな感じ」

てなぐわいである。

その内、食べ物もなくなったと見えて、彼女達の口の動きがだんだん少くなった。何も食べない時こそお喋りをすればよいのに、と鳩君は思ったが、彼女達は口の動きを有効に利用しているらしかった。どうせ口を動すのだから、食べる方も喋る方も一緒にした方がばんじ都合がいい、かつ経済的である。

一方の娘さんは週刊誌を読みはじめ、鳩君の横の娘さんはガラスに顔を寄せ移り行く風景を見やって、ちと静かになった。が、やがて、鳩君の横の娘さんがたいぎそうに、かの偉大なる〝お大根足〟をひっこめ、

「あら、いやな感じ、早く着かないかなー」

と、言って背のびするように立ち上った。

席を離れる風でもあったので、?オトイレかな、と思いのほか、鳩君の方を向いて直立の姿勢をとり、しばしきょろきょろ車内を見まわしている。

その時、「ホップ……アワワ……」おっとあぶないあぶない、可様な時こそ冷静になるべきである。と、鳩君は吹き出しそうになったのを、ようやくやっとのことで呑みこんだ。だがこの笑いの玉は腹の底でコロコロしている。それもその筈、彼女の肢体にぴったり布をはりつけたように合っているブルー色のズボンの縫目にそって、珍妙にごはん粒が二粒半くいついている。それもある一部分でなかったらこれほどまで鳩君、苦しまなくともよかったが、二粒はならんで、その上にちょこんと、あとの半粒がのっかっている。それに梅干の紅色が染っているのだから丁寧である。鳩君は、見るともなしにこの珍現象を見てしまったのであった。

鳩君は苦しくてしょうがない。よほどおしえようかな、と思ったが、だめだめくいついている場所が場所だけに、彼女を傷つける。それればかりでない、鳩君の三十八キロの体躯で彼女のご立腹をかったら大変である。おそらく、六十キロはあろうと思われる大女の彼女なのだ。

鳩君は、目をつむりこの現象を黙認しようとするのだが、どうしてもいけない。淫なことを連想するのでないが、どう考えても淑女にあるまじき珍現象である。いつもならにが虫をかみつぶしたように不愛敬な鳩君だが、今日ばかりはいくらか愛敬がいい。それを見かねたのか、鳩君の前に座っている小母さんが、遠慮がちに「あの……」と、指して彼女にご注進と相成った。

本来なら羞恥にまっ赤になる事の次第だが、かの娘さん平然としてごはん粒を払いのけ、怒ったようにたった一言、

「いやな感じ」

と言った。

鳩君は、何か悪いことでもしたように恥しかった。

—一九六〇・一〇・一七—

颯然とした論（騒）『アイヌ人の抵抗反省記』

鳩君は、何か事ある度に、遠慮会釈なしに話しかけて来る。私が何をしていようと、一切おかまいなしなんだ。そうかといって、私が何かをすれば、やいのやいのってうるさいしさ。私はいつか、十数年振りで、偶像のように描いていた女性に、バスの中で出遇したことがありましたよ。その時彼ったら、彼女の方を見るなってきかないんだ。私にしたら、胸のトキメク思いだろう。それなのに、そんな片恋慕なんて、古い古いって彼はいうんだ。

世はまさにインスタント時代、ポケットに恋人をつっ込んで歩く世の中に、鼻たれ当時の慕情に胸をときめかす奴があるかって。そして、そんな妄想をめぐらして、彼女を見るのは不潔だって、彼はいうのですよ。もしこのことを彼女が知ったら、気味悪がるぜってネ……。全くいやな奴だよ、彼ったら、少しも余裕がないんだもの……。

鳩君は、私の感情を少しも認めてくれないんだ、自分で利用するときはギュギュ私を苦しめてさ、その上句少しの自由も認めてくれないんだもの、いくら温厚な私だっていやになりますよ。

全くいやな奴と、えらい仲になってしまいました。もう今となっては、切っても切れない仲だし……時によったら彼を持て余すようなこともありますよ……。

この度、第五回合評会に参加して帰って来てからも、自分で処理しきれない問題をまた持って来るんだ。結局私にも本質的なものが、何か！ってことが分らないだろう、だから漠然とし答えられなかったのだが、いずれにしても鳩君は自分で書いたものですもの、自分で処理すべきですよ。そりゃ私も助言はしましたよ。でもあれ程傲慢になれとはいわなかったぜ……。

「オイ、キミキミ、なんだ先程から黙って聞いていりゃ勝手なことばかりいって、あの小文を書いた責任は君にだって相当あるぜ。とにかく何かを書かなければならないっていったのは、誰なんだ。いつまでも隠れていては、ぼく達心中しなければならないっていったろ、渋るぼくを押し上げておいて、いやな奴も傲慢な奴もあるもんか。ぼくは最初から『アイヌ人の抵抗』なんて、題名からしていやだっていったろ、それを自分の身近な切実な問題だから書けって言ったのは誰なんだ……」

「そりゃ私にもその責任はあるさ。でもね、あの当時の君の日送りは異常だったじゃないか。何かを書きたい、オイ教えてくれっていったのは誰なんだ。だからこそ、私は身近な君の問題を書けっていったんだ。沢山書くものを持っていながら、どれ一ツとして君は取り上げることができなかったじゃないか。メソメソ泣女のように泣いてばかりいて、それをなんとか、書く方向に指向けたのは誰なんだ」

「フン、屈辱を背負わしてね……」

「屈辱……」

「そうさ、ぼくはあの合評会の席で、体全部が汗になってしまうんじゃないかと思ったぜ……」

「そうか、君の人種意識って、そんなに偏狭で尖鋭なのか」

「バカ、そうじゃない。ぼくはあの文の中に文法、要するに常識ってものが欲しかったんだ。破廉恥に皆の前に裸になって、さあ、文句があるかって、自分の醜い体をさらすようなものじゃないか。本だけでも五百部印刷されているんだぜ、それを手から手に渡ったとしたら、何人の眼にふれると思うのだ。それを考えたら、読んでいる人達の眼が突刺って来るような気がするんだ。合評会の時、雑誌はまだ二百五十冊も売れ残って『日高文学』の編集者は頭を悩ましていたが、ぼくはそれを全部買占めて焼捨ててしまいたいほどだったな……」

「ほう偉大なる傲慢さだね。君の小文のために意義ある『日高文学』創刊特集号を否定して焼捨てちゃうか……見上げたもんだ」

「だからこそ、屈辱に身を切られる思いをしているじゃないか。人種的意義の問題じゃなく、文士としての常識の問題なんだ。結局君もぼくも、あまりに何も知らなすぎたんだ。合評会に参加して、つくづくそう思ったよ」

「ほう、じゃ聞かせてよ、その知らなかったことを……」

「先ず第一に、感情的に、感傷的になりすぎて、問題の核心をつかむことができなかったってことだ。つまりあの論文は、四本の脚によって出来ているだろう。その一ツは法律的、二ツは実態的に、三ツは文学的に、四ツは人種的に、結局こういう骨格がありながら、どれも地に脚がついてないってことだ。合評会で、二、三の人達がこの点にふれようとした時、ぼくは手を合せて拝んでいたね、ふれないでくれって……。勿論ぼくの行為は卑怯ださ、でもあの時はそうしないではいられなかったんだ。石森延男の『コタンの口笛』を論じたろ、あれを『真摯な探求理論である』と極めつけた幼稚さ、今考えても、何かぞくぞくするな。ぼくにあの『コタンの口笛』を論じるだけの探求理論があるかってことなんだ。つまりものを書く場合の常識として、批評のための文学、それが如何に大切かってこと……。相手を批評することによって、その人間のすべてがひきずり出されてしまうだろ、そしたらぼくの中にあるものは、小学卒業だけの学力と、農民として、病弱者として、人種としての偏狭な劣等感、懐疑論だけなんだ。その卑屈な中で、職人気質でたたき上げたぼくの知識に、他に波及するだけの基礎的理論が備っていないってことに気がついたんだ。さいわい合評会で正面きってこの評を受けなかったが、指摘されなければ指摘されないほど、その卑屈感は言語を絶するね……」

「ふーん、なるほどね。だけどその屈辱感は大きな収穫だったぜ。結局、何によって、その収穫を得たかを考えればそれほど、私を責めることもあるまい」

「まだあんなことをいっている。君のそういうところに傲慢さの一役があるんだ。試みのためには、どんな破廉恥な行為も辞さない、その追及を受ければ、試みであった、学力がなかった、と結局君は、最初からそこに隠れ蓑を用意しているぢゃないか。そんな無気力なことでは、いつまでたってもだめだね……」

「隠れ蓑じゃないさ、そのように考えなければ感情に走っちゃうじゃないか。この度の合評会での屈辱だって、大方は君の自己意識の過剰なんだ。なぜそれほど問題のある論文なら、謙虚に自発的にその指摘を受けないんだ。君のそういう自己意識が傲慢さを生むんだ。」

「ナニ……」

「オット冷静になりたまえ。ここで喧嘩をしている場合じゃない。文の常識はそれくらいにして、肝心の人種問題はどうなんだ」

「結論なんか出なかったよ。ぼくの問題の取り上げ方がいけなかったんだ……」

「というと……」

「『アイヌ人の劣等は貧富の差なのか？』って質問されたよ。ぼくはこの一問でカックンと来ちゃったね。結局あの論旨に、そんなニュアンスがあったんだ。だからこの質問も出たのだろうけど、ぼくがいくら口をスッパクしていったって、個々の人種意識は換言できないってことが分ったよ。ぼくはあくまでも古代の無知性に、その劣等があるって風に考えていたろ、だけどこれはぼく個人の意識かも知れないんだ。あの時はそう思わなかったけれど、合評会の帰りわざわざバスを選んで、海岸線をずうっと見て来たんだ。そしたら、一と見、それと分る建物が眼についたね。合評会の時、支庁の役人もそういっていたが、応急に対策を講じなければならないアイヌ人家庭が多くあるってことを、現実として意識したよ。ぼくはそういう家庭を見て、もう何も言う気力がなくなりそうであったよ。ただ一日も早く、こんな家庭を救護して欲しいってことを願ったね。貧富の差、その劣等は何もアイヌだけに限られていないだろうけど、現実的問題としたら、やはりそれも否定出来ないだろう……」

「ふーん、えらい感情の変化だね。だけどそれを全面的に肯定することはないぜ。だって、道庁発表の内容を見れば、旧土人だから救護しなければならないって風に受取られるだろう。一般的な問題としての『不良地区環境改善策』ならあのような問題の発表し方は間違っていると思うな。まあ、それはいいとして、君の劣等感、古代の無知性ってことには変りがないんだろ……」

「ウン、ぼくの劣等意識は、あくまでもそこにあるんだ。結局虐げられ、詐取されたアイヌの本質は何かってことなんだ。旧土人保護法という特別立法で保護しなければならなかった非科学性、非創造性、この中に現代の人種意識は必ずあると確信するよ。だから、過去の蛮人本能を肯定するが如き言動には反撥するのだ。芸術だの文化だのと、今日でこそいわれているが、アイヌ人のこれ等の宗教・風俗が、過去にはどんな眼で見られていたんだ。また、現代でも観衆を前にして行われる熊殺しを、真の宗教儀式として観る者がはたして幾人いるのだ。叙情詩といわれているユーカラだって、蛮人哀歌じゃないか。ぼくだってこんな暴論を吐きたくないぜ。だけど同じようなことを興味本位に、しかも興行的に何度も行われているってことに、憤懣を覚えるのだ。結局、民族芸術の名の元に無知なアイヌ人達は現代も踊らされているじゃないか。こんな中から、民族文化のプライドを持てのなんのといったって、抵抗以外の何ものもわかないぜ。まだ旧土人保護法が残っているじゃないか。そして貧困家庭救護策が旧土人対策として行われているじゃないか。こんな現状に如何なる民族文化のプライドがあるんだ……」

「うーん、複雑な意識の問題だね。私も君の考えにある種の共鳴はするさ。だけどネ、レジスタンス過度の、あまりサディズム的傾向に陥っちゃ大変だぜ。蛮人時代の無知性ってことは、人類一般的傾向だろう、だからアイヌ人種だけにあてはまるとは思わないな。結局いくらかでも創造工夫された民族文化を、そのように頭っから否定してしまうってことに、むしろ私は危険性を感じるな。それは君が『アイヌ人の抵抗』に書いていた、『アイヌ人の隘路彷徨的劣等感をフィックション化するんだ』という点に懸念するのだが、君のフィックション化はあくまでもリアリティなものだろう。その場合君の思想で、アイヌ人の宗教だとか風俗をリアルに表現することができるかってことなんだ。いくら資料を集めたり、思想を深めたりしたって、フィックション化としての古代のムードは出て来ないぜ、それはやはり残り少い老人達の生きた資料の中から会得しなければならない問題じゃないの。『アイヌ人の抵抗』をフィクション化するとしたら、現代だけじゃ描けまい。そしたら君の、主観的な否定論、抵抗論には、何か危険性が感じられるな……」

「うん、ぼくにもそんな不安は確かにあるよ。何より老人達の話すことを謙虚に聞かれないってことに、自分でも危険性を感じるんだ。ぼくの祖母は八十二歳にもなって、まだ健在なんだ。だから何かを訊こうと思って紙と鉛筆を持って前に坐っても、主観的なものが先に立って、うまく話しをひきずり出すことができないんだ。老人達にその当時のことを憶い起させることも不憫だという気持もあるが、それ以上に、そういう古いものにふれたくないっていう気持が強いんだな……」

「そうだろ……だからそういうリアルな面をとらえることのできない思想は何かってことなんだ。古代本能に抵抗を感じる君とすれば、古い人達の前では尚強烈にそれが現われると思うのだ。それを捩じ伏せもう一歩前に出ることこそが、今の君に与えられた課題でないだろうか……。君の抵抗が知性の形に変っていることは私も認めるが、モチーフとして取り上げた場合の欠点が最早そこに現れているような気がするんだ。だから先程君がいった、学力のないこと、農民、病弱、人種としての劣等、その抵抗が感情の激したものになって現われる。その結果が、傲慢な単純なと指摘されるのでないかと思うのだ……」

「それは確かにいえるよ。だけどね、ぼくが何かを書く場合ユニークなものとして詮索して見られることがいやなんだ。合評会の時、『普通皆なの書くものと変りがないじゃないか、アイヌ人として期待していたが、期待外であった』といわれたが、ぼくはあまりいい気持ちはしなかったよ。勿論ぼく自身、文学に頼するものは『アイヌ人の抵抗』だが、今の内は強いて、人種的臭色は一切突離してしまいたいのだ。そうすることによって、客観的視野も広まって来るような気がするんだ。アイヌ人の民話とかその他の中から出て来るものは、ぼく自身アイヌ人として、受ける偏見、起る劣等、その抵抗などによって、真のものではないだろ、だから、ぼく自身の人種問題は最終的なものとして、安易に手をつけたくない、その目標のために、一ツ一ツを積み重ねて行きたいと思うのだ。しかし今君が指摘したように、このままではいけない、生きた本質的な資料を今の内につかもうと、漠然とした焦燥も出て来ている。ぼくがあの『アイヌ人の抵抗』を書くとき、アイヌ人の本質は何かってことに初めて気がついたんだ。ぼく自身には明確につかみ得るものが何もない、だから何かをつかもうと、アイヌとして理論的な人をたずねたり、町役場を訪れたりしたんだ。だがその結果得たものが、あの頑な観念的なものでしかなかったのだ。合評会に臨んで新たな問題意識はつかんだが、それを如何なるものか、今のところまだいうことができないんだ……」

「君の慎重論はよく分るよ。だけどね、この度のような卑屈なものの考え方はいけないな。アイヌ人の中から誰かが叫ばなければならない切実な問題があるのだ。それを他から指摘されれば抵抗を感じる、そしてそれを頑なに否定してしまう。それじゃいつまでたったって同じじゃないか。少くともそれにたち向うだけの勇気をもつことだね……」

「ウン、この苦い経験を今度こそ生かして頑張るよ。愚かにも自らの人種問題を、他から得ようとして歩いたことがいけなかったんだ。そこにあるものは抵抗だけでしかないからね。とにかくぼくにはまだまだ書くまでには至っていないんだ。文法、特に文字を重点的に学んで、それから主題を取り上げるべきなんだ。ぼくはあくまでもやりたいんだ、虐げられ詐取された末裔の真の抵抗は、文学でしか換言できないからね……。それは仲々容易ではないだろう。だけどその過程として、一連の小文を試として発表し、そこから一歩ずつ前進するよ……。この度の合評会での卑屈感は、全く苦しかったが、それがぼくにはよかったような気がするな……。いい出せないことを単純なまま言いきったんだもの……その結果ぼくの持っているものは気楽にすべて、『日高文学』の中に吐き出せるようになったからネ……」

鳩君はそういって、プイッと出て行った。その後姿は背負きれない何かを背負ったように重そうに感じられたが、思惟するだけで終らなければよいが……何かそんな危険性が潜んでいるように思われる……。沈切った小さな後姿は気弱そうなのに、あの傲慢さがどこに潜んでいるのか……見当さえつかない。とにかく私は少しも気が置けない、知らん間に側に来て突然話しかけて来るんだ。迂闊に何かいおうものならひどい目にあう。これから先を考えたら、私の寿命はちぢまりそうだ。おお、悪寒がする。私は鳩君のために一生苦しまなければならない……。でも、私は鳩君と同様この緊張を自分のものにしなければならない。それが私の存在なのだから……。

遠い足音・(続)遠い足音

遠い足音

第一章

――為男の家は、茅野村の民家のある辺りから一粁半ほど森の中に引っ込んでいた。茅野村の地名の由来は〝茅が茂っている土地〟というアイヌ語であった。茅がうっそうとして生えていたところだが、いまではすっかり切開かれて、広々とした田園地帯になっている。六十戸ばかりある民家のほとんどは、崖の間に開かれたようなその田圃のあちこちで建っていた。崖の間といっても、一方の山麓を流れる大川から、此方側の山裾までは約二粁の距離があり、縦に開けて両隣村につながる地形なのであった。

その此方側の山裾には、国道と、幅が四米ほどの灌漑溝や、住民が〝マッチ箱〟と称んでいる、軽便の線路などが沿っていた。軽便の茅野村停車場がある辺りには、小店もあり、国道から田圃へ通じる村道と、一方に山へ踏入る路に岐かれている。その山路へ一歩外れると、急な登りにかかり、路の両傍には大木がトンネルをつくって立っていた。為男の家には、その山路を登って行かなければならない。

坂路を登り切って少しばかり歩くと、猫額ほどの畑の中に、二軒の茅葺の家が建っている。そのつっかかりは、為男たちが〃ネップキ婆〃と呼んでいる老夫婦の家であった。屋根は段々に葺いてあり、囲いは板張りの母屋である。すぐ前には茅造りの物置が建っているが、まるで人が住んでいないように、辺りはひっそりとしていた。この老父婦には子供もなく、二人暮しだからであった。

そこから百歩ほども歩くと、もう一軒のスケの家が建っていた。スケの住居は、屋根も囲いも茅ばかりであった。それでも茶の間あたりの外壁には、ガラス窓が二枚挟っている。軒を少し出した入口には、蓋をしたような板戸が立ててある。辺りには茅で囲いをつくっただけの便所がぽつんと建っていた。つつましい子供のないネップキ老夫婦と違って、スケには二人の孫がいる。そのことで生活に追われて家も建てることができずに、焚火で煤けた古家に住んでいるのであった。

家の前の空地には、茶碗の欠けたのや、空瓶などが散ばっていた。それはスケの孫の、律子やトヨ子たちのままごと遊びの道具なのであった。律子たちの母親は、造材飯場の賄婦などに出ていて、年中ほとんど家にいることがなかった。父親はいつ頃からか行方不明になっていた。律子は為男より三つ年上で、またトヨ子は一つ年上であった。

その家の前を通り過ぎて、落葉松の林を抜けると、畑の中にある為男の家と〃伯父ちゃん〃の栄三の家が見える。為男たちの住居も、つっかかりのネップキの家と似たような建て方である。母屋の周りには、馬小屋や物置などが二、三棟建っていた。家の裏は、なだらかに下って来ている深い森なので、遠くから見るとまるでパノラマの風景であった。

だんだん為男たちの家へ近づいて行くと、犬のポチがウォーンと尾を振って寄って来る。赤毛がかった猟犬のような犬だが、いつでも為男の相手ばかりさせられているので、とても人なつこい。その犬が吠えたてたりすると、栄三の家の周りで餌をあさっている鶏の群までも、怯えてコッコ……と鳴いて小屋の方へ走りだす。ポチはよほど不審なものが見えぬ限り、吠えたてるようなことはしなかった。

栄三の家には、為男の祖父や祖母などもいる。祖父のリヤはリウマチ患いで、杖を突いて足をひきずらなければ歩かれなかった。また栄三には、道江というひとり娘がいた。道江は、為男より一つ年上で、古津国民学校の一年生なのであった。

為男は近所に男の子がいないので、よく従姉の道江やスケの孫の律子と遊んだ。遊ぶことといえば、いつもままごと遊びばかりであった。それでも五才ぐらいまでの為男は、けっこう面白く遊んでいた。

為男は〝お父さん〟役であり、水を汲んだり、薪を切ったりなどと、力仕事の真似事ばかりさせられていた。だが為男は、だんだんと〝お母さん〟役の道江の言いつけも聞かなくなった。道江が何を頼んでも脹っ面をして、返事さえしない。それが過ぎて、ときには〝暴君〟的な振舞いをし、茶碗欠片などの家財道具を蹴っとばしたりした。為男は成長するにしたがって、女の子たちとばかり遊んでいることに厭気がさしていたのであった。

そんな為男は六才頃からひとりで遊ぶことを覚えていた。為男の家の近くには、小沢があり飲み水などはそこから汲み上げていた。為男はその小沢を堰止めて、舟のようなものを浮べたり、また家の前の空地に溝を掘って自動車遊びをして過した。為男が弄ぶ小舟や自動車といえば、木片だとか履物などであった。

そのような遊びの合間に、為男はポチを連れて森を駆けめぐった。為男がどんなに力いっぱい走っても、ポチを追抜くことが出来なかった。その腹癒に、為男が木に登って隠れたりすると、ポチが戻って来て辺りをクンクン嗅いで捜し回った。そして木の上にいる為男を見つけると、根元にのびあがって、ウォーンウォーンと鳴いた。

その為男にも、やがて学齢期が来ていた。為男は顔見知りの女に連れられて、隣り部落にある古津国民学校へ行った。大東亜戦争が勃発した翌年四月三日、その日が為男の入学式なのであった。為男は生れて初めて、学校という大きな建物内に踏入る。そこは、二部落を併合した生徒数が百二、三十名の小学課程だけの学校であった。教師は校長をも含めて、三名しかいなかった。また校舎は、二学級詰の三教室に分けられていて、襖戸のような薄っぺらな板戸で仕切られていた。何か儀式めいたことがあるときには、その間仕切りをとり外して、講堂に使えるようにしてある。小狭な職員室、壁を隔ててすぐ校長の住居になっていた。そこには特別に飾りたてていないが、応接間兼用の小部屋があった。為男たちが通されたところは、その校長の住居なのである。それでも為男は、――学校って、随分でっかいいいとこだな……と、思った。

その小部屋には、新入生たちが母親などに付添われて集っていた。それを見ても、為男は別段気後れするでもなく、一緒に行った女を無視し中に胡坐をかいた。何か太太しいような為男の態度だが、それは〝――蛙大海を知らず〟の横柄さなのであった。

新入生たちと向合せに、眼鏡をかけた五十がらみの校長が坐っていた。校長はさきほどから、新入生の名を呼び上げて、名簿と照し合せていた。

為男が坐ったとき、

「○○君は、いつ生れたのですか？」

校長は一人の母親に訊ねた。

「昭和十年○月五日ですの」

小肥りのその母親は、襟を正すような仕草をして答えた。

「○○君！――」校長が呼び上げた。

その男の子は、為男より大柄であったが、名を呼ばれると、母親の着物に顔を隠すようにしてしまった。

「これ、○○――返事しなさい」

母親は体を引離そうとした。

が、○○は、

「いやだー、いやだー」と、一層に母親にしがみついた。

「ほんとにしようもない子ね」母親は言って、「ばっち子なもんですから、もう甘ったれてしまって、校長先生、よろしくおねがいしますね……」と、頭を下げた。

校長は、にこにこして、

「うん、好い、好い」と、うなずいた。

太縁の眼鏡をかけて色の少し浅黒い校長の笑顔は、漫画のノラクロのような人なつこい感じであった。


「えーと、次は——為男君！」

校長先生が呼びあげた。

「ハイッ！」

為男は、大きな声で返事をした。

校長は、一人でいる為男を見ると、

「為男君のお母さんは、来ていますか」

不思議そうに母親たちの顔を見渡した。

為男は昨夜から〝かあちゃん〟に言われていたことを思い出した。

「かあちゃん、忙しくて行けない！」と、元気に答えた。

すると、校長がぷッ！と吹き出した。周りにいる母親たちも、一斉に笑った。

為男は、——あれ?……と、腑に落ちない顔をつくった。

為男は、「がっこさ行って名前を呼ばれたら、大きな声で『はイッ！』て返事せよ——」「『かあちゃんは?』て訊かれたら『忙しくて行けない』て言えよ——」と、母親の多美に教え込まれていたのだった。

それなのに――なして、みんなで自分の顔を見て笑うんだべ……と、為男は思った。

「あの……為男ちゃんのお母さんは、――きょう来れないから――って、私に頼んでよこしたのですが……」

為男を連れて来た女が言った。

「ほほう、それは為男君、元気がいいぞ」

校長は、やっと真顔になって名簿に目をやった。

為男のことを頼まれて来た女は、母親の多美の知合であった。為男はその顔を覚えていたが、名前を知らなかった。女は部落内の農家の主婦で、自分の子供の進級式にも臨んでいた。学校へ来たことのない多美は、億劫で入学式にも、為男を知人に頼んでよこしたのであった。

女は、多美から聞いて行ったことを校長に話してくれた。

為男は昭和十年○月八日生れであった。家族は両親と三人だが、父親の為太郎は出稼で、ほとんど家にいることがなかった。ときどき隣りの〝伯父ちゃん〟の家にいる祖母が来て泊るが、それ以外は母親と二人暮しの為男であった。

校長は為男の調べが済むと「えーと、男生徒十一名だから、……これで次は、女生徒だな――」とつぶやいて、

「××子さん――」と呼びあげた。

新入生の女生徒たちは、全部で九名であった。

校長は、新入生たちの照合が終ると、

「じゃ、講堂のほうに並んで下さい――」

母親たちをうながした。

教室の間仕切りを取外した講堂には、赤白の幕をはりめぐらし、正面に紫の幕が房吊にしてあった。教壇の前に菊模様のテーブル掛けを被した机があり、横合いには古ぼけたオルガンが一台据えられてあった。

男のドングリ眼の教師と、眼鏡を掛けたシャンな女教師が講堂の整理に当っていた。

為男たち新入生は、その中に男女二列に並ばされた。周りは上級生たちであり、窓際には村長などの来賓が立ち並んでいた。後方には全校生の父兄たちも詰めかけている。そのせいか講堂全体が、何か薄暗い感じであった。

その中に加わると為男は不安になって来た。それまで無頓着でいた為男も大勢の中に加わるとやっぱり心細くなってくる。

周りにいる上級生たちを見廻して、為男は従姉の道江や近所の律子などの顔を捜そうとした。どの顔もどの顔も、為男にはまるで見知りのないものばかりであった。が、その中に前髪が伸び気味で眼の細い道江の顔が捜し当った。道江も、為男の方を気遣わし気に見ていたのであった。目が合うと、道江はニコッと微笑みを送ってくれた。為男はそれで幾分心が坐りかけて来た。

が、為男が一呼吸つく間もなく、いきなり、

「気オ付ケ！」と、びっくりするような声がした。

為男は、あわててその声のほうを見やった。

「只今より、昭和十七年度の、入学式、および、進級式を行います。」

ドングリ眼の坊主頭の教師が、姿勢を正して言った。

次いで、眼鏡を掛けた和服姿の女教師が、オルガンを奏でた。同時に講堂に居合せる全部の顔が、正面に向って静かに下げられた。そこには、天皇陛下夫妻の肖像が掲げてあった。

為男は皆が頭を下げたので、そうしなければならないのだと思って、それを真似た。そして、ひと呼吸の後に頭を上げるのを横眼で見定めてから、ピョコンと元に戻した。

引続いて、君が代の曲が講堂に流れた。すると、講堂内が、なんとなく厳そかな雰囲気になって来た。

君が代の合唱が終ると、

「校長先生の勅語朗読！」、さきほどの坊主頭の教師が、折目正しいような声で言った。

「黙禱！」と、号令がかかった。

皆は頭を伏せかげんにし、軽く眼を閉じた。

それを見ると、為男はまた真似をした。が何故か内心はおどおどしていた。為男には、生れて初めての経験だからであった。面を伏せようとしても、為男の顎がひとりでに突き出てしまう。それればかりか、眼をつぶることが出来なかった。

コツコツと沓の音がして、正面の横合い入口から校長が徐に登場して来た。

為男の顔はほとんど上っていた。それでも首だけは、亀の子のように引っこませている。校長はモーニングを着用し、白手袋をはめ、革沓を履いて威儀をつぐろっている。そして紫の布を被した三方を、まるで頭上に掲げるようにして、一歩ずつ正面の壇上に登った。その中央まで進むと、校長はピタリと歩みを止め、先ず天皇陛下の肖像に深く礼をくれた。一礼し終ると〝回レ右〟の動作をとって、為男たちの方に向を変えた。

為男はあわてて頭を下げた。が、すぐ気にかかって、また顎を突き出してしまうのであった。

校長は、前にある机の上に、掲げ持って来た三方を音もなく置いた。そして号令でもかけられているように、ピクリと不動の姿勢をとり、深々と頭を下げた。見ている為男が、思わずつり込まれるほどの念の入ったものであった。

三方の布が取払われると、下から白木の箱が現れた。箱の中から巻紙をとり出して、校長はまた頭を下げた。そしておぼつかない動作で、巻紙を開きにかかった。

為男は息を止めて、その校長の動作を見ていた。

すると、

「チンオモウニ、ワガコウウソ、コウウソ――」

開かれている巻紙のあたりから、嗄がれた声がして来た。

為男はその声が、新入生たちに応待していたさきほどの校長のものだと思われなかった。

為男は今までに、そんな奇妙な声など聞いたことがなかった。祖父たちのイノンノイタクッ

（祈禱語）など、聞きつけているせいか、為男にはその方が聞き易いと思った。

そんな厳そかな校長の態度を見ると、為男の不安は募って、恐しくさえなって来た。周囲を見やると、誰もが面を俯けて眼を閉じている。為男も仕方なくそれを真似ようとした。が、どうしても、眼をつぶることが出来なかった。

為男は自分の足元に眼をおとした。すると、母親の多美のことを思い出した。為男は母親がつぎあてをした足袋を履いて、入学式に臨んでいたからであった。

為男は昨夜、ランプの下で足袋を縫っている多美の側に坐って話しかけていた。為男は明日から学校へ通えることが、うれしくてたまらなかった。従姉の道江が、鞄を背負って学校へ行くのを見たりすると、為男も――早く行きたいな……と思っていた。学校のことを詳しく知りたいのであった。が、多美は、あまり覚えていないらしく、多くを話してくれなかった。

それでも「道路を歩くときは、自動車などが来たら危いから、縁のほうを歩けよ――」「学校が終ったら、道草しないで、やっと帰って来て、鞄を置いてから遊べよ――」と、言った。

為男は、その母親の言葉を思い出しながら、じっと足元をみつめていた。足袋の指割れのあたりから、踵にかけて似たような布がくっつけてある。それはまるで船を逆さにし上から眺めたような感じであった。

が、眸がクルリと転って、傍にある誰かの足元にいった。そこには為男が見たことのない、真新しい上靴がきちんと揃えるようにしてあった。為男の眼には、最初その上靴しか映らなかった。履いている子が、男か女か、為男にはそんなことなど拘りなかった。ただ上靴にだけ為男は惹きつけられていたのであった。

為男は以前に、履き古したような上靴を履いたことがある。それは祖母のウサタが、どこからか貰って来てくれたものだった。為男の足には大きすぎるが、踵のところに紐を縫いつけて、それを足頸にいわえて履いた。

普段の為男は、ほとんど跣でばかり遊んでいた。だが、山へ行ったときなどは、やっぱり足の裏が痛かった。ところが、その上靴を履くことによって、為男はポチと競争しても敗けないぐらい早く走れたのである。それからの為男は、――上靴って、いいもんだな……と、思っていた。

為男は厳そかな校長の声も、耳に入らなくなった。周囲の生徒たちの上履きは、手のいいもので藁草履であり、あとの者は、為男と大差のない履物である。為男はすっかり、その上靴に気をうばわれてしまった。黒ズックの上靴に白く浮いたネーム板に〝モリ子〟と記されている。見ているうち為男は、その文字が読めるような気さえした。

やがて、校長の勅語朗読も終り、講堂がいくぶん和やいで来た。為男は式場の雰囲気など、最早上の空であった。顔を上げた為男は、上靴を履いているその人物に、今度は惹きつけられていた。

森子は髪を長くのばし面だちが丸い感じの女の子であった。それに色が白く、横顔の瞳がガラスのように澄んでいた。為男は訳もなく、その森子の横顔を喰入らんばかりにして見ているのだった。

来賓の祝辞や、校長の訓話めかしの話などがながながと続いていた。さきほどから立たされっぱなしの為男は、緊張のほぐれる間もなかった。そのせいでか、森子から眼を外した為男の体は、だんだんと縮んで行く風であった。

新入生を受持つ女教師の挨拶が済むと、漸くにして、為男たちの入学式も滞りなく終りを告げた。皆はまだ講堂で立話をしたり、右往左往していた。為男は真先に、学校を飛出し、そのまま、帰路に就いた。

為男は行き先さえ覚えると、二度目からはどんなに遠くでも一人で行かれるような子供であった。その日初めて歩いた五粁ほどの道を、為男は急いで戻りたかった。人家の疎な田園地帯の国道は、早春の和いだ陽の下に、延々として先に見えた。一緒に行ってくれた女のことも、何も、為男は考えなかった。ただ前方を睨みやったまま、早足に歩みつづけた。

砂利を敷きつめた国道は、かさこそとかわいていた。為男は自分の足音に急がされるように小走りになったりもした。が、学校をだいぶ遠のき、自宅がやや近くの辺りにさしかかると、その足音がふいっ！と止んだ。なんか、全体が硬直したような、不自然な立ち止り方であった。

為男は眉の根を寄せおかしな表情をつくって、一瞬辺りを見回した。春はまだ浅い田圃には、人影もなく、また近くには、民家も見当らなかった。空には雲雀だけが、吾がもの顔をし囀っていた。

為男は切なそうに、面を一層に歪めて、拳を握りしめた。そのまま、地面にめり込むでもするように、足を踏んまえ、ウーン！と、力み声をあげた。そして、空にも届けとばかりに、いきなりワッ！と泣き出した。その声に驚いて、雲雀が一瞬、啼くのを止めたほどであった。それまで怺えに怺えていたものが、いっぺんに堰を切っていた。

校長が訓話めいた話をし出した頃から、為男は糞意を催していた。儀式中でもあり、もとより勝手を知らない校内で、為男は一人で行動を起すことが出来なかった。式が終るのを待って、ただ一刻も早く家に戻りつくことばかり考えていた。

学校を出てからの為男は、尻に爆薬を仕掛けられているようなものであった。いくらゆっくり歩こうとしても、体がつんのめるように先になってしまう。どこかにしゃがみこもうと思っても、森の中などと違って一面に見晴らしが利いた。そのことで為男は、そうすることも出来なかった。

いくらか家が近くなりかけたと思うと、為男はとうとう我慢出来なくなった。そうなると動けば動くほど、おかしくなる。為男は立ち止って、怺えようとした。が、いくら怺えても、力の入れどころがなくなった。その苛立ちが、大きな泣声に変ったのであった。

為男は泣きながら、そのまま家に戻って来た。家の前の畑では、多美が鍬を使って仕事をしていた。為男の泣声を聞きつけると、多美は心配そうに鍬を置いて寄って来た。

「どうした……」

多美はやさしく声をかけた。

為男は、ただ泣きじゃくっているばかりであった。

「あ、おまイ……」

多美は、為男の体から発する異臭に気づいた。

「どれ」と、ズボンを脱がせにかかった。

為男は母親に叱られるものと思っていた。が、何も言われないと、尚一層に涙が流れて来て仕方がなかった。

「も、泣くな——」多美は叱咤するようにして言った。「がっこさ行って、エンコだの、ションベンしたくなったら、せんせさ『便所どこですか』て、訊けよ——」

為男は泣きながら、

「ウン——」と、返事をしていた。

翌る朝、為男はいつもより早目に床を離れた。すぐ小沢へ手拭いをぶらさげて行って、顔を洗って来た。そしてごはんを食べるのもそこそこに、隣りの道江の家へ行った。まだ行く仕度の出来ていない従姉を急せて、為男は連れだって学校へ向った。

担任の眼鏡をかけた女教師は、奥山という姓であった。奥山は、新入生の一人一人にやさしかった。為男は、その女教師の顔ばかり見やっていた。それだけで、為男の第一日目の授業は終ったようなものであった。

為男は下げ鞄を肩からかけて、駆け足で家に戻って来た。家の前で畑仕事をしている多美の側へそのまま駆け寄った。

そしていきなり、

「ただいま！」と、言った。

多美は、一瞬、面喰っていた。

が、うれしそうに、

「ほい！」と、返事をした。

「いいせんせな、がっこから帰ったら『ただいま！』て、言(ゆ)えった――。いいしてな、朝にがっこさ来るときには『行ってまいります！』って……」

為男は力をいれて学校での出来ごとを、母親に話して聞せた。

多美は、

「うん、うん」と、笑を浮べて聞きいっていた。

が、為男の話が、いつまでもつきそうにないので、再び鍬をとりあげた。

それでも為男は話を止めなかった。仕舞には、同じことをくりかえして、多美の畑耕しの邪魔をした。

「どれ、危いから、よけれ……」

多美は、為男の気を損ねないようにして言った。

為男は毎日、学校へ通うことが愉しかった。為男は、授業中担任の奥山の顔をじっとみつめていた。ただそうすることだけで、為男は随分いろいろなことを覚えたような気がするのだった。

そんな日々が一と月も続くと、もう従姉の道江や、近所の律子などと一緒に学校へ行かなくともよかった。為男は肩から鞄を下げて、一人で行き、授業が終ると、駆け足で家に戻って来ていた。学校の裏手には、為男たちの村をも通過する軽便の線路があった。その軽便と競走するように見ながら、国道を走って帰ったりもした。

そんなある日であった。為男はいつものように、下校の道を急いでいた。が、背後で誰かに呼び止められるような気がして、振返った。見ると、二、三人の学童が追って来ていた。すると為男は、何故か恐しくなって、逃げるように家を目指した。為男は皆と歩くことが、なんとなく不安なのであった。

次の日、学校へ行くと、為男の側へ三人の男の子が寄って来ていた。

「おい、おまイ、為男って言うんだべ……」

そのうちの一人が言った。

彼たちは、為男と同じ村の一年生であった。山の中に家のある為男は、彼たちの名前も顔も知らなかった。

「おまイ、なして、きんの呼ばっても逃げたのよ……」

そのうちでも大柄な学童が言った。

為男は、何も言うことが出来なかった。

「こんにゃろ、泣かしてやるべ――」

ちびッこの学童が小づく真似をして言った。

為男は凭れている校舎の板壁につたって、横に少し移動した。

「帰りに待っていれよ――」

彼たちは言いのこすと、皆が遊んでいる校庭の方へ走り去った。

為男は恐しくて体を小刻みに震わせていた。

次の授業時間が始ったが、為男はいつものように女教師の顔を見ることができなかった。奥山の顔を見ようとしても、さきほどのことを思い出して、背後の彼たちの席を振返ってしまう。為男は授業が終るのを待って、早く帰ることばかりを考えていた。

そんなことがあってから、為男はなるべく彼たちと一緒にならないようにと気遣った。彼たちの姿を見かけると、後になり、先になりして、体をかわしていた。何故か為男は、彼たちが恐しくてならない。ところがとうとう、彼たちに捕まってしまう羽目になったのである。

為男は駆け足で家へ帰ろうとすると、思いがけなく、彼たち三人が先に行っていた。しかも態と、彼たちは国道を横に並んで歩いている。為男はその横を通り抜けることが出来なかった。仕方なく、歩調をゆるめて彼たちから遅れようとした。が、学校からだいぶ離れて、民家のない辺りまで来ると、彼たちは為男を待ち伏せていて動かなかった。そうなると為男も意地になってしまった。――どうにでもなれ……と思って、為男は平静を装い、彼たちが待ちかまえる横を通り抜けようとした。

が、ちびッこの学童が、

「待て！」と、手を広げた。

為男はぴくりと立ち止った。

「おまイ、生意気だぞ――」

大柄な学童も立ち塞がった。

為男は思わず、一歩ほど後退した。

三人は、たたみかけて迫ってきた。

「おまイ、なしていつも待っていれ、て言うのに、待っていないのよ――」

為男は怯えて、彼たちの顔を見回した。

ちびッこの学童は、口唇が少しとんがっていて、こまっちゃくれた顔つきをしていた。だが体がひきしまった感じで、三人の中ではいちばん喧嘩が強そうであった。それに比べて、大柄な体つきの学童は、体こそでっかいけど、青ッ白い顔をし口の端から涎をぶら下げていた。が、どことなく、気どった態度が見られた。もう一人の、赤ら顔の学童は、意志が弱そうで、二本の青ッ洟をたれていた。彼は、わりとおとなしく、一番口数も少かった。

為男はそんな彼たちの顔つきを見ると、一刻も早くこの場を逃げ出さなくては、と考えた。

「明日から待っていれよ――」

大柄な学童が威すように言った。

為男は返事もせずに、いきなり前へ出てその学童の体にぶつかった。

彼は一瞬ひるんで、体を開いた。

その隙に、為男は脱兎の勢いで走り出した。

「こらっ!逃げるな――」どの学童かの声がした。

為男はかまってはいなかった。軽便と競走するときのように、力いっぱい走っていた。後からつぶてが飛んで来て、為男の体をかすめたりし前へ落ちた。為男は背を丸めて振向きもしなかった。そのつぶての一つが、コツンと為男の頭を射ていた。それでも為男は、感じないかのように走っていた。為男は何も考える暇がない。ただ彼たちから逃れたい一心なのであった。

翌る日、為男は久振りで道江たちと一緒に学校へ行った。為男はなんとなく、彼たちに出会うことが恐しかった。が、学校で三人を見かけても、別に言い寄って来る気配でもない。それでも為男は、なるべく顔を合せないようにと、気遣っていた。

〝ちびッこ〟の学童は、猛という名前であった。大柄な気どりや坊主は、亀夫といった。またもう一人は、満という名前なのであった。為男は彼たちのことを少しずつ覚えて来た。餓鬼大将は、やっぱりがっちりした体つきの猛なのであった。

茅野村から入学した一年生は、女生徒一人を含めて全部で七人であった。六人の男生徒の中には、為男の親戚筋に当たる福太もいるのだった。その福太と家が離れていることもあってか、為男はあまり話したことがなかった。それでも、顔だけはよく覚えていた。為男は学校へ通うようになってから、毎日福太と顔を合せるのだが、何故か素知らぬ態度をとっていた。そしてただ、猛たちの顔色ばかり気にかけるのだった。

福太の家は、為男と反対に、河原の方であった。その附近一帯を人々は〝ていぼ〟と称んでいた。大川に沿って、堤防が築かれてあったからである。ていぼには、サテッコやピンノ、オムナなどの家も建っていた。サテッコなどというのは、皆アイヌの老婆たちの名前であった。福太の家も、その老婆たちの家と並んで建っていた。ていぼ附近一帯は、広々とした田圃であり、そこから国道へ出るまでの間に、百姓家が散在していた。そこに猛たちの家もあったのである。

為男はいつも、ひとりぼっちだった。勉強が終ると、猛たちを避けるようにして家に帰って来ていた。

その日も、一人で下校しようとして皆より早目に学校を出たのであった。すると思いがけなく、猛たちが先に行っていた。しかも人数が一人増えている。為男はいつかの出来事を思い出して、見え隠れに随いて行くことにした。猛たちの歩き方は、いつも為男が歩く数倍も遅かった。何事を喋っているのか、ときどき立止ったりして、仲々前へ進まないこともあった。

為男は――猛ちゃんたち、早く行ってしまえばいいな……と思って、国道傍の畦などにしゃがみ込んだりした。そんなことをしているうちに、彼たちは同じところから動かなくなってしまった。為男は伸び上って見やると、言い争っているような按配でもあった。誰かをとりまいて、ときどき小づき合ったりしている。遠くから見ても、猛たちの体つきは判った。とりまかれているのは、三人のうちの一人でないことだけは確かであった。

ちっとも前へ進まないくせに、彼たちの動きがだんだん活発になった。そのうちに、四人の姿が縺れあって見えた。すると、ワーンーと泣き出す声が為男の耳に届いて来た。三人が、散散になって先へ走った。取残された子は、小石を拾って投げつけている。――ワーイ、ワーイーと嘲ける声や、泣きながら何事かをわめく声などが入雑った。三人の姿が、ずーっと先のほうに見えなくなった。泣かされた子は、べったりと国道に坐り込んで、ワーン、ワーンと声をあげている。

為男は、のろのろと歩み出した。何か恐いものでも見るように、泣いている男の子に近寄って行った。見ると為男と同じ村の一年生なのであった。為男は、その傍を遠のいて通り抜けようとした。が、彼の泣き声がぴたりと止んだ。彼は、立止って、涙を無造作に拭った。そして、思わず歩みを止めている為男を見て、

「エヘヘ……」と、意外な笑い声をあげた。

「ほい、ほい――」

彼の眼の辺りには、涙を拭ったあとが、太縁の眼鏡でもかけたようについていた。

彼は、拳で鼻をこすりあげるような仕草をして寄って来た（おい、おい、と読んだのだろうが、彼の発声は、ほい、ほいであった）。

為男は――変な奴だな……と思って、その顔を見澄した。

「ほい、俺うちに、トマトいっぱい実っているぞ」

あまりの意外さに、為男は呆気にとられてしまった。

「おまイうちにあるか……」

誇ったような言葉遣いだが、態度は親しみのもてるものであった。

為男は言われるままに、無い！と、頭を振った。

「ほい、遺るからうちさ行くべ……」と、人の好さそうな笑みをつくった。

為男はだんだん、狐にでもつままれているような気がして仕方なかった。

「こんな、でっかいのも実っているぞ！」

そんな気も知らずに、彼は得意満面として両手を丸めた。

為男は、信じられないままに歩き出そうとした。

「俺んちになんか、スイカだって、梨だっていっぱい実っているぞ！こんだおまイに遺るからな……」、顔をのぞき込んで来て、彼は歩かせなかった。

その青ッ洟が、為男の顔にくっつきそうであった。為男は心持ち、顔を引いた。すると彼は、ためらいもなくグーッと洟を吸い込んで、

「エヘヘ……」と笑った。

こだわりのないその笑顔を見ると、為男も思わず笑みを浮べていた。

彼は、鼻を、ク、クッとこすりあげて、

「ほい、うちへ行くべ……」と、また誘いかけた。

鼻をこすりあげるその仕草は、彼の癖のようであった。

為男はなんだか、此奴が好きになれそうに思えてきた。

彼は浅黒いような肌色をしていた。が、猛たちから見ると、どこか微弱そうな感じであった。

彼の家は〝ていぼ〟へ行く途中（猛たちの手前）の田圃の中に建っていた。国道からの岐れ道は、為男の家へ行く坂路の、反対側であった。村の一年生の中でも、彼がいちばん為男の家に近かった。それなのに為男は、猛たちにばかり気をとられていて、彼の名前を知らなかった。

為男は彼に連れられて、その家の近くまで行った。

彼は家から、五十歩ばかり離れたところに、為男を待たせた。

「ここで待っていれよ――」

そこからは、玄関の辺りが見えなかった。彼はバタバタ駆けて行って、裏窓から家の中へ鞄を投げ入れた。そしてグルリと辺りを窺うように見てから、家の裏手にあるトーキビ畑の方へ腰をかがめた。

彼の言葉などからして、不可解なその素振りであった。

彼は為男の方を見て、ニヤリと笑うと、背丈以上に伸びたトーキビの中へ踏入った。すると、風にそよいだように、ガサガサとトーキビの葉が鳴り音を立てた。

と、天で雷が爆発でも起したように、

「コラッ！」という声がした。

彼の方にばかり気をとられていた為男は、思わず息を止めた。

家の表側から、彼の父親らしい男が手拭いで頬冠りにして現れた。

「竜夫！――この野郎、またトマト捥りに行ったな――」

言いながら男は、トーキビ畑の方へ近寄った。すると、トーキビの穂先が波を打って、黒い塊りのような彼が、すっ飛んであっちの方へ行った。

それを見ると、為男も恐しくなって、その場を逃れるように家を目ざして走り出した。

彼は――竜夫という名前であった。そのようなことがあってから、為男は彼と友達になった。為男はよく、彼と一緒に学校から帰ったりもした。為男は、猛たちが来ない間に帰ろうとしても、竜夫はなかなか歩かなかった。

竜夫は、渇水期になった灌漑溝の水たまりなどを見つけると、為男を誘って放さなかった。その水たまりには、小さな鯎や泥鰌などが泳いでいた。竜夫は、冠っている帽子などを脱いだりして、それで鯎や泥鰌を掬って遊ぶのだった。

そんな毎日を続けているうちに、為男と竜夫はまたある日猛たちに泣かされた。

猛たちはそのとき、

「おまイ、コタン（註）だべ――」と、為男に向って言った。

為男には何を言われたのか、その意味が解らなかった。

また猛たちも解っていないらしく、

「父さんや、母さんから聞いたぞ――」と、言った。

為男は、そんなことよりも、猛たちが恐しくて仕方なかった。

為男は、一級上の道江たちの授業が終るのを待って、一緒に帰るようになった。ところがその中に〝静ちゃん〟という女の子がいた。静ちゃんは、為男が後から随いて行くと、「シーッ、シーッ――」と、まるで鶏でも追い立てるように、追払った。それでも為男が随いて行くと、静ちゃんは小石を拾ってぶつける。静ちゃんは、女の子たちの中に、為男がいるのを嫌っていたのかも知れなかった。

為男はまた、一人で行って、授業が終ると駆け足で家に戻って来るようになった。為男のその日課は、印で捺したように正確なものであった。

そうこうしているうちに、為男たちの終業式も近くなった。

ある日に為男は、担任の奥山に呼び出された。しかも、森子と一緒なのであった。

為男と森子は、奥山の命じるままに、横を向いたり前へ進んだり、一歩ずつ後退したりした。それを、クラスの全員が見守っていた。為男たちは、終業式に出る総代の模範を皆に見せていたのだった。

為男の胸は、トキンドキンと高鳴っていた。森子と一緒なのがうれしいからであった。あの入学式当日の〝上靴〟のことがあってから、為男はなんとなく森子の顔を見ていたりする。そんなとき気がつくと、為男は自分ながら、とても恥しい思いをした。

それにもかかわらず、やがて訪れて来た終業式の日には、勝と、和子が総代として選び出された。為男は別に、気落ちした風でもなかった。勝は、古津村の部落会長の子息であり、また、和子は校長の娘であった。

そして為男の、第一学年も無事に終りを告げたのだった。

(註)アイヌ!と揶揄した言葉である。

第二章

雪が解けて、森の小鳥たちも、春を告げ出した。何もかもが新しくなる、季節の訪れである。新入生たちを迎えて、為男も二年生になった。

二年生になっても、二学級詰の教室はそのまま替らず、担任も、女教師の奥山であった。為男の胸ポケットの上には、桜花を模った竹製のバッチが輝いていた。それは副級長を意味する証しなのである。

為男はときどき、猛たちにからまれたりする。が、なるべく相手にならないようにと、彼たちの姿を見かけると、走ったり、待ったりした。一人で行って、一人で下校する為男の習慣は押し通し続けられた。為男はいらぬ悶着を起したくなかった。学校が大好きだからであった。

為男は勉強も嫌いではなかった。が、何より、女教師の奥山の顔を見るのが愉しみなのであった。

奥山は、金縁の眼鏡をかけて、いつも和服を着、袴などをつけたりしていた。年恰好は、為男の母親とやや似通っていて、三十前後であった。言葉遣いは丁寧で、態度がとてもやさしかった。新入生を教える合間に、ときどき為男たちの席を見回った。そして生徒の手をとって、教えたりもした。そんなとき、為男はボーッとなってしまうことが多かった。

為男は女教師が傍に来ると、恥しくて顔を上げることが出来ない。薄化粧をしている奥山は、白粉いなどを匂わせている。その匂いが為男を恥しくさせるのであった。

為男は与えられた勉強を一生懸命にした。奥山に誉めてもらいたい一心だからであった。そのせいでか、為男の成績は、比較的上がっていた。

その為男の愉しいそうした日日も、不幸な病気が訪れ、やがて中断しなければならなかった。幼いとき関節炎のような病気をして、為男は歩き出すのが平常の子より、幾分遅れていた。が、五、六才からの為男は、別に床に就くような病気もしなかった。野や山を駆けて、為男は元気いっぱいの子供であった。

学校へ通い出してからの為男は、生活が、がらりと変えられていたそのせいでか、あれほど仲の好かったポチにも、見向きもしなくなった。学校から帰ってくると、為男は家にいて本を読んだりしていた。

母親の多美は、むしろそのことを喜んだ。学校へ行くようになったので、腕白坊主の為男にも、落着が現れて来たものと思っていた。

ところが、二年の新学期が始った頃から、心なしかぼんやりとして見えたり、以前の順風満帆顔が見られなくなった。何かを考え込む風であった。後から呼びかけたりすると、首を廻さず全身で向き変ったりした。

不審に思った多美が、ある日に訊ねると、為男は頸部の痛みを訴えた。首を曲げたり、回したりすると、背筋から後頭部にかけて、激しい痛みが走る。それと相俟って全身に気怠さも為男は感じていたのであった。

それを知ると、多美は慌てた。為男は少しぐらいのことで、弱音を吐くような子供でない。多美はすぐ、近くの街にある医院へ為男を連れて行った。医院の、もう年配に達したような医師は、あいまいな診断を下した。

それでも多美は、四、五度為男を連れて、その医院を訪れた。だが一向に癒くなる気配が見られなかった。そればかりか、日毎に為男の苦痛は増して行く風であった。

多美は、大室市行きを決心した。大室市には、市立の総合病院があり、友人の光子が住んでいた。多美は光子を頼って、為男をその市立病院へ連れて行こうと思ったのだった。

夏に入って間もないある日に、多美は二人の身回り品を携え、港街でもある大室市へ向った。為男の病気が、若し万一長くかかるような場合を考えて、そうしたのだった。

その日の午後、光子の家へ多美たちは着いた。多美は光子と会うのも久しかった。が、光子は喜んで多美を迎えた。友人との顔合せも早々に、多美はまず、為男を連れて病院へ行った。それほど重くない病気なら、すぐ引返そうと多美は思っていた。だが、為男の病気は、しばらく通院、治療を要す、という診断であった。多美はハタと固った。が、戻って来て、光子に診断結果を話し、通院の間の逗留を希った。連れ合いを戦地へ送り出している子供のない光子は、心好く事情を酌んで承諾してくれた。多美は、吾が子を病院へかけるために、働く気さえして大室市へ出て来たのだった。

それからの為男は、毎日母親と都心にある病院へ通った。そして戻って来ると多美は、「寝ていれよ」と言い残して、光子と一緒に働きに出て行った。為男は、母親たちが帰る夕方まで一人で寝ているのだった。

その六畳ばかりの客間からは、光子の家の庭が望まれた。小狭ながら、庭松などが植てあり、花壇には、季節の花も咲き競っていた。隣との境には塀をめぐらしてあった。為男は縁側の戸を明け放し、その庭を寝たまま眺めたりして、いつも聞き分けよく臥っていた。

そのようなある日に、庭へ見知らぬ男の子が、ひょっこり現れた。為男が庭松の茂みにチチチと啼く小鳥を見やっていたとき、いきなり縁側の框から顔を出した。為男はびっくりして男の子の顔を見やった。すると向うも怪訝そうに、寝ている為男を見返して来た。年齢は為男と似ていて、色白の、どことなく都会的な感じのする男の子であった。二人は見合ったまま一刻いた。が、男の子は、ニコッと微笑んだ。それにつられて、為男も思わず笑みを浮べていた。

彼は隣の家へ関西から、疎開して来ている——政次なのであった。政次は玩具を弄んでいるうち、過って垣根を越えたのである。

為男の笑顔を見ると、政次は手にしている玩具を縁側に置いて、庭から出て行った。為男が——どうしたのかな……と思う間もなく、政次は玩具箱を抱えて現れた。つかつかと上り込んで来ると、為男の枕元に箱中の玩具を並べ始めた。その中には、為男が初めて見るような、機関車や、自動車の玩具などもあった。

首を回すことの出来ない為男は、床に起上り、それ等の玩具に見惚れた。すると政次は、機関車の玩具を為男にのばして来た。為男が受取ると、自分は自動車の玩具をとりあげ、為男の臥床の回りを、声を出して這いずり出した。

為男に機関車を渡したのは、自分に続けよ、という意味であった。が、為男はそのことを気づいていなかった。二、三べん回っても、随いて来ない為男を見ると、

「早よう押せ……」と政次は声をかけた。

為男は、押さなければならないのだと、やっと気づいた。が、政次のように――ブウ、ウ、ウウ、ウ……と声を出すことがテレ臭かった。

その為男のためらいを見ると、政次は、極端なほどの不満を現した。そして、いまにも玩具を持ち去るような気配であった。

為男は止むなく、床を離れて、機関車を押しにかかった。政次は機嫌を直し、再びブウウ……と、畳の上を這いずり出した。為男はすぐ後に続こうとした。が、電撃のような痛みを頸部に感じ、思わず押す手に力を入れた。同時に鈍い軋み音が部屋の壁などに突刺さった。

それを聞きつけて、政次が見返った。すると為男の前にある機関車の玩具が、七分通り傾がっている。

「ああ、あ、ゆったる、ゆったる――」

政次はべそをかいてくり返した。そして、ぷいっ！と縁側から出て行った。

頸部の痛みで、為男は不覚にも、機関車の玩具を歪ませてしまった。

大室市へ来てから、為男の病気はいくらか癒くなりかけて来た。無理に曲げたりしなけれ

ば、それほど強い痛みは感じなかった。政次の気を損ねたことを気にし、為男は迂闊にそのことを忘れていた。

政次が出て行った部屋の中で、為男は——どうしたものか……と、変形した機関車を見やっていた。変形したといっても、それほど乱暴に扱ったわけでないので、そうひどい毀れ方でなかった。

一と時、それを見ていた為男は、何事かを思い立ったように、立上って台所へ行った。

やがて、部屋の中が薄暗くなりかけ、多美たちの戻って来る時刻になった。

「ただいま!」

玄関で、母親たちの戻る気配がした。

為男はそれまで、時刻が過ぎたことを、まるで知らなかった。

「どうした、おとなしく寝ていたか?」

多美は上がるなり、部屋に来て為男の顔を見ようとした。が、薄暗いので電灯に手をのばし、スイッチをひねった。

「首、痛くないか」多美は言った。が、「この、イウエンテ・ヘカチ(物を毀す・いたずらっこ)……」、思わずのように言葉を変えた。

為男は、声もなかった。

「したからおまイは、イウエンテ・ヘカチって、小母ちゃんに言われるんだ」

多美の声は、普段より少し大きかった。

「どうした？」

聞きつけて、光子も寄って来た。

「こいちだったら、なんでも、こうしてしぐ毀してしまうんだ――。これも他人（ひと）の物だべもの……、こんなことしてしまって……」

言いながら多美は、毀れた玩具を集めにかかった。

「うふふ……、イウエンテ・ヘカチか……」

光子は、それがさも可愛いとでも言うようにして言った。

「そうよ、うちの嫂さんなんか、いちも、こいちの顔見れば、そう言うんだ……。幼いときから、なんでもしぐ毀してしまうだもの……。したから兄（あん）ちゃん家の障子なんか、鉄板が張ってあるんだ……」

為男が三、四才のころ、母親と二人で一時、栄三の家にいたことがあった。そのころ、まだ満足に歩けない為男は、壁などを伝ったりし、よちよち歩いていた。が、障子に足をかけなどして、すっかり桟を折ってしまった。

為男を自分の子供のように、可愛がっている栄三は、怒りもしないで、桟の折れた障子に鉄板（トタン）を張った。その障子は為男が大きくなってからも、まだ栄三の上り框に立ててある。それを見るたびに為男は、栄三の嫁のテルに、イウエンテ・ヘカチ、と言われているのだった。

多美は、その話をし、光子に聞かせていた。為男は、形のくずれた機関車を見ているうち、自分で直せそうな気がして来た。台所へ行って庖丁を持って来ると、為男はその刃先で、止金などを開いたりしていた。そのうちにすっかり分解してしまい、為男には組立てられなくなった。

為男は——困ったことをしたな……と思って多美の顔と、毀れた機関車を交互に見ていた。

と、それまで、多美の話を聞きながら、庖丁を手にしていた光子が、

「あ、為男ちゃん」と言った。

為男はドキリとした。

「これ……」と、多美の目の前に庖丁を差出した。

「あ……」

多美は、短い声を上げたきりだった。

一瞬、部屋の中は、人の気配が留守になった。多美は、庖丁——光子、毀れた機関車——為男、と見回していた。が、

「わし、どっかさ行って買って来るわ……」言い残して、もう暗くなりかけた街へ出て行った。

為男は庖丁の刃をガタガタに欠いてしまったのであった。

その頃は戦争の最中でもあり、刃物類など大ぴらに店先に並べていなかった。

どのくらい歩いたのか、多美は、寝に就く時刻頃、庖丁と、玩具の機関車を手にして戻って来た。が、為男の行為を、咎め立てるようなことは、一と言も言わなかった。

為男は毎日、母親に連れられて病院通いをした。その行く途中で、大室港を見下せる丘のようなところがあった。そこにさしかかると、為男の足はひとりでに止ってしまう。港にはさまざまな船舶が停泊し、その間をヌッて、漁船がちょこまかと往来していた。為男は、その情景にあまり見とれなかった。山々の視界の浅さと違って、果てしない海原の彼方に、為男は眼を凝らすのであった。

「早くしないば、昼から仕事に出られないんでないか——」

多美は、遅れる為男の足を急せた。吾が子を、病院へかける為に、働いている多美には、海の風景になど見とれている暇がない。

それもよそに、為男は遠くの眼をやっぱり戻さなかった。

凪いだときなど、紺碧の光が、為男の眼をくらませた。為男は見霽す水平線の彼方に、——何があるのだろう……行ってみたいな……と、あどけない空想をめぐらすのだった。

病院での治療は、注射と、投薬というお決りものであった。

その日日が二ヵ月も続いたろうか……、ある夜半に、為男は表通りの騒々しい声に、目を覚した。

「空襲警報！　空襲警報！」

メガホンで叫ぶ声に、行き交うあわただしい足音が入雑っていた。

為男は、何事が起ったのか訳も解らなかった。傍に寝ている多美は、昼間の労働の疲れで、軽い寝息を立てている。

「多美ちゃん、多美ちゃん！」

為男が、母親をゆり起そうか、と思う矢先に、外の騒ぎが家の中にも起って、辺りの眠を破った。

寝間の襖がガラリと開けられて、光子が身仕度をしながら現れた。

「空襲警報なの、わしは行くからね――後のこと、頼んだよ――」

まだはっきり目覚もしない多美に、早口の言葉をくれると、光子は念仏のようなものを唱えながらすぐに引込んだ。

多美は、なんで光子が慌てているのか、為男に訊ねようとして、起上り豆電球の明りを透した。

為男が口を開こうとしたとき、再び光子の慌てた声が部屋に入って来た。

「わしに、万一のことがあったら、これ頼むね――」

有無を言わせぬやり方で、多美の膝の上へ、布で包んだ匣（はこ）のようなものを置いた。それは、光子たちの祖先の位牌なのであった。

その気配に、やっと多美も何かを感じ出した。

「あの、空襲警報か……」

「うん、わしだけ行くから、あんたたちは寝ていなさい。いよいよ危くなったら迎えに来るからね――。あ、電気、消しておいてよ――」

位牌をあずけた、光子の慌てようったらなかった。

光子は台所の方へ去ったが、バケツをがちゃつかせ、表戸をぴしゃんと閉めて出て行った。光子は、隣組の集会所に馳せ参じるのであった。

光子が行ってしまうと、今度は、多美があわてだした。多美は、床をはねて、身つくろいするのももどかしく、そこいらにある自分たちの持物を、全部集めにかかった。そして電気を消し、寝ている為男の頭をかばうように、横になり体を浮せた。

「動くなよ、動くなよ――」

暗い寝間に、おし殺した声がくり返された。

為男は何事なのか、訳も解らなかった。が、母親のその声を聞くと、恐しくなって来た。

為男の顔の上に、多美の胸のあたりがあった。母親の体臭が、直接に為男の鼻をついた。為男は、その匂いが大好きなのであった。

多美は以前、為男を置いて他所泊りをしたことがある。そのとき為男は、心細くてしばらくの間眠られないでいた。母親がすぐ戻る予定だったので、祖母のウサタも来て泊っていなかった。為男は幾度も寝返りを打って、母親の寝間着に顔をうずめたりした。

そんなことをしているうち、為男は不安を忘れてスヤスヤと眠った。翌朝、目覚めてみると、為男は母親の寝間着をしっかりと抱いていた。為男は、母親の体臭のしみこんだ寝間着の匂いを嗅ぐと、安心して眠られたのであった。

為男は、それに似た匂いを、人混の中などで嗅ぐときがある。だが母親の匂いと、どこかが違っていた。似ているようでも、それは母親にだけしかない匂いなのであった。

為男は――かあちゃんのこの匂い、好きだな……と、思いながら、匂いについて、いろいろなことを考えていた。そのうちに、さきほどの騒ぎも忘れて、いつの間にか眠りこんだ。

朝になって、為男が目覚めてみると、多美はそのまま枕元に横になっていた。

昨夜の騒ぎも、まるで嘘のように、澄んだ朝の空気であった。庭松の茂みに、名も知れぬ小鳥が、チチチチと囀っている。多美は目覚めると、為男の顔を見て、ニコリと微笑んだ。何か大きな災難から逃れられたような、安堵の微笑であった。

八時頃になると、疲れた顔をして光子が戻って来た。

「昨夜、内地さ敵の飛行機が来たんだと……」

光子は、万一の空襲に備えて、待機していた模様をだんだんと熱を入れて語り出した。暗い壕の中で、叩きやバケツなどを傍に、一睡もしなかった光子の緊張が、手にとれるようであった。

「眠くて、眠くてなんだか馬鹿になるみたい……」

光子の激しい言葉も、ようやく一と句切りついた。

それまで不安そうに聞き入っていた多美は、

「困ったな……。わしたち、家さ帰ったらいいべかな……」と、為男を見て気遣いながら言った。

「まだこっちまで来ないべけど、此処には港があるもんだから、敵に目つけられているんだと……。昨夜、班長さんがそんなこと言ってた……」

「今日病院さ行ったら、医師さ相談かけてみるかな……」

「うん……。したけど……。為男ちゃん、まだ首が痛いんだべ……」

光子は、問いかけるように為男の顔を、のぞき込んだ。為男は――うん！と、返事をしようとした。が、咄嗟に意を翻し、

「もう、痛くない！」と、言った。

為男は、母親たちの顔つきを見ると、痛いと言うことが出来なくなった。

「ほんとうか――」

光子は、念をおした。

「うん！」

為男は、態と軽くうなづいた。

多美は、黙ってその為男の顔を見たきりであった。

為男は幼いときから、母親の顔色を読みとるような子供であった。来客が手土産などをくれても、為男はすぐ手を出さなかった。先ず、母親の顔色を窺った。好い――というときには、いくらか多美の顔がほころんでいる。が、貰って駄目なような場合は、素知らぬ風をしていた。それでも為男が物欲しそうにみていたりすると、多美は、秘かに、拇指と人差指を出した。その合図を見ると、為男は震えあがる程恐しくなる。もう二度と物欲しい顔などつくらなかった。それは〝抓るぞ！〟という合図であり、駄目！という言葉であった。

多美は、来客などに出した茶菓子を、為男が見ていたりするといちばん嫌った。招かれて行って、多美はそのような光景にぶつかったことがある。それから、為男にそのようなはしたない行為はさせなかった。また多美は、子供にどんな汚い物をくれられても、見分けることが出来ないので、なんでも勝手に他人から貰っては駄目だ！と、事ある毎に為男に言い聞せていた。

そのような厳しい躾をしてあるので、多美は、首が痛くないと、嘘をついた為男の心をすぐに見破った。が、戦争が日毎に劇しくなり、都会が危いといって、田舎へ引越す者が光子の近所からも出ていた。隣の家へ関西から来ていた政次たちも、いつからか、どこかへ移ってしまった。それを知ったりすると、多美は大室市にいることが、何んとなく不安で仕方がなかった。〝警戒警報〟はよく出ていた。空襲警報は、はじめてであった。

多美は心も決めかねるままに、その日、病院へ為男を連れていった。そして主治医に伺いを立てると、まだ完全なものではない、という結果であった。が、そのように言われると、尚々、多美は家へ帰りたくなった。大室市にいて空襲で殺されたりするより、自分の家へ帰って死んだ方が増しだと、多美は考えたのであった。

それから二、三日が経ち、為男たちは光子の家を辞って、茅野村の自分の家へ帰って来た。光子の家には、二ヵ月半ほどいたが、為男の病気は全快していなかった。行った当初の頃、幾分いい気ざしも見えていたが、いっこうに捗捗しくなかった。大室市へ向ったときより、何か一層に、病人態になったような為男であった。

家へ帰って来てからの為男は、ほとんど寝てばかりいた。それでも気分のいい日などは、起上って政次から貰って来た玩具を弄んだりした。

季節は秋を終り、凍てつくきびしい初冬になった。

その頃になっても、為男の病気は一向に癒くなる気配でなかった。全身が熱っぽく、泥のように淀んで重く、為男は自分の体を感じていた。寒くなって来ると尚更のこと、頸部の痛みは、鋭い刃物の切り傷のように痛んだりした。

その日は、朝から小止みなく雪が降って、多美はどこへも行かずに、薪ストーブの側で縫物をしていた。母親がいるので、為男もめずらしく起きてきた。そしてネジ捲の玩具を、相変らず毀しにかかっていた。と、鼻腔にむず痒さを感じた。玩具に熱中していた為男は、何気なく指でほじった。それ程強くなく、ただ人差指を差込んで、ぐるっと回した程度であった。

が、ポトリと膝の上に鼻血が落ちた。

「あ、鼻血」

為男は、びっくりして母親の方に向いて言った。

多美は、たいしたことがないものだと思って、

「ちっぺ(栓)せ——」、坐ったところから紙を投げてよこした。

為男は、その紙を丸めて鼻腔に差込んだ。それで止るかと思った。が、今度は口の中に鼻血がたまり出した。鼻血というよりも、血が流れだすようであった。それを見ると、多美はあわてて、台所から洗面器を持って来た。

為男は口の中にためていた血を、トプッと洗面器に吐いた。が、すぐ次の血が口の中にたまりだす。多美は、自分の膝の上に為男を横抱にし、念仏のようなことを唱えながら、首筋のあたりを摩するようにした。合間に、隣の栄三の家に聞えるように、「ホーイ、ホーイ」(註)と、声を出した。為男の祖父母たちに、急を告げて、呼びかける声であった。そのうちに為男は、気が遠のいた。洗面器に半量ほど、為男は出血したのであった。

出血した為男の衰弱はひどかった。ときには仮死状態に陥ったりもした。医者に見せたくても、近郷には気の利いた病院もない。為男は、家に寝かされっぱなしであった。

それだけに、祖父母や、多美たちの気の遣いようは、例えようもなかった。足の悪い祖父など、日に何度か来ては、為男の寝顔をのぞき込んでゆく。そして悪魔祓いをしたり、イナウ（木幣）などをつくって、神の加護を希った。また、祖母のウサタは、黒い何かの乾物や、草の根、木の皮などを調合し、煎じ薬をつくってくれた。特に為男を可愛がっている祖母は、傍に来て一睡もしないことが、幾度かあった。母親の多美の心配は、言うまでもない。多美は鶏を買って来て、潰しては生血を為男にのませた。そのいずれが効いたのか判らない。とにかく為男の病気は、危篤状態を脱し、快方に向っていったのである。

（註）ペウタンケという。

第三章

年も明けて、酷しい寒さも、いくらかずつ緩みはじめて来た。といっても、北国の春は遅い。朝などは、真冬にも等しい寒さである。終業式も近くなったその頃から、為男はまた学校へ通えるようになった。母親や、祖父母などの手厚い看護によって、奇跡的にも、為男の病気はすっかり癒くなっていた。

為男が朝に国道へ出て行くと、そこには、五年生の山崎が待っていた。山崎は国道沿の生徒たちが全員揃うと、学年の低い方から横に並べ、右へ倣え、と、号令をかけた。為男たちがそれに倣うと、山崎は駆け足で前へ出た。

山崎は一瞬、全員を見回してから、

「気オ付ケ！」と、声をはり上げた。

為男たちは、吃逆でもしたときのように、ピクリとして姿勢を正した。

「番号！」と、山崎は朝の空気をふるわせた。

一、二、三と、十四、五名いる男女生徒は、活発に声を出した。

が、しばらく学校を休んでいた為男は、自分の番号を戸惑って言えなかった。

すると

「元イ！」と、声がかかった。

「一！」

「二！」

「三！」

「……」

為男のところへ来ると、やっぱり声が途切れる。

「為男！」山崎は険しい顔つきをして怒鳴った。「おまイ、たるんでるぞ！——。なして番号をはっきり言わんだ……」

つかつかっと歩み寄ると、山崎はいきなり、為男のほっぺたを張りつけた。

為男はよろよろッとよろけた。

山崎は元の位置に戻ると、

「もう一度、番号！」と、尚一層、声をはりあげた。

為男が病気をして、学校を休んでいる間に、情勢がすっかり変っていた。それまでのように、為男の一人歩きも許されなかった。学校へ行くときには、是が非でも、並ばなければならない。それも、ハンカチ程の班旗を棒の先につけて、それを先頭にしてであった。歩くときには国道の左側を歩いた。歩きながら為男たちは、お喋りも出来ない。お喋りをしたり、列を乱すと、先頭にいる山崎が喉も裂けんばかりにして、怒鳴り散らすからであった。山崎の命令に、為男たちは絶対に服従しなければならない。山崎は、為男たちの班の班長だからであった。それでわざわざ、学校へ行く途中に家のある山崎なのに、為男たちを迎えに来るのだった。

山崎は、道々で大人たちに出会ったりすると、

「頭ァ右！」と号令をかけた。

為男たちは指人形の頭のように、ぎこちなく顔を向ける。すると大人たちは、テレ臭そうな笑を浮べて頭を下げた。為男たちは、例え一級上でも、年上の者でさえあったら〝敬礼〟しなければならなかった。

並んだ為男たちが、校門近くになると、

「歩調とれ！」という声がかかった。

ときたま〝ドングリ眼〟教師の斉田が出勤して来るのに出会うことがある。

そんなときなど、班長の山崎の声は、サイレンのように大きかった。

「師団長殿に敬礼イ・頭ァ中ァ――」

目屎や鼻屎をつけた為男たちの顔が斉田に向く。すると、斉田は、前のめりに歩いていた足を、ぐいっと止めて、一、二、三というような、動作ある答礼をした。

「直れ！」と、山崎が言うと、斉田は、ニコッと豪放そうな、笑みをつくった。

斉田は、古津国民学校・少年団の師団長なのであった。

為男たちは歩調をとって、校門をくぐった。校門はすぐ国道の傍にあり、そこから校舎までの距離は、百五、六十米ほどあった。百米ばかり行くと、桜の木などが周りに植てある校庭になっていた。校庭の中央にさしかかると、

かった。

古津国民学校の、全校生徒は、雪や風雨を問わず、朝礼に校庭へ出て並ばなければならなかった。

為男たちは、一列並びで奉安殿に〝最敬礼〟をしてから校舎内に入るのだった。

校舎の東側に当る植込みの中に、頑丈な奉安殿が建っていた。

「止レ！」という声がかかった。

先ず斉田の号令によって為男たち全校生は、戦地で散った〝英霊〟に、一分間の黙禱を捧げた。その間は、洟をすすったり、咳をするものさえいなかった。

それが済むと、今度は、校長の訓話めいた面白くない話だった。校長は、正面にある朝礼台に上って、

「この地の下に、憎い敵がいるのだから、力いっぱい踏みつけて歩け――」というような、ことばかり言っていた。

それが、ときには身振り手振り添えて、ながながと続けられるのであった。

そして、女教師の奥山の指揮によって、軍歌の合唱に移るのだった。

為男たちは、よく「海行かば」「愛国行進曲」などを合唱した。

それで朝礼は漸く終る。

朝礼が済むと、為男たち全校生は、校長の言葉通りに、まるで、機械人形のような歩き方をして、校舎内へ入るのだった。
一、二年生には、女教師の奥山が、普通の教育をほどこした。だが為男たち三年生から上級

は、修身が主な科目のようであった。為男も、楠正成や二宮金次郎、広瀬中佐などのことを教わった。それ以外の時間は、背丈ぐらいの木銃（といってもただの棒）を担いで、歩いたり、走ったり、また吊り下げてある土嚢を突いたりもした。女生徒たちは、校舎の周りの野菜畑の手入れだった。

為男たちは、その日も〝師団長〟の斉田の指揮によって、通信訓練をしていたのであった。分隊は六、七名ずつに分かれて、校舎を中心にし周りの田圃の中などに待機した。そして、司令部（校舎）からの手旗信号を受けて行動を起すのであった。

為男は、六年生の佐々木を分隊長とする、第四分隊に所属し、学校の裏手になる灌漑溝の土手に陣取っていた。他の隊員たちと同様に、為男も、司令部からの命令を今か今かと待っていた。

と、司令部の望楼（校舎の屋根）にいる通信部員が〝右へ移動《ハヤクセヨ》〟の信号を送って来た。分隊長の佐々木をはじめ、為男たち隊員は一瞬緊張して行動に移ろうとした。ところが、どうしたことか、為男たちの隊の信号手がその応答に手間どっていた。すると《ヤメ》の合図が出て〝全分隊集合せよ〟の緊急指令に変った。

為男たちは、駆け足で司令部前の校庭に集合した。校庭には、師団長の斉田が、後に腕組をしてニコリともせず立っていた。他の分隊も、それぞれ分隊長を左先頭にして、整列し終った。それまで仁王立ちの斉田が、

「第四分隊、一歩前へ！」と、厳しい声で言った。

為男たちは、分隊長の佐々木を左先頭にし一歩踏出した。

斉田は大柄に為男たちを見回していてから、

「お前たちは、日頃教わっていることを、どう思っているんだ――」と、穏かに切り出した。

為男たちは〝蛇に睨まれた蛙〟であった。

斉田はいつも、言い出しは穏かな言葉を遣う。そしてその後にいきなり噛みつくような声を出す。

「佐々木!」と、やっぱり喉も破れそうな声がした。

「はいッ!」

佐々木は、ズボンの縫目に両手をつけて、不動の姿勢をとった。

すくみかけていた為男の背筋も、ピンとなった。

「軍人勅諭を言ってみろ!」

「一、軍人は、忠節を盡すを本分とすべし!
一、軍人は……」
佐々木は緊張しすぎて、小刻みに慄えながら〝五ヶ条〟を諳んじていた。

それを見守る斉田の眸は、蛙を睨む倫安の蛇の眼であった。

「お前たちは、教えられていることに、忠節を盡しているか――、一刻を争う戦場において、今日のような不手際なことをしたら、どうなると思うのだ――」

諄々として言いつづける斉田は、為男たちの前を、のっしのっしと往き来した。

初夏の気違いじみた太陽は、周りの桜の木に止まる蟬を炒りあげて、ジリジリと鳴かせていた。

為男は斉田の顔を見ているのが恐しくなり、面を伏せかげんにして、二、三歩ほど前に眼をやった。すると、小さな蟻が、あわてたように同じところをぐるぐる回っていた。それは、態にでも踏みつけられて負傷したかの蟻であった。為男は思わず気をとられて、その蟻に眼を凝した。が、ピシャン！と、頰を張るような音を耳にし、ハッ！として面を上げた。

分隊長の佐々木が、よろけた姿勢を立て直していた。が、次の奴にも、そして、為男のほっぺたにも、斉田の手が飛んで来た。

「おまイたちのうちに、一人悪いのがいれば、こうなるんだ、解ったか！」

「……」

誰も何も言わなかった。

「解ったか！」

苛立った声がまた重ねられた。

為男たちは、バネのはずみを喰ったように、

「ハイッ！」と、返事をした。

教練といえば、為男たちはいつも緊張していた。が、その日は校舎の裏手であり、特に土手の蔭という悪条件も重なり一人が失敗をしでかしたのだった。

教練のときの斉田は、まるで鬼であった。少しの過ちにも厳しい咎め方をする。だが厳し

さは、何も制裁に限ったことではない。例えば行程を決めての〝行軍訓練〟になど、生徒が倒れたとしても、見棄てて目的地まで進むほどの非情さもあった。また実際そのようなことが、以前に起っていたのである。

為男たちの性格は、がんじがらめにされていた。それだけに少しぐらい体具合が思わしくなくても、教練を休む者はいなかった。隊伍を整え灌漑溝の土手伝いに〝行進〟していたとき、一人の生徒が顔面を蒼白にし、バッタリ倒れた。彼は普段から弱そうな、五年生の山田であった。

その日山田は、少し体の具合が思わしくなかった。恐れて、六キロの行軍に参加した。木銃を担いで、荒野や、土手などの行軍は、山田に無理だった。その無理が祟って、山田は倒れたのである。

それでも斉田は、救護班の生徒たちを呼びつけ「学校まで背負って行け」と、処理し、行軍を止めなかった。

「戦地での兵隊のことを思うと、これぐらいの行軍はなんでもない。次の大日本帝国は、お前たちの双肩に担われているのだ……」

そのようなときの斉田の声は、尚々熱を帯びていた。

「天皇陛下のオン為に、また国の為に、尽さなければならない……」

誰に聞かすのか、斉田は、怯えきっている為男たちの頭上にわめき散らす。為男たちの中からあがる声は、軍歌の合唱でしかなかった。

陽も高くなり、稲穂もちらほら出かかる真夏となった。為男たちの夏休みも訪れて来た。

夏休みになると、学校での厳しさから為男たちは幾分解放された。教科書の宿題は出されなかった。宿題といえば、いたどりの葉やクローバーの種子を採ることである。それと、朝の六時半頃、村の神社境内と、軽便の停車場に集まることであった。為男たちは、この二ヵ所を手分けして掃除するのだった。

茅野村の神社は、為男の家へ行く坂路の途中を岐れて少し入り込んでいた。また坂路をドって国道をまたぎ、五米ばかりの灌漑溝橋を渡ると、すぐ軽便の停車場だった。

為男は、国道沿いや、近くの生徒たちといっしょに神社境内を掃除した。近くからは上級生の久見や、孝光なども集って来た。そのころになると、為男は上級生たちと、言葉もかわせるようになっていた。が、いちばん親しく話しかけてゆくのは、同級生の竜夫にであった。

竜夫とは、毎日のように、近くの千葉の家で遊んでいた。ところが二人はすぐ言い争って、喧嘩別れになるのだった。

竜夫は何かと言うと――ふん！と鼻をこすりあげる。それ以前の、あのこだわりのない仕草と違っていた。「家には、なんでもいっぱいあるぞ……」と、似たようなことばかり竜夫は言う。為男は向っ腹を立てて、萩で作った箒を振上げたりした。竜夫は、それに託つけて厭々している掃除をうっちゃって逃げ帰った。そのとばっちりをこうむって、為男は人の倍の掃除をすることもあった。

為男は毎日のように、停車場近くに在る千葉の家へ遊びに行った。千葉の家には二級上の孝光や、一級下の利郎兄弟がいる。彼たちの両親は、どんなに家の周りで騒ぎ立てても、荒げた声を一度も出さなかった。

近所からは、久見や、竜夫兄弟など大勢集って来る。為男は皆と一緒になり、鬼ごっこや、隠れん坊などして遊んだ。千葉の母屋の周りには、納屋や、薪小屋などがあり、為男たちが隠れたりするには、恰好の場所が多かった。はしっこい為男は、仲々〝鬼〟にならなかった。〝鬼〟になるのは、竜夫のようであった。

そんな遊びに厭きると、皆はすぐ家の裏手の灌漑溝に、素ッ裸で飛込んで泳いだ。

山育ちの為男は、泳ぎなど全く知らなかった。泳ぎどころか、全身を水につけたことさえない。為男は、皆が泳ぐとき、土手に坐ってじっと見入っている。

いちばん泳ぎが上手なのは久見であった。流れを逆のぼるときなど、見ている為男が、胸をときめかすほどの水の切り方をした。竜夫は、犬かきが主であった。素裸の尻をぽこんと水の上に出して、手足ばかりばたつかせている。それでも泳げない為男の前へ来て、

「俺泳げるべ――。抜き手だって、平泳ぎだって、出来るぞおまイ」と、言って「ふん！」と、鼻をこすりあげた。

そのような竜夫の態度を見ると、為男は腹立たしくて仕方がなかった。灌漑溝の深さは、背が立たないところもある。為男は不安で裸になれなかった。大概のことでは、竜夫に遅れをとらない為男だが、泳ぎにだけはどうしても勝てない。為男は秘かに、竜夫奴――と、思っていた。

そんなある日、土手に坐っている為男の側へ、

「おまイ、泳げないべ――」と、竜夫がまた小馬鹿にして寄って来た。いつもそう言われているので、為男はもう我慢していることが出来なくなった。物もいわずに裸になると、為男は灌漑溝の淵へ寄った。が、いざとなれば内心はやっぱりためらいがちであった。

為男は強がりを見せ、足から水に体をつけにかかった。が、垂直に掘ってある淵は、いきなり為男の足をうばった。為男は思わず、土手に這上がろうとした。すると竜夫たちが、どっと囃したてた。為男は――糞奴！と思った。

――竜夫になんか、負けるもんか……と、為男は、皆のやっているように両腕を広げて泳ごうとした。が、為男の体には、百貫ほどの重石がかかっていて思うにまかせなかった。泳ごうとすればするほど、下半身がいうことを利かなくなっていく。それでも為男は、そのくりかえしを止めなかった。

そのようなことをしているうちに為男はとうとう深みにはまりこんでしまった。泳いだことのない為男は、溺れるということの具体的な意味が何も解らなかった。水に沈んで、苦しまぎれに呼吸をすると、水をどっと飲む。慌てて水底を蹴って水面に顔を出す。それでいくらか胸が楽になった。為男はそのくり返しをしながら、だいぶ流されていった。

竜夫たちは、面白がって、土手をワイワイ騒いで駆ずり回った。灌漑溝で泳いでいて、溺死した子はいなかった。それでか、彼たちの頭の中には、恐怖感が少しもない。沈んだり浮いたりする為男を、彼たちは面白いことのように見て手を貸さなかった。

灌漑溝の淵には、ぼさ（菅草の一種）が、水面をのぞくようにして生えている。溺れたことで、無我夢中の為男は、わずかばかりのその淵まで逃れることをしなかった。五、六十米ほど流されてから為男は淵のぼさを瞬と目にした。為男は沈んで、蹴上がる力を淵に向けた。すると難なくそのぼさにしがみつけたのであった。

為男は、犬が泳ぎ疲れたような恰好をして、土手に這上がった。対岸の土手には、

「為男が溺れた、為男が溺れた」と竜夫たちが嗤っている。

それを見ても、為男は口を利く気力もなかった。じっと坐っていることが、精いっぱいであった。もし何かを言ったりすると、そのまま気を失ってしまいそうな息苦しさだった。

「やあ面白かった――」

竜夫たちは、言い合いながら、泳いでいた元のほうへ引返して行った。

後姿を見送って、為男は、大きな呼吸を肩でしていた。が、胸のあたりが、呼吸の度に、ズキズキ痛んだ。為男には、どうしてそうなったのか、まるで感覚がなかった。

溺れたときの為男は、いままでに経験したことのない不安に包まれた。何かを見ようとすると青いものが眼に突刺って来る。呼吸をしようとすると、得体の知れないものが、どっと胸を塞いでくる。為男は、そのものから逃れようと必死だった。それは〝ぼんぼん遊び〟のようなくり返しであった。

為男たちは、両手足を縛って、相手に近づき体のぶつけごっこをして遊んだりした。それで倒された方が負けなのである。為男は何時であったか、思いきり竜夫に体当りして、ひっ

くり返したことがある。そのようなことがあってから、竜夫は為男を見ると、跳ねて逃げ出した。

その為男も、体の大きい上級生の久見には勝てなかった。下手に倒されようものなら、手足を縛っているだけに、したたか体をうちつける。久見が近づいて来ると、為男はぽんぽん跳上がって、逃げ回るのに必死だった。

為男はふっと、跳上がって逃げるときの気の焦りと、さきほどの呼吸の苦しさを混同し考えていた。

胸の痛むあたりに、手を押しあてている為男は、いくらかずつ落着をとり戻して来た。その眸を、ゆったりとした灌漑溝の流れが引っぱってゆく。気がついて、元に戻すと、眸はまた流れに誘われる。為男は、自分を包んだ不安の正体を感じ出していた。

上(かみ)のほうで、どっと、歓声があがった。その声で、ぼんやり水面を見やっていた為男は気がついた。

上にいる竜夫たちが、入替り立替り灌漑溝に飛込んで泳いでいた。為男のいるところから見ると、蝶がひらひらと舞うような彼たちの身のこなしであった。そのたびに、わっ！と、歓声があがっている。為男の眼に彼たちの姿がはっきりと映って来た。

為男はすくっと立上がって、彼たちの方を見た。そして思わず――こんにゃろ！……と叫びそうになっていた。

為男は学校へ入る前に、ポチと競走して遊んだりした。競走というより、為男が森へ向って走り出すと、いつもポチが先に立った。為男は追い抜こうとして、力いっぱい走る。が、矢のように突走るポチには、とうてい敵う筈がなかった。我武者羅に走ると、森の中の蔦や切株などに足をとられてしまう。そんなときの為男は、言いようのない悔しさに苛立った。勝ったポチが憎いのではない。敗けた自分や、辺りの草木が憎らしいのであった。為男は――こんにゃろ!……と、手元にある木肌などに、拳打をくれたりした。その言葉は、誰から聞かされたというものでなかった。為男の胸のどこかに巣食っていて、本人自身も覚らずに飛出してくる言葉だった。

学校へ通うようになると、為男はその言葉を忘れていた。環境や級友たちに気を遣うからであった。それにも馴れてくると、為男の中に眠っていた何かが呼び覚された。何故か為男は、人後に落ちたくないという気が過剰なまでに強くなってきた。

為男は――泳げるぞ……と、思った。いつも久見たちの泳ぐのを見て、秘かに機会をねらっていたからであった。鼻をこすり上げ寄って来た竜夫を見ると、――よーしその鼻をへし折ってやるぞ!……と、為男は裸になった。が、結果は見事なまでの失敗だった。

為男は助けてくれなかった竜夫たちが憎いのではない。そんなことなど為男は少しも考えていなかった。ただ嗤われたことが悔しいのであった。為男は歯がみして、――こんにゃろ!……と、心にくり返した。その頬には涙がスーッと、糸を引き始めていた。

千葉の家で遊ぶようになってから、為男は友だちが大勢できた。泳いだり駆けっこしたり、ときには喧嘩もしたが、為男の夏休みは愉しかった。

旧盆も過ぎ、また登校する為男たちの二学期が始った。二学期が始まると、初っ端に身体験査であった。特定の医師などが、診断するものでなく、担任の教師たちが、身長や体重を記録する程度だった。

為男たちの学年で、普段から下着を穿いている男生徒は二、三名であった。下着をつけている生徒たちは、誇らし気に、

「俺、パンツ穿いてるぞ!」と言いふらしていた。

そう言われると、為男も——パンツ欲しいな……と思ったりした。が、母親に、買ってくれ、と強請るようなことはしなかった。遮二無二穿かなければならないものだと、為男は思わないからである。

身体験査は、前から知らされているので、男生徒の大半が下着をつけて来た。が、下着の無い為男は、無頓着に素ッ裸になって、級友たちの中に混り、順番を待っていた。

と、さきほどから、しげしげと為男の軀を見回していた猛が、

「おまイ毛深いな——」と、言った。

為男は何を言われたのか、意味が解らなかった。

「そりゃ、コタンだもの」

猛の横にいる勝が、当然だ、とばかりに相槌をうった。

すると傍の章二が、

「くさい、くさい」と、鼻をつまみだした。

為男は、いよいよわけが解らなくなった。

猛たちは、態とのように、為男の側を離れ、向うで寄り集った。そして、ひそひそ話をし、為男の方を見たりしている。

為男は——猛ちゃんたち、なんのこと言うんだべ……と、不思議でならなかった。

為男はパンツも穿いていないけど、それが別段、恥しいことだと思っていなかった。よく猛たちは、——コタン、アイヌ——ときには、——くさい、くさい！と、言うが、為男にはどのような意味が含まれているのか、解らなかった。それがまた、自分に向けられたものだとも、思っていなかった。

が、——おまイ、毛深いな……と、言われたことで、為男は魂がうばわれたような気持になってきた。ただぼんやりとして顎を両手でささえるような恰好をし突立っていた。猛たちは、まだ何かを言っているようで、ときどき此方を見ている。

順番が来て、為男は験査室へ入って行った。すると、亀夫が衡の台に載っていた。側に斉田が立って、少し離れて、奥山が何かを紙に書込んでいる。

為男は験査室に入って、亀夫の軀を見たとき、一瞬、どきりとしてしまった。いきなり真白い壁に突当ったたような錯覚にさえ陥った。あまりにも、亀夫の軀が、白くきれいに見えたからだった。

「次は、為男ちゃん！」

奥山が呼びあげた。

為男は、空を見つけたような眸をし、突立ったままであった。

「為男！」

斉田が、教練のときの声で呼んだ。

為男はぴくりとし、

「はイッ！」と、不動の姿勢をとった。

「どうした、元気がないぞ」

いかめしい斉田の顔が、いくぶんほぐれた。

二学期になると、為男たちの教室での勉強は、ぐんと減った。一時間も教科書を開くと、後は木銃を担いで歩くか、または、いたどりの葉や、クローバーの種子を採りに河原へ行くかだった。そのいたどりの葉などは、たばこの原料や、軍馬の飼料としてどこかへ送り出されるのであった。

学校の近くには、古津村のコタン（アイヌ部落）があった。コタンの外れの、丘があるあたりまで行くと、広い河原が一と目で見渡せた。その河原へ、為男たち三年から上の生徒は、いたどりや、クローバーを採りによく行くのであった。

為男たちが、教師に引率されコタンを通るとき、よくミサ子を見かけることがあった。すると為男の級友たちが、「あ、あれミサ子でないか……」と、ささやき合った。

「うん、そうだな」と、誰かが相槌をうつ。

「あんにゃろ、学校休んで、守ッ子なんかしやがって――」

「こんだ、学校さ来たら、泣かしてやるべ」

皆は口々に言い合った。

が、為男は、何故か聞かない振りをしていた。

為男と同級のミサ子は、ときどき学校を休まされ、他所の子守りをしているのだった。

また、為男はこの辺りを〝コタン〟と、呼ぶことができなかった。

〝コタン〟には茅ばかりで建てたような家が三、四軒建っていた。その家の前を通るとき、皆は、――くさい、くさい！と、鼻をつまんだりした。為男にもなにかそのような臭いが感じられた。それは、家の前に埋けてある小便樽のせいのようであった。

アイヌたちの中には、家の前の其所此所で、小用を足すことを嫌い、味噌の空樽などを土中に埋けて置く者がいた。家の前を汚くしておくと、神々が寄りつかない、と信じるからであった。が、小便樽には、囲いもせず、また溜っても汲み出さないでほっかってあるので、黄色い悪臭が、むんむんと辺りに放されていた。皆がそのことを言うのかも知れないと、為男は考えた。

為男はこの辺りを通るとき、猛たちの――コタン、くさい、くさい！と、よく言う言葉を思い出し、気が重くなってくる。そして、いつも――早く通り抜けてしまいたいな……と、ひとりでに足を急がせるのであった。

河原はすばらしく広いところであった。対岸の切立った山裾を、えぐるように流れている大川は、幅が四、五十米あり、ワイヤーを張って渡船がかかっていた。渡船守は〝サメ〟という五十恰好の男であった。それが本名なのか、綽名なのか、為男たちには判らなかった。為男たちが、渡船に近寄って行ったりすると、番小屋にいるサメが、「コラッ！」と、太い声で怒鳴った。為男たちは、後も見ずに逃げ去った。サメは、片目が潰れていて、髭が濃く顔が真黒く見えるぐらいだった。サメの番小屋は、此方向きの水際にぽつりと建っていた。その後方一帯のところどころに、いたどりや柳などが密生しているのだった。

ある日に為男たちが、いたどりの葉を採っているときであった。突然五粁ほど離れた猿太町のサイレンが鳴り響いた。

すると引率して来た斉田が、

「皆、その場に伏せろ！」と叫んだ。

皆は、草原や柳の木影などに突伏した。

一人でいた為男も、犬コロのように、葉をとりかけていたいたどりの中に頭を突込んだ。耳を澄ますと、対岸を洗う大川の流れが、ザーと聞えてきた。それまで喧しいほどぺちゃくちゃ喋くっていた女生徒たちも、気配さえ感じられない。空は今にも降り出しそうに曇っていた。気にかかって為男は、心持ち顔を上げ、辺りに眼を配った。皆は、あちこちで伏っていて、死んだように動かないでいる。為男は、ふっと不安になってきた。

為男は、光子の家にいたときの、ある晩の出来事を思い出した。多美の「動くなよ、動くなよ」と、くり返した声が、聞えてきそうでさえあった。その不安を一層駆り立てるように、古津村の警鐘が、ジャン・ジャン……と、鳴り響いた。為男はいたどりの間の草に、ぴったり顔をつけた。と、顎の下あたりが、何かもそもそしだした。何気なく顎を上げて見ると、そこから一匹の、茶色がかった虫が這出て来た。びっくりした為男は、思わず飛起きようとした。が、よく見ると、それは四、五糎ばかりの螻蛄（けら）であった。

螻蛄は慌てたように、為男の鼻先を通り、向こうへ行きにかかった。為男は――よーし、捕えてやるぞ……と、手をのばした。

為男たちは、螻蛄を見かけると、よく捕えた。そして――〇〇君のチンポどんなンだ……と、言う。すると螻蛄は考え込む風に、前脚を開いたり縮めたりしていて、一定のところでぴたりと止める。それが螻蛄の手いっぱいのものであったら、――あ、〇〇君のチンポでっかいぞ！と、言うのだった。

手を伸ばしたが、螻蛄は草の下へもぐり込んだりして仲々捕めない。しかもだいぶ前の方へ行ってしまった。為男は伏せていることも忘れて肘で少しばかりずり寄った。その肩がいたどりに触れて、枯葉がガサガサと音を立てた。

「誰だ！」

近くでいた斉田が、対岸の山に木霊しそうな声で怒鳴った。

為男はびっくりして、また草に顔をくっつけた。すると、遠くで飛行機が飛んでいるような音がしていたのだった。

斉田の教練は、秋も深まる頃から、以前にも増し、厳しくなっていった。為男たちが、少しの過ちでも犯そうものなら、往復ビンタなどはめずらしくなかった。ときには、日頃、仲良しの級友とも、対い合って、ビンタの張ッこをさせられたりした。そのようなとき、ためらおうものなら、噛みつくような声で為男たちは怒鳴られる。あるときなど、下級生を殴るよう命ぜられて、殴れなかった生徒が、罰として校庭を五十回走らされたりした。そのようなことがあるだけに、上級生たちの態度も日毎に硬化し、為男は、圧し潰されそうな、毎日であった。

また為男たちは、——天皇陛下の為！御国の為！と、いう言葉を、耳に胼胝（たこ）が出来るほど聞かされていた。その言葉の二輪に載せられて、為男たちは、出征兵士のいる農家へ手伝いに行ったり、ときには、もう、霜柱の立ちはじめた田圃を歩いて、落穂を拾ったりもした。

そのような日が重なり、やがて雪も降る寒い季節を迎えたのだった。

校長がニコニコしながら、為男たちの教室に入って来た。教壇にあがるなり、

「ゴム靴が来たので、これから籤引をする」と、言った。

ワーッという吐息のような声が、教室に満ち溢れた。

ゴム靴などは、配給品として以外、手に入れることが出来なかった。その配給も、年に一度か、せいぜい二度である。皆に行き渡るだけないので、為男たちは、籤引でそれを分けるのだった。

校長は黒板に向って、チョークで縦線を引き始めた。人数だけ引き終ると、チョンチョンと、短い横線を引きにかかった。

それが済むと、

「どれだ……」一人ずつ指名して校長は言った。

為男たちが、その線を指すと、下に名前を書止めた。

ゴム靴は、章二や、勝、和子、森子などに当っていた。為男の指した線は、外れ籤であった。

当った勝たちは、

「俺、籤運強いべ――こら、すごいぞこの長靴！」と、誇らし気に見せて来た。

為男は――いいなあ……と、ただ見やるばかりであった。

為男は、短靴を履いて学校へ通っていた。それも鉱山へ働きに行っている〝叔母ちゃん〟が送ってくれた、お古であった。

吹きだまりの朝など、為男の家から、国道へ出るまでの路は、ほとんど雪でうずまっている。その雪の中を、為男はズボンの下を紐で縛って、道江たちの先頭を切って歩くのだった。国道へ出ると、為男の短靴の中は、雪がいっぱい詰っている。それでも為男は冷いという気を起さなかった。

為男も――長靴が欲しいな……と、思っていた。だが籤運が弱くて当らなかった。春にも長靴や、上靴などが来たが、そのときも籤運の弱い為男は、外れ籤を引いていた。――勝ちゃんたち、籤運強くていいな……と、為男は思った。春にも、勝や和子などが当っていたからであった。

何かが空転し、何かが張りすぎた為男たちの三年生もやがて終りを告げようとした頃だった。為男が喜んでいいのか、悲しんでいいのか、解らない一つの出来事が持上った。それは、師団長・教師の斉田に、召集令状が舞込んだことであった。

それまでは〝鬼〟の斉田も、召集令状を見てからは、さすがにげっそりとしてしまった。日頃〝大和魂精神〟を捲したてていたあの勢いもどこへやら、奈落に陥るような、暗い斉田の顔であった。為男にはその顔が理解できなかった。意地の悪い見方ではない。本当に、何故斉田が、それほどまでしょげかえってしまったのか解らなかった。

為男の知合いからも、出征兵士が二、三人出ていた。そのとき見送りに、為男は軽便の停車場まで出たりした。が、送る者も、送られるものも〝万才〟と叫び、笑みを浮べて、おめでとう、と言い、ありがとうと応える。それがあたりまえのものだと、為男は思っていた。だが極端なほどうちしおれた斉田を見ると、為男は複雑でならなかった。

愈々、斉田が出立する日が訪れて来た。いつものように教室を、講堂にしつらえ、為男たち全校生はそこに立並んだ。

正面の壇上に襷をかけた斉田が登場した。感慨無量の面持をし、一瞬、全校生を見渡していた。そして、徐ら口を開こうとした。が、頬がひきつって、出かかった言葉がつまずいた。

「今日まで、皆と共に、過して来たことは、先生の生涯に、二度とあり得ない、愉しい思い出であった。皆をがみがみと、毎日のように叱りつけていたが、先生は決して皆が憎くて叱っていたのではない。皆が可愛いければ、可愛いほど、厳しくしなければならなかった。これからは、校長先生の教えをよく守り、立派な……立派な大人になって……くれ。……先生は、一人一人の面影を胸に抱いて……きっとがんばりつづけ……」

言い出しから怪しい斉田の言葉遣いだが、とうとう途切れてしまった。

言葉を詰らせてしまった斉田は、臆面もなく、拳を固め、それで目の辺りを拭った。講堂に居並ぶ、全校生徒たちの中から、すすり泣く声がもれた。それも日頃、特に厳しい教練をほどこされている上級生たちに多かった。

斉田は——教えるときは厳しくするが、休むときは、うんと愉しくする——と、常に言っていた。農家の納屋を一部借切って、自炊していた斉田は、上級生たちを招いて夜を語り明しもする一面もあった。そんなことでか、わりと上級生たちの受けがよかった。

斉田の別れの言葉が終ると、今度は校長が登壇した。

「斉田先生のお陰で、この古津国民学校・少年団は、管内一の優秀校として、表彰までされたのです。その先生が、今この学校から去ると言うことは、片腕をもぎとられる思いがします。しかし先生は、天皇陛下のオン為に、また、ミ国の為に、戦地へ赴かなければならないのです。……先生のご無事と、ご健康を、皆と共に、心からお祈りしたい。……皆も、これまでの斉田先生の教えをよく守って、斉田先生に次ぐ、立派な大人になり、天皇陛下のオン為に、ミ国の為に、尽す兵隊になって欲しい。それが、斉田先生のご恩にお報いする、たった一つの途なのです——」

校長は、わりと冷静に言葉を句切ったが、終ると、やっぱり目頭を指先で押えた。

古津国民学校・少年団は、管内の最優秀校として、陸軍大臣から表彰されていたのであった。

為男は、教師たちの言葉にじっと耳を傾けていた。が、その意味するものは解っていなかった。ただ日頃いかめしい教師たちの顔が、涙で濡れていることに関心を示していたにすぎない。

全校生徒の中からも代表が出て、斉田を称える言葉を手向けた。まだそんな季節でもないのに、講堂は、入梅時のようなしめっぽい空気が満ち満ちていた。

そして為男たちは、斉田を送りに、軽便の停車場に並んだのだった。

学校の裏手になる停車場には、村の人々も大勢来ていた。端から端まで歩いても、二十歩ほどしかない停車場は、斉田を見送る人たちでうずまってしまった。

斉田は国民服を着て、戦闘帽を冠り、寄せ書のした日の丸を手に、見るからにゆゆしい出立ちであった。が、それに引換え、面相のひきつりが多かった。

為男たちは、奥山の指揮によって、軍歌の数々を合唱し、斉田の壮途を励ましていた。

斉田は、前を往き来して、オイ!オイ!オイ!と、生徒たちの頭をなでたり叩いたりした。その表情は、笑顔をとりつくろっているのだが、ひくひくと痙攣を起し、為男たちには泣いているのか、笑っているのか判らなかった。

停車場に並んで少し経つと、黒煙を吐いて軽便が滑り込んで来た。

校長が、

「斉田センセイ、バンザイ!」と、手を挙げた。

それに倣って、全校生徒も、村の人々も、「万才!」と、唱和した。

為男は何故かそれに倣うことができなかった。斉田のくしゃくしゃになった顔を見ると、為男は、可哀想に思えてならない。戦局が、重大化し、本土決戦の合言葉など、もとより為男には知る由もなかった。が——先生、兵隊に行きたくないのでないかな……と思うと、——万才！と叫ぶことができないのであった。

「ピーポーッ！」

軽便の汽笛が発車を告げた。

全校生徒の合唱は、「海行かば」に変った。

「皆な元気でな！」「行ってまいります！」「さいなら」動きかかった軽便のデッキから身をのり出して、斉田は叫びつづけた。

「センセイ、サイナラ！」、全校生徒の中の誰かが応えた。

それが合図のように、合唱は、「サイナラ！」という声に変った。

全校生徒は、線路上に飛降りたりして、「サイナラ！」と遠ざかって行く汽車に手を振った。

斉田は旗を振り、何事かを叫んでいる。が、もう為男たちの耳には届いて来なかった。

（つづく）

(続) 遠い足音

第四章

斉田先生が出征してしまうと、教員が二人になり、為男たちの授業は、自習が多くなった。その時間、為男たちは、ほとんど勉強をしなかった。立って歩いたり、お喋りをしたり、またときには、喧嘩をする者など、それはさまざまであった。ときどき校長が見廻ってくるが、その間だけ、皆は落着きはらって机に向っていた。

為男たちには、教科書も満足にゆきわたってはいなかった。それも前年度の生徒たちが使用して古しいものであった。為男も、従姉の道江が使った教科書をもらい受けて、それで勉強していた。だが、頭にはなに一つとして、内容が根差していなかった。為男はただ〝勤労奉仕〟の中にのみ、学校での生活を味っていたのであった。

為男たちは、校庭の片隅に、一ヵ月ほどもかかって、防空壕を掘ったりした。それは、全校生がいっぺんに避難できるような、大きなものであった。防空壕が完成すると、こんどは、出征兵士のある農家へ手伝いにいった。その時間が、為男にはいちばんたのしかった。

農家へ手伝いに行くと、昼食にまっ白なご飯をだしてくれた。為男の家は、父親の出稼の収入がほとんどで、多美がわずかばかりの野菜畑をつくって、生活を樹てていた。白いご飯など、為男は、自分の家で食べたことがなかった。あるときにも、黄色い粉をまぶしたお握りを出されたことがあった。為男は、眼も眩むような思いで、それにかじりついた。家へ帰ってから、母親にその話をして聞かせた。そして為男は〝きなこ〟という言葉を知ったのであった。

為男たちは、野いちごや、西洋タンポポなどを見つけると、先を争うようにして、貪りついた。酸味の多い野いちごも、為男たちの口には、甘くとろけるような味であった。中に小さな虫が巣食っていたりするが、それは腹薬になると信じて棄てなかった。また、西洋タンポポは、普通のタンポポより、少し背丈が長く、苦味も薄かった。為男たちは〝西洋タンポポ〟と、誰いうともなしに称んで、食べられるもの、と決めこんでいた。

そのように、食べられる野草が密生しているような場所を知っていると、為男たちの間では、とても巾が利いた。河原の近くに家がある猛たちは、それが自慢なのであった。

ある日にも、登校しながら、

「堤防に、西洋タンポポや、スッカンコがいっぱい生えているわイ！——それに、ツクシンボだって、一面にあるぞ！——なあ、亀夫——」

と、猛が言って、三人は誇ったように、為男の顔を見た。

いつでもそう言われると、為男も、家の裏手に植てあるグスベリ（すぐり）のことを、彼たちに話したくなった。

「家に、グスベリ、いっぱい実っているぞ……」

と、為男は言った。

が、言いおわるか、おわらないかのうちに、猛が、

「おまィの家になんか、あるもんか！」

と、否定した。

「嘘でないわィ！家の裏にいっぱい実っているぞ！」

と、為男は、向きになった。

「なあに、嘘ばっかり言って――」

猛は、てんで信じようとしなかった。

「よォし、したら家さ行くべ、実っているとこを見せてやるから……」

と、むしゃくしゃしてきたので言った。

「ほんとか、おまィ？」

「おう、ほんとだわィ」

猛は、

「よし」と言って亀夫と満を見やり
「おィ！為男の家に、グズベリ実っているとよ、きょうの学校帰りに、寄って見るべ……」

と誘いかけた。

「ほんとなんだべ、おまィ！」

亀夫も進み出て来た。

「嘘なんか、言わんわィ！」

「もし、嘘だったら、この中、ふとん着て通れよ！」

と、亀夫は指を丸めた。

「おう！」

と、為男はきっぱりと返辞をした。

為男たちは、駄目を押すときに、おや指と人差指を丸めて、この中を通れよ、とよく言った。

「嘘ゆったら、泣してやるからな――」

と、めずらしく口数の少い満も言った。

為男は、それまで友だちを自分の家へ連れて行かなかった。いつも――コタン！と、言われていることで、なんとなく誘いかけることができなかった。だが今日だけは、是が非でも、猛たちを連れて帰ろうと思った。

その日、授業が終ってから、為男は、三人を連れて家に帰って来た。家の裏には、嘘でもなく、荊棘の枝がしのるほど、グスベリが実っていた。それを見ると、嘘だ！と言い張った猛が、

「うわっ！すごく実っているな……」

と、感嘆の声をあげた。

「あ、こっちにも実っているわ！」

と、亀夫も、少し離れた荊棘の茂みを指して言った。

為男は、別段わるびれもせずに、側に立っていた。

「為男……、少しくれや……」

と、猛が、遠慮がちに言った。

為男は、——青いうちにとったら、だめだぞ——と、言われていたことを忘れ、

「うん！」

と、軽く承諾してしまった。

猛たちは「すごく実っているな——」と、口々に言いながら、もぎとってポケットに入れはじめた。

為男は二、三粒もぎとり、それを黙って見ていた。

「コラッ——」

と、いう声がした。

為男はびっくりして振り向いた。

〝伯父ちゃん〟家の蔭から、祖父が杖を突いて出て来ようとしていた。

「なしてそんな青いもの、とるのよ——」

と、祖父は、不自由な足をひきずりながら、為男たちの方へ向って来た。

それを見ると、猛たちは、慌てて逃げ出した。為男は、猛たちを見やったり、祖父の顔を見たりし、どっちつかずのままに立っていた。

「もしこしせば熟れるもの、そんな青いもの食ったら、腹痛くしるべせ――」

と、だんだん近づいて来たが、為男は、猛たちのことが気になりだして、祖父には顔も向けなかった。

「おまけに人(しと)ちれて来てまでも、なしてそんなしゅっぱいもんとるのよ――」

と、側に来た祖父は「どれ――」と、為男の掌にある二、三粒のグスベリまでも、とりあげてしまった。

「こんと、こんなことしたら、木さ縛(くく)りちけてやるからな――」

と、威すように言った。

為男は、――青いうちとるな――と、言われていたことを思い出したが、聞く風にさえしなかった。

「言うことを聞かないば、こんとおまちりさもちれて行かないからな――。も、とるなよ――熟れたらやるからな……」

と、祖父は顔をのぞきこんできた。

為男は、知らん顔をして返辞もしなかった。

祖父はいまいまし気に、

「こんにゃろ！」と、言って「よーし、いま縄とってきて、木さくくりちけてやるからな――」

と、足をひきずりながら、家の方へ戻って行った。

為男は――これで、猛たちに信じてもらえるぞ……と、思っていた。それが、祖父に咎められたので、無性に腹立しかった。為男は、嘘つきでない、ということを、証拠だてたかった。何を言っても、猛たちは――おまィなんか！おまィなんか！と、聞いてはくれない。また、べつに、嘘をついたこともないのに――嘘ばっかりついて！と、相手にもしてくれなかった。そう言われると、為男もそれを証すだけの勇気を無くしてしまう。いつも為男は、独りきりだからであった。猛が――少しくれや――と、言ったとき、為男は、ちょっとばかり、誇らしい気持になったりした。それなのに、――ぢぢが、あんなこと言うもんだから……と、思い、ぢぢのバカ！と、くり返したりして同じところに突っ立っていた。

「あきれたやちだな……。まだそんなとこに立っているのか……」

と、いう声がした。

為男は伏せかげんにしていた顔をあげて、家の角にいる祖父を見たが、わざとに、そっぽを向いた。

「よォし、このヤロ、ほんとに木さくくってやるからな……」

と、祖父は、いきこんだような声がした。それでも、為男は強情に動かなかった。

祖父は肩に藁縄をひっかけて、いつもより高目に、ザザッ、ザザッと、足をひきずりながら寄って来た。グスベリの荊棘から、少し離れたところに、梨の木が立っている。その下へ歩み寄ると、

「こさ来い、くくってやるから……」

と、縄を手にした。

為男は、誰がそんなとこまで、行くもんか……と、地面を睨んで動かなかった。

祖父は「こいち……」と、ほんとうに怒ったような顔をして寄って来た。

「あっちさ行け!」

と、杖を片手に、後から押しつけた。

為男は、はずみをくらって、とんとん、とよろけた。が、勢いを失うと、がんこに突っ立った。祖父は、杖を突いて、またせまって来た。そしてとうとう、梨の木の下まで、押しやられてしまった。

祖父は、口の中で何事かを唱えながら、為男の体を梨の木に縛りはじめた。そして、辺りにある木の小枝を、ぽきん、ぽきんと、折りだした。両の手に一と握りほどの小枝を折ると、難しい顔をして、側に来た。

「ウェンラマッコルワクス、エネラムアコニユケシワタシ〈悪い魂を持っているから、このように強情なんだ〉……」と言って「フッサ、フッサ!」

と、為男の全身を、叩きつけるようにした。

為男は、以前にも、祖母にそうされたことがあった。祖母は、為男の上に、災難が振りかかりそうな夢を見た。しかも恐しい悪魔の仕業であった。あくる朝に起きると、祖母は為男の家に来た。そして便所へ連れ行き、踏板の上にかがみこんで、唱えごとをはじめた。それから、フッサ、(註一)フッサ!と、為男の全身を掃くようにした。祖母は、ル・コルカムイ(註二)にお願いして、為男に憑こうとしている悪魔を追い祓ったのだ、と、あとで話してくれた。

為男は、そのときのことを思い出しながら、祖父の顔を正面から睨みつけていた。祖父が憎らしくて、憎らしくてたまらなかった。しかも「フッサ、フッサ！」と、怒ったようにして叩きつけるので、手や顔などの素肌に、小枝がピシリ！と、当ったりした。が、泣いてやるもんか……と、為男は、歯をくいしばっていた。

フッサ・カル(註三)が終ると、祖父は、

「しょうやって、いちまでもいれよ……」

と、家のほうへ戻って行った。

後姿に——ぢぢのバカ！と、為男は、言ってやりたくなった。猛たちに、グスベリをくれてやっただけで、べつに食べたわけでもなかった。それなのに——ぢぢのヤロ、こんな木さくくりつけたりしやがって……、ぢぢのバカ！、ぢぢなんか、死んでしまえ！と、為男は、思わず体をひねっていた。すると、縛られている筈の藁縄が、ほどけて、ポロリと足元に落ちた。為男は、ありゃ？……と、腑に落ちない気持だった。が、次に脱兎の勢いで、すぐ前の藪原(やぶわら)の中に、身を潜めた。為男は、少しの間、動かないでそのままいた。どうして、縄がほどけたのか、いくら考えてもわからなかった。そのうちに、家の蔭から、祖父が、ちらっと、顔をのぞかせた。が、すぐにひっこんだ。そのときに、いくらか、祖父の顔が笑っていたように為男は思った。すると、何故か、泣きたくなってきた。

為男は、祖父が大好きなのであった。胸のあたりまで髯をのばしている祖父は、笑うととてもやさしい顔になった。為男は、幼いときに、よく祖父に俥にのせてもらったりした。その俥は、丸太棒を切って作ったもので、人を乗せて引っぱると、キシッ、キシッと、軸木が軋んだ。為男は、今まで、祖父にかわいがられてばかりいて、怒られたことなど、一度もなかった。それが腹立ちまぎれに、強情を張ったので、懲しめをかねて、祖父はフッサ・カルをしたようであった。為男の頬に、ポロ、ポロッと、涙が転りはじめた。祖父に、怒られたことが、悲しいのではなかった。どうしたわけか、涙がひとりでに流れてきて、止めることができないのであった。

以前から、お祭に連れて行くぞ——と、いっていた祖父が、そのお祭間際になってから、腹痛みで寝込んでしまった。為男は、毎年のように、祖父と一緒に、平泉町にある神社のお祭に行っていた。それが行かれないようなので、為男は、級友の竜夫と、上級生の久見などと、行く約束をしてあった。

その日に、母親からお小遣いを貰うと、為男は、しめし合わせて停車場へ、坂路を下っていった。お祭に行く村の人たちも、ぼつぼつ停車場に集まって来ていた。竜夫と久見は、まだ見えていなかった。陽がカンカン照る暑い日なので、為男は待合所の蔭に、陽を避けるようにして、竜夫たちを、待つことにした。今に二人が来たら、威かしてやるぞ……、と、為男はときどき、建物の蔭から、道路のほうを見やっていた。

と、待合所にいた大人たちが、停車場の前にある店屋の方へ走りだした。何かとても慌てているようなので、為男は、思わず後を追った。店屋の中道さんの家の、玄関や、窓口などに、大人たちが群がって、中をのぞきこんでいる。――なんだべな……と、為男も中にわりこんだ。見ると、壁ぎわに置いてあるラジオが、ピーピー、ガーガーと、音を立てていた。大人たちは、それに耳を傾けているようであった。為男は、ラジオがめずらしいので、それにばかり見とれていた。と、いつも店に出て来たりする中道さんの娘が、パチリ!と、ラジオを止めてしまった。大人たちは、フーッ……と、大きな溜息を吐いた。誰も何も言うものがいなかった。

が、日焼けして、顔の黒い小父さんが、

「日本が、戦争に敗けたのか……」

と、誰にともなく言った。

それでも声がなかった。

「うーん!」

と、呻くような声がした。

誰だべ……と、為男は、大人たちの顔を見回した。

「いや、向うが敗けたんじゃ――」

と、呻き声の主とは別に、威勢のいい声が出てきた。

見やると、種馬を飼っている〝武市つぁん〟であった。

「したって、今の声、陛下さんの声だべ……」

と、日焼け顔の小父さんが進み出た。

「ほんじゃ――。けんど……日本が敗けるはずないじょ……」

と、武市つぁんは、困ったような顔をして言った。

「いや、敗けたんだ――」

と、また、重くのしかかってくるような声がした。

見ると、その人は、腕組みをしていた。顔見知りはあるのだが、為男には、名前がわからなかった。

「しかも、無条件、降伏だ――」

と、その男は言葉をつづけた。

「そんな、はずないじょ……」

と、武市つぁんは、男の前にせまった。

為男は、何故か胸がドキドキした。

「なんだか、よく聴きとれなかったな……」

と、誰かが言った。

居合わせる大人たちは、黙って顔を見合わせた。

「オーイ、なにしているんじょ――。汽車が来るぞ!」

と、停車場にいた村の人が知らせに来た。

為男は、気がついて、停車場に向って走り出した。竜夫たちが、逆に、為男を待つような恰好をしていた。

「なんだ……、おまィ、もう来ないんだべかと思ったけ……」

と、竜夫は、ちょっと不満な顔をした。

為男は、少し笑顔をつくっただけで、何も言わなかった。大人たちの会話が、気にかかってならないからであった。

軽便に乗って、平泉町に着くと、為男たちは、小高い山の上にある神社へ向って歩きだした。街の中は、お祭りらしく、出店などもあり、少しばかり賑わしかった。気をうばわれて、為男は脇見しながら歩いていたが、呼び止められているような気がして振返った。

見やると、顔見知りのある、高等科（旧制）の生徒であった。

「おまィたち、日本が戦争に敗けたの、知っているか――」

と、近づいて来た。

為男は、思わず、竜夫と、久見の顔を見やった。

「さっき、天皇陛下の放送が、あったんだぞ……」

生徒は、ちょっと、声を震わせていった。

為男は、汽車に乗る前の、大人たちの会話を思い出した。竜夫と、久見はまるで、訳がわからないようであった。

生徒はしょんぼりとして、為男たちの傍を離れて行った。

「日本が、戦争に敗けたのか……」

と、一級上の、久見がつぶやいた。

竜夫は、そんなことなど、頓着なさそうであった。為男は、戦争に敗けたということが、どんな意味なのか、のみこめなかった。

斉田先生がいなくなると、為男たちは、以前のように、木銃を担いで歩いたりしなくなった。それに、きびしい規律もずいぶんゆるんで、学校も、何かと、休みの日が多くなった。たまあに登校しても〝避難訓練〟のようなことばかりであった。それと、戦争に敗けた！ということがつながるんだべかな……と、為男は思い巡した。

神社の境内に着くと、余興の子供相撲がはじまっていた。土俵をとりまいて、大勢の人が見物している。為男たちも、その中に加わった。同じ学年ぐらいの子供が、手に唾をつけて「ハッケヨイ！」という、行司の声とともにぶつかり合った。周囲の大人たちと、いっしょに、為男も土俵上の〝豆力士〟に注目した。が、二人とも、ぜったいに負けないぞ！と、いう恰好で取組んでしまった。「ハッケヨイ！」と、扇を持った行司の声が、境内の森に響き渡った。

「――だいたいだね、日本はいざとなれば、神風が吹いてきますよ。蒙古襲来のときを考えてごらんなさいね、あの日露戦争の、二〇三高地の陥落もですよ、多分に、神の力じゃないですか……。日本は、歴史的にも、神の国なんです。それがあなた、どうして敗けたりしますかね……。敗けるとなれば、かならず、神風が吹きまくります――」

〝神風〟という言葉を耳にし、為男は、土俵に目をやっていたが、思わず傍を見やった。眼鏡をかけた坊さんが、どこかの小父さんに話していたのだった。為男は〝神風〟という言葉で、二、三ヵ月ほど前の、ある出来事を思い出した。たしかにあの日も、部落会長の花本さんが、神風！神風！と、言っていた。それが、どのような意味なのか、為男にはわからなかった。

……その日には、シマキ（人名）・エカシ（古老）やラム・エカシなどが、シン・ヌラッパ〈供養儀式〉でもするような恰好をして、祖父の家に集まって来た。しかも、同じような恰好をしたハボ〈老婆〉たちもいっしょだった。

為男は、いつもの、シン・ヌラッパと違って、祖父も腰に刀を差しているし、何事が起るのか……と、不安でならなかった。そのうちに、部落会長の花本さんや、福山、三田村、辻本さん等々、大勢きて、祖父（ぢぢ）うちの裏にあるイナウ・チバ〈木幣の安置所〉の前をうずめつくした。

すると、いちばん前にいる祖父が、刀を抜き、イナウ・チバに向って、イノンノイタクッ〈お祈り〉をしだした。それは、今まで、為男が見たこともないような、念の入ったものであった。

イノンノイタクッが終ると、祖父を先頭に、エカシ、ハボ、そして部落の人々と並んだ。

先頭の祖父が、一歩、踏み出すと、刀を抜いて後につづいているエカシたちが、

「フォ・ホォホー……」（註四）

と、吠えたてるような声を出した。

二歩目になると、

「ホイッ！」

と、噛みつくような声を吐き棄てた。

その度に、エカシたちは、空に向って突き立てている刀を、前に出したり、引っこめたりした。ハボたちは、片方の袖口をつかまえて、棒を持ち「ホーイ、ホイ！」（註五）と、どこかに呼びか

けるように、エカシたちの後に続いていた。部落の人々は、ただ黙りこくって、つながって来た。そして、村の神社の境内に着いたのであった。

境内の片隅には、紙でこしらえた誰かの似顔が、二つ置いてある。祖父はまず、社殿に向って、イナウ・チバでしたようなイノンノイタクッを捧げた。それから紙でつくった似顔の前に進んで、睨みつけて激しく何事か唱えはじめた。そしていきなり、刀でザクリ！と突き刺した。

後に並んで「フォ・ホォホー……ホイッ！」と、声を出しているシマキ・エカシたちも叫びながら、祖父につづいて、刀を突き立てた。それが合図のように、部落の人々も、エイッ！ヤァ！と、手にしている棒で、どこといわずに突きはじめた。またたくまに、紙の顔は、穴だらけになった。が、誰かが、それに火をつけた。ボォーッと、燃えあがると、人びとは先を争って棒を打ち降した。ハボたちは、境内の一ヵ所で「ホーイ、ホイッ！ホーイ、ホイッ！」と、声を出している。

「バンザイ！」

と、誰かが叫んだ。

つづいて「バンザイ！バンザイ！」という声で、境内はわきかえった。

部落会長の花本さんが、とんで来て、

「いや、リヤさん、ありがとう、ありがとう、本当にありがとう！これで、かならず、神風が吹いてくる。憎い、チャールズや、トーマルの国なんか、神風が吹きまくり、全滅だ！」

と、拝むように祖父の手をとった。

が、意外なことに、祖父は、いつもの表情を少しもくずさなかった。それでも花本さんは、神風！神風！と、同じ言葉をくりかえし、祖父の手を離さなかった……。

「沖縄の陥落はですよ、あれは、一つの術だと思いますよ。油断させておいて、今にポカリ！と攻る考えなんです。――強力な兵を持っていてですよ、なんで、後退したり、手をこまねいていますかね――」

余興の子供相撲をよそに、坊さんの言葉はだんだんと、熱が入っていた。話をする動作もめまぐるしく、手にしている扇で、胸元に風を入れたり、折りたたんで、ポン！と掌を叩いたりした。

相手の小父さんは、そのことに気圧されてか、口をつぐんでしまい、ただ頭を、コックリ、コックリさせてうなずいている。

為男は、二人の表情の違いに、あのイセリマウクス（註六）〈勝利の祈願〉したときの、花本と祖父の顔を思い浮べていた。そして、神風と、戦争に敗けた、ということが、つながるんだべかな……と、考えこんだ。

その日から二、三日経って、為男たちが防空壕から、家財道具を、家に持運んでいたときであった。どこからか、黒い飛行機が、数機、地上すれすれのように飛んで来た。為男は、荷物を投げ出すと、いつも学校で教えられているように、地べたに突っ伏して耳を被った。

すると、側にいた伯父ちゃんが、

「バカ、もう戦争は、終ったんだ……」

と、言った。

栄三は、徴用員として、内地まで行って来たこともある。そして、部落内でつくっている〝国土防衛隊〟の一員なのでもあった。

伯父ちゃんに、そう言われると、為男は、やっと、戦争が敗けた……と、いうことの意味がわかりかけてきた。

為男たちは、家財道具を防空壕に持運んで、しばらくの間、そこで生活していた。防空壕は、近くの沢の中で、伯父ちゃんうちの家族と、一緒に避難できるようなものがつくってあった。腹痛みをしている祖父だけは「オラは、死んでもいいから、おまィたちだけ逃げれ……」と、防空壕に入らなかった。為男たちの家には、板や、ムシロなどが張られて、空家のようにしてあった。

が、役場からの指令も解除になり、黒い敵の飛行機を、見仰ぐことのできる平静さに、為男は――何かが終ったんだ……ということを、漠然として覚（さと）ったのであった。

それからも、為男たちの学校を離れた生活は、しばらくの間つづいていた。その間に、世の中は、あわただしく、しかもきびしく変わっていたのであった。もう秋も深まろうとする頃、為男たちが登校してみると、教科書のところどころは、墨汁で塗り消してあり、科目から〝修身〟が外されていた。そして、奥山先生が辞めて、若い男と女の先生が赴任して来た。その男の先生は、中等学校を出たばかりの校長の息子であった。

それまで、公転していたものが、急に反転しだしたように、為男たちの学校生活は、何かと、当惑うことが多くなった。礼拝しなければ、前を通ることもできなかった〝奉安殿〟は、毎日のように部落の人々が出てきて、叩き毀していた。そして木銃や、教練用の、単発銃、薙刀、木刀、などは、校庭の片隅に集めて、焼きつくした。日頃、その扱い方に、粗相をしたりすると、きびしく罰せられていた為男たちには、いくら考えても、理解のできる光景ではなかった。

そんな日々のうちにも、季節だけは、順調にめぐってきた。寒い、雪も降ろうかという頃になると、為男の性格は、ずいぶん奔放なものになっていた。猛たちとは、なんとしても馬が合わなかった。何かというと、すぐに喧嘩になってしまう。アイヌ！——コタン！　と、猛たちが言うからであった。為男は、がむしゃらに、とっかかってゆく。ときには、彼たちに、泣かされもした。が、為男も負けてはいなかった。

そんな為男は、いつも独りぼっちであった。女生徒をいじめたり、また千葉の家に遊びに行っても、年下の清などを泣かしたりする。そして、久見や、級友の竜夫なども喧嘩になるのであった。何故か為男は、何をしても、誰にも負けていたくなかった。ある日にも意地を張って、危く死にかけたことがあった。

為男はよく、竜夫たちと橇すべりをして遊んだ。為男の家へ行く途中から岐れている神社の坂路は、橇すべりするに、丁度いい勾配であった。頂上の神殿前には、十二、三段の階段がある。以前に、そこからすべり降りて、足を折った子がいる。それからは、誰もすべり降りなくなっていた。

ところが、気の弱い竜夫が、

「俺、あしこの階段のところから、すべれるぞ――」と、言った。

竜夫は、よくそんな強がりを言う。

為男は、高を括って、

「したらすべってみれ――」と、けしかけた。

が、まさか、竜夫がすべり降りるとは、思わなかった。そこからだと、勾配が急なので、余勢で、橇は二、三メーター、ジャンプし、そのときに、転倒し怪我をするか、したたか体を打つ。

ところが、それもよそに、竜夫は見事にすべり降りて行ったのである。為男は、ドギモを抜かれるほどびっくりした。竜夫は、

「エヘヘ……」

と、いつものように、自慢気に鼻をこすり上げて寄って来た。

そうなると、為男も後へ引き下がってはいたくなかった。竜夫の顔と、坂路の頂上を見比べていたが、竜ちゃんが、階段の下段からなら、自分は、一番上からだ……と、意を決めて、橇を引き上げた。

頂上に立つと、行くぞ!と、手をあげた。竜夫や、久見たちは、為男を見仰ぐようにして声

もなかった。二本の脚に板切を渡しかけただけの、手製の橇に、為男は尻を置いた。そして、ヨイショ！と、足で漕ぎ出すようにした。橇は雪の凍ついたコンクリートの階段を、パタン！パタン！と、すべりはじめた。一段、下る度に、為男の腰のあたりは、大きな石で頭の上から叩かれたような、衝撃を受けた。瞼は、ぶつかり合って、火花を散らした。階段が切れると、こんどは粉雪が顔面を叩きつけてきて、為男は眼も開けていることができなかった。ただ、橇から尻が離れないようにと、両手でつかまっているだけであった。と、ふわっ！と浮いて、がくん！と、衝撃した……。が、為男は、それからどうなったのか、訳がわからなかった。

どれぐらい時間がたったのか、……雪の中だな……と、為男は思った。……首のところが痛いな……と、感じた。そして、はっ！として気がついた。慌てて起上がってみると、道路傍の雪の中に立っていた。竜夫たちが、坂の下から駆け寄って来ていた。どうしたのか、みんなの顔が、蒼白かった。為男は、なんでもないぞ！と、雪の中から飛び出ようとした。が、ウッ……と、うずくまった。全身のどこといわずに、痛みが走って、息をつまらせた。それでも、為男は強がりを見せて、道路に出た。

坂路の四、五メーター上に、橇が横たわっていた。工夫して、自分で作った橇の脚は、ぐにゃりと、へし曲っている。それを見ると、為男は、無性に腹立しくなってきた。胸の痛むあたりを押えて近寄ると、思いっきり――こんにゃろ！と、蹴りたてた。竜夫たちは、その為男を見やって、声もなかった。

註一＝祓い給え、清め給え！の意味。

註二＝便所の神様。厠は汚いところなので、悪魔も寄りつかないと、信じられている。

註三＝カシ・キッとも言う。小柴で全身を叩くようにする。

註四＝フォンムセと言う。儀式のみに使用す。男性語？

註五＝ペウタンケと言う。災難など起った場合、急を告げるにも利用される。概して女性語？

註六＝当時、村役場の要望で、各アイヌ部落で行われた。本来は、海辺で行うもの。祭主の祖父が、足が不自由な為に、村の神社で行われたものと思う。主として〝神風〟を、期待してのものであった。

第五章

休み時間に、校庭に出て遊んでいた為男は、用事を思いたって、教室に戻って来た。と、誰もいない教室に、ミサ子だけが残っていた。ミサ子は、教室の中央にある石炭ストーブの前に、椅子を持出して坐っている。

為男は、何故か、カッカッと、してきた。入口のところに突っ立っていたが、

「どけれ！」と、思わず怒鳴り散らした。

ミサ子は、びっくりしたように振返った。が、ニッと笑みをつくっただけで、動く素振りさえしなかった。しかも、なにしにか、デレッキを、ストーブの小窓から、火の中に刺込んでいる。

為男は、足音も荒げて側に寄った。

「火焚くから、どけれ！」

と、言って、押しのけようとした。

が、ミサ子は、それに逆う態度を見せた。

為男は、いよいよ我慢がならなくなった。

ミサ子の持っているデレッキを毟りとると、それでいきなり、彼女の頭を叩きつけた。いいかげんに焼けたデレッキなので、ミサ子の髪の毛は、ジュッと焦げた。ミサ子は、一瞬キョ

トンとして、為男を見やっていた。が、ヒーン、ヒーンと、声を上げて泣き出した。

為男の全身は、小刻に震えて、止まらなかった。

父親も母親もいないミサ子は、ときどきしか、学校へ来なかった。父親が脳を患って、病院に入れられると、母親がどこかへ逃げてしまった。その父親も、病院へ入れられたまま、数年前に亡くなっていた。ミサ子は、祖母のウエルバに、弟の文男と一緒に、育てられているのであった。そんな話を、為男は、誰かから聞いて知っていた。

学校へ出て来ても、ミサ子は、ほとんど勉強をしている風でなかった。ぼんやりと、ただ黒板を見やっていて、ときどきコックリ、コックリ居眠りをしている。身装りも貧しく、髪の毛はだらりと、のびたままであった。誰かが話しかけたりすると、その髪の下から不安そうに見ていてから、ニッと笑って、大き目の糸切り歯をのぞかせる。

女生徒たちは、ミサ子と、机を並べることさえ厭がった。そんなミサ子を、為男はなんとなく、可哀想に思ったりして見ていた。が、いつからか、憎むようになったのであった。

為男は、教室に入ろうとして、ミサ子を見かけたとき、思わず立ち竦んだ。以前に——おまいなんか、ミサ子でないか——と、嗤われたときのことを思い出したからであった。あのとき、もしミサ子が側にいたのなら、叩きのばして——ぼく、ミサ子なんか、大嫌いなんだ！と、みんなの前に、叫びたかった。

その出来事は、雪の解けかかった校舎の周りを、掃除していたときであった。誰からともなしに、同級の女生徒たちのうち、誰が、誰を、好きだ！と、いい出した。

日頃はそんなことにまるで頓着しそうにない猛までも、

「俺、幸子だ――」と言って、顔を赤らめた。

そのテレ隠しにか、傍にいる秋夫を見やって「おまィは？――」と、誘いかけた。

内気な秋夫は、もじもじして、

「ぼく、カズ枝が……」と、言った。

為男は、あれ？……と、意外な気持だった。美少年の秋夫が、まるで豚のように肥っている
カズ枝を、好きだ、などとは、思ってもいなかった。

居合わせる皆の顔は〝優等生〟の勝に向いた。

勝は、ためらいもなく、

「小父さんは、和子だ！」と、言ってのけた。

勝は、よく増長して〝小父さん〟と自分のことを称んでいた。日頃から、校長の娘である和
子の前で、勝は思わせぶりな態度をとったりしていた。

勝が言い終ると、こんどは為男の番になった。

為男は、内心どぎまぎしながら、

「ぼく……森子が好きだ……」と、言った。

とたんに、勝が、

「えっ！本当か――」と、おおげさな驚き方をした。

すると、周りにいる猛や秋夫がうわーっ！と、嗤い出した。

為男の背筋からは、お湯のような汗がわき出てきた。

「為男が、森子を好きなんだとよ！」

と、勝が、大きな声で言った。

向うの方にいる森子に。聞かれるのでないかと思い、為男はひやりとした。

と、少し離れたところにいた亀夫が、聞きつけて寄って来た。亀夫は以前に、森子が好きだ
――と、誰かに言ったりしていた。

為男は、返辞もせずに俯いた。

「おまィ、森子が好きなのか……」

と、亀夫が、顔をのぞき込んできた。

為男は、躰を硬くして、コックリ、うなずいた。

「なあに、おまィなんか、ミサ子でないか」

と、勝が、横合いから、進み出て来た。

為男の全身は、いっぺんに冷覚めしてしまった。

「おまィなんか、アイヌだもの、ミサ子でないか――」

「ミサ子が好きなんだべや――」

「コタンのくせに、森子が好きだ、とよ。やあや、可笑しいな――」

と、皆は、口々に言い出した。

為男は、

「こんにゃろ！」と、手にしている箒を振り上げた。

向うの方で、女生徒たちといる校長が、

「こらっ！さっさと掃除すれよ！」と、叫んだ。

為男は以前から、森子がなんとなく好きだった。森子の笑顔に合ったりすると、為男の心臓は、早鐘を打って、全神経をあわてさせる。かといって、親しく口を利いたり、という訳ではなかった。

そんな為男は、親友の竜夫と、森子のことで、大喧嘩をしたこともあった。森子にいじわるをしていた竜夫を見かけたので、為男は理由もわからずに、

「止めれ！」と、注意した。

怒った竜夫は、仕舞に鉛筆削用のナイフまでも持ち出した。

そのようなことがあっても、為男は、森子が好きだ――と、口に出したことがなかったが、皆につりこまれて、うかつにも喋ってしまい、嗤いを買ったのであった。

それからというもの、為男は、ミサ子が憎くて、憎くてたまらなかった。アイヌ！と言われたこと以上に、薄汚いミサ子と、対比させられたことが悔しいのであった。

為男に殴られたミサ子は、いつまでも泣きじゃくって止めなかった。そのうちに、授業の

鐘が鳴って、級友たちがどやどやと教室に入って来た。

泣いているミサ子を見ると、

「どうした?……」と、側に集まった。

為男は、理由を説明する気にもなれなかった。

皆に囲まれると、ミサ子は、ヒーンヒーンと泣き声を引きずりながら、教室から出て行った。

その後姿を見ると、為男は何故か——もうミサ子は、学校へ来ないな……と、いう気がした。

その授業が始って少し経ってからであった。校長が教科書を読上げているとき、ガタガタ、教室のガラス戸がゆすぶられた。為男はびっくりして、入口の方を見やった。そこには、血相を変えたミサ子の祖母のウエルバが立っていた。校長は、教科書を置いて、入口の方に歩み寄った。

戸を開けるなり、

「なして、オラのミサ子ば、みんなで泣したんだ——」

と、いう声が教室に飛込んできた。

校長は、気圧されたように、

「そんなこと、知らん!」と、のけぞった。

ウエルバは、今にもつかみかかるように、

「ミサ子が、泣いて戻って来たんでないか」

と、校長に詰め寄った。

校長は当惑ったように、口をもぐもぐさせた。

「アイヌだとおもちて、バカにこくな――」

年をとっているウエルバなのに、体には鋼でも入っているような感じであった。

「し、しらん！知らん！」

と、校長は、一、二歩後退した。

「なしてオラのミサ子ばかり、いちもいじめるんだ――」

と、ウエルバは、尚もせまって来た。

校長は、いまいましそうに、

「知らんたら、知らん！」と、言って、ウエルバを押し返し、教室の戸をぴしゃん！と閉めてしまった。

校長に怒られるな……と、為男は思った。黒板の前に戻ると、校長は、眼鏡を外し、ハンカチで拭いたりしている。その顔を、まともに為男は見ることができなかった。

が、意外なことに、教科書を取上げると、さきほどの続きを読み始めた。為男は、安堵する間もなく、こんどはウエルバのことが気にかかり出した。ウエルバは、拳を固めて、ガラス戸を叩きつけるような恰好をし、何事かを喚きたてている。教室に飛込んで来るのでないか、と、為男はそればかりが、気がかりであった。

ウエルバは、薪を背負って、よく学校の横を通る。学校の横には、山へ通じる一本の道路がある。枯木を拾いに行って、一と抱えぐらいの束をつくると、ウエルバは山を下って来るのであった。

それを見かけると、

「ウエルバ!ウエルバ!」

と、生徒たちは、小馬鹿にした。

が、ウエルバはいつも、早足に歩み去っていた。

ある日に誰かが、

「ウエルバ!」と、小馬鹿にして、小石を投げつけた。

するとウエルバは、背負っている薪を投げ降し、中から一本引っこ抜くと、

「誰だ!」と、振り上げて来た。

みんなは、ワーイ、ワーイと、囃したてながら、教室に逃げ込んだ。裸足のウエルバは、どんなに怒っても、教室には入って来ないからであった。

そんなウエルバを、為男は、恐しく感じて見ていた。しばらくの間、ウエルバは何事かを喚いていて、教室の前を離れなかった。が、相手にされないと識ってか、苛立った後姿を見せて、引退って行った。為男は、やっと溜飲を下げるような思いになった。が、何故か、校長の教科書を読上げる声が、耳に入らなかった。ウエルバも、泣いて戻ったのでないかな……と、思っていたからであった。

為男は、別に学校が嫌いではなかった。が、何かにつけて、アイヌ！コタン！と言われたりすると、秀雄のように学校をさぼろうかな……と、思うこともあった。親戚の秀雄は、この頃、よく学校を休んでいる。誰かの話だと、なんでも鞄を背負って、家を出ていると、いうことであった。

為男が皆の中にとけこもうとしても、どうしてかのけ者にされてしまう。どんなに事情を証明しても、級友たちは、言い合わせたように、為男の言うことを信じてくれなかった。そのあたりから、いつも喧嘩になるのであった。

為男は、釣りに行って、すごく大きな鮒を二匹も釣り上げたのである。翌日、別に自慢しようと思ったわけでもなく、登校しながら、猛たちにその話をして聞かせた。

が、猛は、相変らず、

「嘘だ！」と、言って利かなかった。

「嘘でないぞ！したら、亀夫ちゃんに訊いてみれ！」

と、為男は言った。

きのう釣りから戻る途中に、亀夫に出会ったので、実際に釣った鮒を見せたし、その沼も教えてやったのである。

「嘘でないもな、亀夫ちゃん！」

と、為男は加勢を求めた。

亀夫は、いったん返辞しかけた。が、猛の顔を見ると、ふいっと態度を変えてしまった。

「亀夫ちゃん」

と、為男はとりすがるようにした。

「きんの、釣った鮒、見せたもな……」

それでも亀夫は、遠くの方を見やっていて、関わり合おうとしなかった。

「亀夫ちゃん！」

と、また為男は言った。

が、おし黙っていた亀夫が、

「あっ！ア・イヌ来た――」

と、素頓狂な声をあげた。

皆は、一斉に亀夫が指す方を見やった。が、どこにも、犬は見あたらなかった。

「犬なんか、来ていないんでないか」

と、為男は、抗議するでもなしに言った。

「あら、あしこに来ているんでないか」

と、亀夫は、顎をしゃくった。が、やっぱり犬は見えなかった。

「ア・イヌ来た、ほんとうだ！」

と、猛や、満も言い出した。

為男は、何事かに思い当たった。向から、アヌテヤ婆（ハボ）が来ていたからであった。

「嘘だい！」

「嘘でないぞ！あそこに来ているんでないか、アイヌが……」

「犬でないわィ！」

「犬でないか、コタンなんか」

「違うわィ！」

「犬みたいに、豚の臓物(はらわた)や、馬の骨を拾って食うんでないか――」

「そんなもん、食わんわィ！」

「食うぞこの！うちの父さんたち、そう言っているぞ！」

「そんなこと、嘘だい！」

「うわっ！赧くなった、赧くなった」

「臭い！臭い！」

「イヌ！イヌ！」

と、みんなは、口々に言い出した。

為男は、

「こんにゃろ！」と、鞄を振回した。

猛たちは、ウンタンコ、ヤーイ、ヤーイ、と、逃げ廻っていたが、為男を残して、学校の方へ走り去った。

為男は、べったり国道の上に坐り込んでしまった。学校へ行くのが厭になって、ぼんやりと、向うから杖を衝いて来るアヌテヤを見やっていた。

アヌテヤは、入墨をしている口元を隠すように、黒い布を頬冠りにしている。黒っぽい着物を細帯一本で着ながしにし、ゴム長靴の履古した物を、足首のあたりから切って履いていた。それをひきずるようにして、だんだん為男の方へ近づいて来た。そのアヌテヤは、盲なのであった。

アヌテヤは、よく知り合いの家に遊びに行くがそのとき、為男たちは出会うのであった。威かすると、皆は――アヌテヤ！と、威かした。（註一）イムをするのを、知っているからであった。威かされると、アヌテヤは「アッ、トン・トン・トン」と、イムをした。「コラッ！」と威かすと、「コラ、コラ、コラ」と、口真似のようにくり返した。皆は、それが面白くてからからのであった。

「ナシテ、ソンナコトシテ、オラバチョシンタ――」

と、アヌテヤは、おろおろして言う。

ある日に、誰だったかが、その後へそーっと廻って、

「わっ！」と、威かした。

アヌテヤは、イムをしながら、国道の傍の田圃の中にひっくりかえってしまった。

そんなことがあってから、アヌテヤは、懐に小石を入れて歩くようになった。誰かが、そんなイタズラをしたら、それをぶつけるのであった。が、皆は、遠くから、アヌテヤ！アヌテヤ！と、小馬鹿にした。

為男は、アヌテヤを見やっているうち、猛たちが言ったア・イヌ！という言葉を、思い出

した。そして、つぶやくようにも、くり返してみた。が、その意味がわからなかった。

アヌテヤは、口元と、甲から腕にかけて入墨〈シヌエ〉をしている。為男の祖母もそうだった。猛たちは、そのことを言うのかな……と、為男は思った。が、祖母の顔を、うろ覚えにした頃から、入墨をしていた。

為男は、以前にブクサ〈きとぴろ〉を食べてから学校へ行った。すると、皆が――アイヌ葱(註二)、臭い臭い――と言った。為男は、それからぜったいに、ブクサを食べなくなった。母親は「風邪よけの薬にもなるのに、なして食べないのよ――」と言う。が、どんなに怒られても、為男は箸をつけなかった。それなのに、なして皆は、アイヌ！アイヌ！、臭い！臭い！――て、言うんだべ……と、為男は、不思議でならなかった。

そんなことを考えているうち、為男は本当に学校へ行く気がしなくなった。が、母親のいつもの言葉を思い出した。学校へ行きたくない――と言うと、「かあちゃんは、学校さも行かないから、じ（文字）も読めなくて、恥しい思いしているのに、なしてそんなこと言うんだ。おまいばかりも、学校さじーっとやるか、と思っているのに――」と、多美は激しく怒った。

為男は、その母親の顔を思い浮べると、坐ってもいられなくなった。――家へ戻ると、かあちゃんに怒られるし、かと言って、学校へも行きたくない……さて、と、為男は一瞬まよった。が、目の前を通り過ぎようとしているアヌテヤを見ると、ふっと、いたずらっ気が起ってきた。

アヌテヤを威してやれ！と思い、為男は、ぽんと跳ね上って、

「わっ！」と、声を出した。

「アッ、パパパ……」

と、アヌテヤは、イムしながら、立上った。

その恰好が、あまりにも可笑しいので、為男は、思わずクスクス笑ってしまった。

「ダレタ？……」

アヌテヤは、目が見えないくせに、あたりを見回すようにした。

為男は、笑いを殺して声を出さなかった。

「メンコイカラ、ソンナコトシルナヨ」

と、アヌテヤは言った。

アヌテヤ、盲で可哀想だな……と、為男は思った。が、イムするサタモ婆に、蛇！と言うと、面白い恰好をしたのを思い出した。

「蛇！」

と、いきなり為男は言った。

「アチ、アチ・アチィ――」

と、悲鳴に近い声をあげて、アヌテヤは、足をばたつかせながら、杖で国道の上を叩き出した。

それはまるで、そこに蛇がいて、叩き殺すような恰好であった。為男は我慢していられなくなり、

「ア、ハハハ……」と、笑ってしまった。
「ウエンヘカチ〈悪童奴！〉——」
と、アヌテヤは、懐から小石を出して投げつけてきた。
為男はひょん！と体を躱した。が、もうアヌテヤのことなど念頭から消えていた。そのま
ま、学校を目指して走り出したからであった。
為男は、学校での身体験査がいちばん苦手であった。この頃、何かと理由がついて、裸にさ
れることが多くなった。身長・体重・胸囲などが計られると、その後にはきまって、白い粉
が頭からかけられる。級友たちも、そのことを嫌っていた。それもあるが、為男は身体験査の
日に、なるべくなら学校を休みたいのであった。が、母親は、なかなかそれを許さなかった。
為男は学校から戻ると、
「腹が痛い——」と、仮病をつかって、寝てしまった。明日の身体験査には、どうしても休
みたいからであった。
多美はとても心配して、ニンケ〈豚の胆嚢の乾燥したもの〉や、煎じたシユウ・ニ〈苦木〉
などを、枕元に持って来たりした。為男は、そんなものなど飲みたくもなかった。が、学校を
休みたいばっかりに、身震いするような、その苦いくすりを飲んだのであった。
翌る朝、——寝ていれよ——と、言い残して、多美は草取り出面に出て行った。待ちかまえ
ていた為男は、むっくり起上った。為男は、夕べからろくすっぽ物も食べていなかった。多美
は、わざわざ粥をこしらえてくれたりした。それもいっぱい食べると、仮病がばれると思い、

為男は少しすすっただけであった。朝ご飯のときに——起きれ、一緒にまま食うべ——と、多美に声をかけられた。が、為男は痩我慢をして起きなかった。学校が間に合う時間に起きていたりすると、——行け！と、追い立てられるからであった。

為男は台所に行って、そこに坐り込んだまま、ご飯を食べにかかった。が、ちょっとすると、遠くの畑へ行った筈の多美が、ひょっこり戻って来た。のみ下しかけのご飯を、為男は喉のあたりで止めてしまった。

多美は一瞬、声もなく立っていた。が、

「おまィ——」と、側に寄って来た。

為男は、箸で茶碗の中をつつき出した。

「嘘ちいたな……」と言った。が、それが信じられない、というような言い方であった。

「うんと、痛いんでないべか、と思って、畑さ行ったけど、戻って来たんだで……」

と、わりと穏かな言葉遣いであった。が、為男は、観念して眼を閉じた。その後には、きまってきびしい母親の折檻が襲ってくるからであった。

「言え！」

という声に、為男はびくりと、体を硬くした。

「なして嘘ちいた！」

と、言うなり、為男は尻のあたりを二、三回平手で叩かれた。

多美は、どんなに怒ったときでも、ぜったい頭を叩かなかった。自分は、折檻されるとき、よく親たちに頭を叩かれた。それで頭がなお悪いのだ、と、多美は言っていた。

「言え！」

と、また重ねられた。

口を開こうとしたが、為男の喉に、こんどは涙が詰って声が出なかった。

「なして嘘ちいた！言え！」

と、多美は容赦しなかった。

「したって、きょう、身体験査なんだもの……」

みなまで言ってしまわないうちに、為男はくっくっとしゃくりあげてしまった。

「身体験査だって、なして休むのよ！」

為男はまた——毛深いな——と、みんなに言われると思い、学校を休みたかった。が、何故か、そのことを、母親に話せないのであった。

多美は、一と時、為男を見やっていた。が、

「もうえィ！泣くな。——休みたいときには、ちゃんとそう言えばいいんでないか——。今から、そんな嘘ちく子は、大きくなったらろくな者にならない——」と、言った。

為男の涙は、やっと止りかけた。

「さっさとまま食え、畑さちれて行くから——」

と、多美の言葉が変った。

為男は、食べかけのご飯に、また箸をつけはじめた。

仮病をつかった為男は、母親と一緒に〝ていぼう〟の方にある畑へ行った。此方から、向う端が見えないぐらい、長い畝だった。他所の小母さんたちも、二、三人来ていた。

為男は、叱られたので、うんと仕事をしようと思い、いっしょうけんめいに、豆の草をとり始めた。母親たちは、話をしながら、草をとって来ているので、為男は、だいぶ追いぬかした。

「たまげたな、為男ちゃんの草取の早いのには……」

「なあに、あいちは、なんでもできるし、やれば早いのに、しぐ厭きるんだもの……」

と、いう話し声が後から聞こえた。

為男は――よーし、そんなことを言うんなら、最後まで厭きないぞと、草削を動かした。

為男が一本の畝をとり終えて振り返えると、多美たちは、まだ畝の半分ほどしか来ていなかった。為男は、すぐ次の畝にとりかかった。が、少し草をとり出すと、腰のあたりが痛いような気がして、二、三度、背伸びするようにした。多美たちは、すれ違いに、草をとって行った。

「為男ちゃん、偉いな、うんと草とれよ」

と、どこかの小母さんが声をかけてきた。

すると、為男は何故か、厭気がさしはじめた。――こんな豆なんか植ていないば、草とらなくてもいいのにな……と、植てある豆が小憎らしくさえなってきた。真ッ青に澄んだ空に、雲雀がよじのぼるようにしてさえずっている。為男はそれを見仰げたり、周りの、いたどりや柳などが茂っている藪原を見やったりした。そんなことをしているうちに、母親たちに追いつかれてしまった。

「為男ちゃん、もう厭になったか——」

と、一人の小母さんが言った。

「さっさと、草とれよ、もうしぐ、昼食（ひる）になるぞ——」

と、多美も声をかけてくれた。

為男は、仕方なしに、まだ草削を動かした。が、草といっしょに、植えてある豆も切ることが多くなった。豆を切らないように、と思えば、母親たちに、置いて行かれてしまう。為男は——まだ終らんだべかな……と、見やると、向う端に生えている柳が、小さくなって見えた。ああァ、いやになった……と、為男はべったり畑に坐り込んだ。そして、ぼんやりと、豆の根草などを毟りとっていた。が、小さいときに、よくして遊んだ〝自動車遊び〟を思い出した。

為男は、溝を掘ったりして、道路をつくった。そして、履いている短靴を脱ぐと、中に土を入れた。それから、その片方の短靴を、——ブウウ・ウ・ウウ……と、押しはじめた。

為男の自動車は、曲りくねった道路を通って、登りにさしかかった。為男は、乗合バス（木炭車）が、坂道を登るときのように、キュ、ウゥ・ウ・ウゥ……と、声を出した。が、自動車は、坂道の途中で、でんぐりかえってしまった。為男は、深い谷底に転落してゆく、自動車を想像していた。

オーイ、大変だ！と、為男は心の中で叫んだ。残してある片方の短靴を——でんぐりかえったぞ、助けてくれ！と、見やった。それから、その靴を押しにかかった。そして——待っていれよ、いま助けてやるから……と、為男は、溝の道路を急いでいた。が、何か声を耳にしたように思った。

顔をあげて見やると、ずーっと先の方に行っている多美が、

「なにしているだ！」と、叫んでいた。

為男は、あわててまた、草削をとりあげた。


為男の綽名は〝サメ〟であった。

ある日に、後から、

「サメ！」と、勝に呼びかけられた。

為男は、何気なく、

「おう――」と、返辞してしまった。

すると、勝が、

「おまィ、渡船場のサメか」と、言って、周りにいる皆も、ウヮーッと、嗤い出した。

「違うわィ！」

と、為男は言ったが、もうあとのまつりだった。

それから、サメ――という、綽名がつけられてしまった。為男は、その綽名が、嫌いで嫌いでたまらなかった。第一、渡船守のサメのように、片眼が潰れていないぞ！それに、髯もじゃでなんか、ないぞ！と、為男は、皆に言ってやりたかった。為男は、綽名で呼ばれると、猛然

と怒ってみる。が、反対に、いろいろなものをくれてやって、気にいられようともした。

この頃、母親の多美は、苫舞市の製紙工場に働いている長谷川の家へ、米を背負って行っていた。そして村の店などには売っていないような、鉛筆や、絵具、雑記帳などを買って来てくれた。そういう物をくれてやっても、皆は、何かというと、サメ、サメと、言い囃した。

そのようなとき、為男は、また小馬鹿にされる言葉を増してしまった。それは、飼馬桶のきつ——のことを、キッチ！と、発音したことだった。

猛や亀夫が、

「キッチ、て何よ?」と、訊き返してきた。

「キッチって、馬のキッチよ！」

と、当然の言葉だと思うから、為男は言った。

「そしたら、それ、キッチでなく〝きつ〟だべや——」

と、亀夫が嗤い出した。

「ウワーイ、やっぱりウンタンコは、違うな——」

「ヤーイ、このキッチ、キッチ！」

と、皆は、口々に小馬鹿にしはじめた。

為男は、いつものように——こんにゃろ！と、とびかかって行くことも忘れて突っ立った。

多美たちは、飼馬桶のことを、たしかに〝キッチ〟と称んでいた。それが——ウンタンコは、違うな——と、嗤われてしまった。そう言われてみれば、猛たちと、母親たちの言葉の発音が、少しずつ違っている。どこがどのように違うのか、為男には、よくわからなかった。が、祖母たちの言葉になると、まるで違っているのに気がついた。為男は、アイヌ……ウンタンコ……と、くり返してみた。すると、その意味が、いくらか、わかりかけてきたのだった。

註一＝一瞬の心理的状態を言う。反・行動的場合があり、本人自身も、危険に陥ることがある。アイヌ人でも、女性だけ(特に年増に多い)の奇病?のようなものである。

註二＝アイヌ人の嗜好山菜である。食用後に、韮のような悪臭が、呼吸に混じる。その意味からも、一般的にアイヌ葱の称び名がある。

第六章

為男は、学校へ行くのが、いよいよ厭になった。級友たちとのいさかいも原因の一つだが、利明先生にこっぴどく殴られたりしていたからであった。為男は、何故それほど殴られたのか、いくら考えても、訳がわからなかった。決められていたことを、為男が破ったことは事実であった。だからといって、あれほどまでに、ひどいしうちは、しなくてもいいだろうに……と、為男は思った。

そのとき為男は、四、五人の生徒と、掃除当番をしていたのであった。が、掃除用バケツがほかの教室にあるので、それをとりに行った。放課後でもあるし、ついうっかりして、「校内で口笛を吹いては駄目だ！」と、言われていたことを忘れ、ピューッと、吹いてしまった。と、「だれだ！」という、一喝が耳を衝いて、立ち止った。

空っぽの筈の第二教室から、校長の息子である利明先生が出て来た。

「いま口笛を吹いたのは、おまィか……」と、言いながら、側に来た。

が、いきなり為男はほっぺたを張られた。とっさのことだったので、上体がぐらりと、ゆらいだが、それを戻すかのように、もう一方が張られた。そして続けざま、利明先生に往復ビンタをとられたのであった。

家へ帰っても、為男はそのことを、母親に話さなかった。話すと心配するだろうと思ったし、何より、為男には、殴られた理由が説明出来ないからであった。為男の頭の中は、ピーン、ピーン、ガーン、ガーンと、鳴っていた。翌日も、ぼーっとなったままであった。それでも、為男は学校を休まなかった。

学校へ行くと、勝が、

「おまィ、きんの、利明先生に、往復ビンタとられたべ……」と、言った。

為男は返辞をしなかった。

「『為男に、往復ビンタ、三十何枚、とった――』て、利明先生が言っていたぞ――」

為男は――そうだったかな……と、自分のことでないような気がした。いくら殴られたのか、為男には、数えてなどいられなかった。殴られた最初のうち、「許して下さい」と、何んべんも言った。が、仕舞には、眼も口も開けていられなくなった。ただ、ほっぺたに火でもつけられているような気がして、パチン！パチン！という音を、どこか、遠くに感じていた。

最後に、利明先生が、

「バカ者！」と、言ったように、為男は思った。それ以上は、いくら考えても、為男にはわからなかった。

学校を休みたいばかりに、為男は、ある日、「明日、苫舞市さ、米しょって行ってやるからな――」と、母親に言った。

多美は一瞬、返辞をしぶって、顔を曇らせた。

その頃、母親の多美は、運悪く警察の取締りに遭っていた。それから怖けついてか、しばらく米を背負って行かなかった。が、配給量だけでは、食糧の足りない知人の長谷川は――子供が多いのです。なんとか、して下さい――と、手紙を寄した。そんなとき、為男は一度、連られて行ったのであった。

多美は、

「もしか、『どこさ行く』て、訊かれたら、『病院さ――』て、言うんだど――」と、言った。なんでも、米を持って行かなければ、苫舞市の病院に入院させてもらえない、という話だった。「吉本の小母さんな、警察に捕ったとき『病院さ行く』て、言ったんだと。したけ許してもらった、て言うから、いいな……」

と、くどいほど、為男は言い聞かされた。〝吉本の小母さん〟とは、為男も顔を見知りの担ぎ屋の人であった。

苫舞市の駅頭に降り立つと、警察官が二人も取締りにあたっていた。多美は「離れるなよ、離れるなよ――」と、為男の手をひっぱり、小走りに出札口を通り抜けた。そして無事に、社宅街にある長谷川の家に着いたのであった。それでも、多美はまだ怖えたように、ハァ、ハァと、荒い息遣いをしていた。

長谷川の小母さんは、涙を流し、子供たちまでも、

「茅野村の小母さんが来た――」と、喜んでくれた。

為男を見て、

「いい子ね――」と、小母さんは言った。「担ぎ屋さんたちの話だと、少しずつ子供に持運ばせる程度だったら、いいようよ――。日曜日毎でいいから、為男ちゃんにお米を持たせてくれない……ね、おねがい――」と、頭を下げた。

そんなことがあってから、為男はときどき、苫舞市へ一人で行って来るようになったのである。

だが多美は、なるべくなら、そんなことなど、為男にさせたくないようであった。

「おまィ、学校を休んでいいのか……」

と、心配顔で言う。

が、為男は、

「うん、明日、遠足で勉強しないんだもの……」と、いろいろ口実をもうけては、自ら苫舞市へ行くことを希望するのであった。

米を背負って軽便に乗込むと、為男は終点の富山駅で、本線に乗換えた。そして米の包みを、座席の下にほおり込んだ。そこから少し離れたところに、為男はすまし顔でいた。万一、列車内で取締りに遭っても、荷主だということを、名のらないように、と、為男は教え込まれていたからであった。

列車はいつも動きがとれないぐらい混み合っていた。その大半は〝担ぎ屋〟の人たちであった。それなのに、苫舞市の駅が近くなると、座席の下にゴロゴロしていた荷物が、無くなってしまう。変だな……と、為男は気がついた。それからよく見ていると、担ぎ屋たちは、駅が近くになると、汽車から荷物を投げ降していた。そこには、別の人が待っているようであった。また、そのまま駅に着いても、担ぎ屋たちのほとんどは、どこを抜けるのか、出札口を通らなかった。出札口には、かならずといっていいほど、警察官が立っている。そして大きな荷物を持った人を、びしびし捕えた。

為男は、なるべく荷物を持った人のあとにくっつくようにした。空身（からみ）の人の中では、フロシキに包んでいる米が、よけいに目立つと思ったからであった。人の蔭になって、出札口を通り抜けると、為男は小走りに、駅前の雑踏を目指した。そこまで行くと、たいていは捕まることがない。が、為男は、駅通りの店々の華やかさに、目もくれなかった。長谷川の家に、一刻も早く米を届けることばかり考えて、舗道を急ぐからであった。

「よく来た、よく来た――」

と、小母さんは、いつも言ってくれる。

長谷川には、同じ年ぐらいの男の子がいる。その子を叱るのに、小母さんは、

「少し、為男ちゃんのことを、見習いなさい――」と、よく言う。

そう言われたりすると、為男はなんだか、テレ臭くて仕方がなかった。

「芳坊ちゃんたちと、遊んでからお帰り、ね、お上んなさい、ね――」

と、小母さんは、しきりと、引き止める。

が、為男は、なんだか、〝芳坊ちゃん〟たちが、子供っぽくて、遊ぶ気がしなかった。お米の代金を受取ると、為男は早々に、長谷川の家を出た。そしていつもの広場に向うのであった。

街中に、公園のようなところがあるが、そこには、いろいろな出店が並んでいた。あきない人のほとんどは、腕に入墨などをした〝香具師〟連中であった。香具師は、人々を引き寄せるために、チリ紙一枚で、大きな石をつり上げたり、また素手で、その石を割って見せてくれた。そして、

「男は度胸、女は愛敬、坊主はお経で、ツケ物ラッキョ！そこのミーチャン、ハーチャン、よく聞きなさい。いいですか――」

と、面白いことを言ったりする。

為男は戻りの汽車の時間まで、そこの人だかりの中にいるのだった。

米の代金の中から、二十円だけ、為男が使ってもいいことになっている。子供が、大金を使うような買物をしては駄目だ！と、常に言っている多美は、よほどのときでなければ、二十円のお小遣いをくれなかった。そんなときなど、為男は何を買っていいのか、ちょっと迷ってしまう。アメ玉を一つ買っても五円である。〝インフレ時代〟という言葉を知らない為男は、大金を持ったような気がして、店々をのぞいて歩いた。

そんなある日に、為男は、よりかたまって騒いでいる子供たちを見かけた。――なんだべ……と、寄って行くと、進駐軍のジープをとり囲んでいたのであった。ジープの上に、青い目をした兵隊が一人立っていて、ガムのような物をコーラ、コーラと、見せびらかすような真似をした。すると、子供たちは、くれ、くれ、と、手をのばす。が、その兵隊は、「ヘーイ、ヘーイ――」と、どこかに眼をやっていた。少し離れた建物の蔭に、兵隊が、もう一人いたのだっ

た。しかも、声をかけられる度に、パチリ、パチリと、写真を撮っていた。為男は——写真をとられているのも知らないで、皆なバカだな……と、思ってそこを離れた。そしてまた、何を買ったらいいべかな……と、二十円を持って、店々をのぞきに歩き出した。

こうして為男が苫舞市へ米を背負って行くのは一週間に一度か、せいぜい二度であった。それも冬頃になるとほとんど行かなくなった。

為男たち六人が一組になってT字形に机を並べていた。横にはドモリ癖のある登であった。向いには猛と竜夫だった。そしてかたわらの机には亀夫が坐っていた。

ある日、その向いに坐っている竜夫が授業時間中にいきなり為男の教科書を金属製の物差で叩きつけてきた。その物差の角で、為男の教科書には穴があいた。為男はそれで——こんにゃろ！と竜夫の教科書を似たように物差で叩きつけた。すると竜夫もまけてはならずとまた叩いてきた。そうなるといよいよ為男も負けてはいなかった。二人の教科書には穴が二つ三つあいてしまった。それでも竜夫は止めようとしないばかりか、すばやく手もとに引き寄せた。竜夫の物差は直接机の蓋を叩きつけガタンと音をたてた。

「誰だ！」

と黒板に向ってチョークを使っていた校長が振向きざまに言った。為男はドキッとして校長の顔を見やった。

「為男か！」

「竜夫君がぼくの教科書を叩いたんです」

眼鏡をかけた校長がギョロッと眼をむいた。「二人ともこっちへ来い……」と言った。

為男は竜夫の顔を見ながら渋々立ち上った。

「そこに立っていれ！」

と教壇の横を指しながら校長が言った。為男はみんなのほうを向いて竜夫と二人で突っ立った。皆は校長の機嫌が悪いと見てか、神妙な顔をして勉強をしている。為男は立たされながら、竜夫ちゃんが先に叩いたから、悪いんだと思った。

二人は休み時間中に些細なことから言い争っていたのであった。根っから二人は仲が悪いわけではなかったが、よくそんなことがあった。為男は――竜ちゃんと呼んだし、竜夫は――為男君と呼び、アイヌなどというようなことは口に出さなかった。千葉の家で毎日のように遊んだりしている二人は大の仲良しだった。が争いのけりがつかないうちに、授業開始の鐘が鳴ってしまった。二人はそのまま別れて席についた。がどちらからともなく机の下で、蹴りあっていたのであった。

為男は勉強しているようなふりをし、思いきり竜夫の脛を蹴ってやった。するといきなり机の上に開いてある教科書を叩きつけてきたのである。

立たされてから、ちょっと経ったと思うと竜夫がめそめそしだした。為男は――竜ちゃん泣き易いな……と思った。竜夫の涙がぽたりと足元の床に落ちた。それを見ると、為男は竜ちゃんに勝ったぞ！と内心で北叟笑んだ。

「竜夫はもう好い。机に戻って勉強しろ――」

と校長は言った。すると竜夫はおかしいほど深々と頭を下げてから席に戻った。為男も続こうとして校長の顔をうかがった。が、

「おまぃはもう少し立っていれ！」と言って黒板に向ってしまった。

為男は仕方なしに、また元の位置に突っ立った。竜ちゃん悲しくもないのに、泣いたりして、ずるいぞ！と為男は思った。机にもどると、竜夫はいかにも真剣に勉強しているような素振りであった。竜ちゃんなんか、いつもろくすっぽ勉強しないくせに、今だけそんな恰好してずるいぞ！とそれを見ながら為男はいまいましく思った。竜ちゃんのヤロ、帰りに覚えていれよ！と竜夫のほうばかり睨んで立っていた。と、竜夫がちょっと顔を上げて、為男のほうに眼をくれた。為男はすかさず竜ちゃんずるいぞ、とイー……と顔を歪めた。

すると、頭の中で何かが爆発でも起したように、パアーン！と鳴った。

「なにしているんだ！」という声にもう一つの鳴り音がした。為男は一瞬何がなんだか、わからなくなった。教室の中は水をうったように静まりかえっている。為男はガーンという耳鳴りから気がつきだした。それは殴られた為男を嘲笑う級友たちの声のようであった。為男は糞たれ奴！と拳を固めた。そのまま、――こんにゃろ！と校長に飛びかかって行きたいような気持であった。畜生、泣いてやるもんかと歯をくいしばった。竜夫のような泣き虫でないぞ！と為男は叫びたかった。校長のヤロ！眼鏡なんかかけたりしやがって、それに頭だっ

て禿げているでないか！ヤイこの禿げ頭！と為男は校長を罵ってやりたかった。為男の足元にそのときぽたりと涙が落ちた。為男はそれでも全身を硬くして涙をこらえようとしていた。が肩ががくがくと震えるのを止めることができなかった。

為男は校長が好きでなかった。以前、——アイヌ！と罵られたことを、注意してくれるようにと校長に訴えでたことがあった。そのとき、——おまィアイヌだもの、アイヌて言われてもいいべ——と取りあげてくれなかった。

為男は、アイヌと言われてもいいべ——と言われ、ふうっと、そのとき秀雄のことなどを思い出した。

為男が最後に秀雄の姿を見かけたのは、だいぶ以前の朝礼の時間だった。朝礼台に上った校長が朝の挨拶をしていたとき、

「さ、あしこに、為男ちゃんもいるから、行って並べ——」

と声がした。見ると秀雄がふていくされたような恰好をして自分の母親に後から押しつけられていた。

「なしてこの子ったら学校へ来るのやがるもんだべ」

と独りごとのように言って、母親はまたその秀雄を押しやった。はずみで秀雄は二、三歩だけ前へ出たが、すぐ突っ立ってしまった。二人はそんなことを何度かくり返していたのであった。為男はそのとき、為男ちゃんもいるからと皆の前で名指されたことが腹立しかった。秀雄なんかと一緒になったら、なおのこと、アイヌと小馬鹿にされると思ったからであった。

秀雄も、アイヌ！と言われることを気にして学校を嫌い来なくなったのだ、と為男は思っていた。

……そんなことがあるばかりか、為男はそんな校長に殴られまでしたことが、なおくやしいのであった。

やがて為男たちの卒業式の日が訪れて来た。卒業生総代は部落会長の息子の勝と、校長の娘の和子であった。総代生の二人を一歩前にして為男たち卒業生は長いこと校長の祝の言葉を受けていた。

「……明日から平泉新制中学校の一年生としてみんなは勉強するのです。この庭で……この庭でというのは、この学校という意味ですよ。……六年間、学んだことを忘れないで、いっしょうけんめいに勉強して、明るい社会、そして平和国家、日本を創る立派な社会人になってください」

と卒業生に語りかけるような校長の言葉は終った。

為男はじっとそれに聞き入っていたが、六年間ということに思いあたって講堂内をあらためてそっと見廻した。

為男が入学したときと同じように講堂の囲りには赤白の幕が張りめぐらされていて、来賓や、父兄たちも詰めかけている。

あの場からみると、式場の雰囲気は随分となごやいだ感じであった。何より正面に飾られた天皇夫妻の写真が消えている。それから入学のとき親は学校に顔を出さなかった。そして卒業のときも母の多美は学校に顔を出さなかった。為男は別段、そのことが淋しいという気がしなかった。六年間自分はいったい何を学んだろう……と為男はそれを考えていた。

すると、知らずしらずのうちに、いくらか読み書きは身についただろうが、あのきびしい〝教練〟の明け暮れはいったいなんであったのか……為男にはわけが分らなかった。敵!敵!という言葉や、天皇の為!御国の為!という先生たちのお説教が、いつの間にか、平和国家になり、明るい社会になっている。

その頃から、為男の逃げ廻るような日々が始まったのであった。何よりそのことを忘れることができなかった。

かと思うと、あの森子が好きだ!と言って嗤われたときのことが、いまだに忘れがたいことのように思いかえされた。入学式の日に見た新しい上靴と、森子のまぶしいほどの表情を思い浮べなどして、為男はわれ知らず微笑んだ。が一瞬ふうっとそれが消えてしまった。薄汚れたような感じの、ミサ子のことが思いだされたからであった。そのミサ子はあのデレッキ事件以来というもの学校へ顔を一度も出さなくなっていた。狂ったようなウエルバのことも思い出された。それを嘲けるかのように、ときならぬ級友たちの嗤いがどこからか聴えてくるように思え、為男は思わず耳を覆うて式場の雰囲気から逃げ出したいと思ったりした。

だが、為男の脳裡には、級友たちへの憎しみが不思議と映っていなかった。級友の誰彼の面影を描くとき、為男は英雄のように自分を感じていた。ただ一人きりで大勢の彼たちを向うに廻して来たからであった。為男の六年間の思い出は、それからそれへとつきなかった。

気がついて見ると、校長の言葉も終って、「仰げば尊し」の合唱が始まろうとしていた。オルガンを奏く女の宇部口先生を見ると、為男は忘れていた奥山先生をあらためて思い出した。やさしさだとか、信頼というものから、縁遠いような先生たちの顔ばかりなのに奥山先生だけはいつまでも微笑んで為男を見ていてくれるように思われた。為男は隠しごとのように、奥山先生の表情を胸に刻んで合唱に加わった。

そうして合唱に加わりながら、なお為男はこれからの新しい前途の不安に駆りたてられていた。明日から平泉町にある新制中学校に通わねばならない。そのことを思うと、また為男は気が重くなってくる。なるべくならもうこれ以上、学校と名のつくところへ行きたくなかった。が母の多美の顔を思い浮べると、何故か、そんな気持は消えてしまった。

囲りにいる級友たちの顔を見るともなく見廻すと、誰もかもオルガンに合わせ、「仰げば尊し」の歌詞を口ずさんでいる。あれほど恐れていた猛の顔も今ではふやけたように見える。一人一人のときの彼たちは皆おとなしい級友のひとりであった。やがて為男も大らかな者の誕生のように自分の卒業を考えて「仰げば尊し」のその合唱に和して声高らかに唄い続けた。

「……身をたて、名をあげ、やよ励めよ、いまこそ別れめいざさらば……」

ピラトルの春

サル山（日高山脈下峯）を源に、流域百十三粁の沙流川は、この地方第一の長流として知られている。雄大な流れは、険しい峡谷や原始林を突切り太平洋に注いでいるが、その上流十五粁程から、地形は扇型に開け平坦な農業の地として、二町村が所在している。

その一方の町は扇型に開けた要の部分から片側の山傾に細長く位置した平取町であるが、その昔、原住民の都として、原名をピラウトルと称していた。ピラは丘陵の急斜面、ウトルは中間――両崖の間という意味であった。その昔、鹿や熊を追い、沙流の流れにサケやマスを突いて生活していた原住民も、明治三年頃、耕作指導員として来町した和人移住と同時に、だんだん開化され、今日では、その純粋な面影も薄れている。

人口一万三千余の中心地として町役場、郵便局、農協、銀行、警察署、等々、小中高校もあり、街は細長く延びていて、その小さな街の一角に収容人員九十六床の町営総合病院が建てられている。終戦後建築された木造の建物は、長年の風雨に所々塗料も剥げて、そこに横臥する患者達の苦悶を物語っていた。建物は、普通病棟、特別病棟、伝染病棟、結核病棟の四棟に分けられていたが、娯楽施設は何もなかった。この病院の結核病棟に長期の療養を送る患者達は、連日の倦怠な時を持て余していた。

多賀光一もその中の一人だが、この病棟の一隅に身を横たえてから、早くも五年の歳月が流れていた。来る日も来る日も、患者達は、変哲のない日課を送り、空漠な笑いや雑談に憂を晴らすのだが、光一は、だんだん殺伐とした疎ましさを覚えるようになっていた。そんな光一は、病室を抜け出し、すぐ裏手にある林野を時折り彷徨するのであった。

光一は、今日も昼食後の病室を抜け脱し、いつもの林野を静かに歩いていた。煩わしい倦怠の淀みを逃れ、自然の内懐に抱かれる時、光一は、はじめて心身の爽やかさを覚え荒んだ心を落着けることが出来るのであった。光一は、この林野に多くの過去を刻み込んでいた。例え盲となっても、その所在を確かめられる程、光一はその林野に向かい樹木に対したのである。

巨大な楢や栗、桂、楓、佳麗な桜樹や樺など雑然と生い茂っていた。そしてそこは、義経公園と銘されていたのだが公園らしい設備は何もなかった。そこは早春の殺風景な林野であり、三月上旬に訪れる者はほとんどいなかった。陽当りのよい斜面には、微かな蠢めきも感じられるが、陽陰には雪もまだ残り、木影の風はつめたかった。老木の梢に蘇る季節を告げる小鳥の声は深く樹間に突刺って、春はまだ早かった。だが光一は、春の息吹を嗅ぎ分けていた。

光一が、盲愛に狂いその名を目茶目茶に刻み込んだ樹肌や、死を決意し小一夜坐った老木の根方もあった。その時の感傷に痛めつけられた樹肌は、いつまでも光一を責めつけるが、空虚な現実を意識し多難な前途を意識する時、ともすれば屈服しそうな光一を励ましてもいた。それらの樹木の訪問を終え帰路につく光一は、いつも沈思し新たな感慨に更けるのであるが、今日も一歩一歩病室へと向っていた。光一の肌に早春の陽が柔く触れるだけであった。

光一は、樹間を通り抜け、病室への路に出ようとして、神社境内を見下す小丘に出て来たが、つと歩みを止めてしまった。そして脱兎の如く木影に身を潜めていた。光一は、木影からそっと境内を凝視した。そこには、和服姿の女が歩んでいた。歩くというより静かに舞うように光一には感じられた。そして、その女性が、同じ病棟の戸島澄枝であることを確認した。光一は、入院して間のない澄枝とは口をきいたことがなかったので、じっと、その場を動かなかった。

戸島澄枝は、二十五才の農家の嫁であった。澄枝は戸島家に嫁いでから、三年目の春を迎えていたが、肺結核に冒され入院の身となり一箇月を経過していた。過去三年の間、澄枝は、朝四時半に起床し、夜は十時床につくのだが、その日課は少しもくるわなかった。律義者として名の通る姑につかえ、まだ幼い義弟妹のいる澄枝には、長男の嫁として、過酷な義務に苛いなまれ、ひと時も放心することを許されなかった。一町歩の田と、三町歩の畑を耕作し、長男の嫁として張りつめていた澄枝だが、昨年の秋頃から、なんとなく疲れを覚え、仕事に根気がなくなっていた。しかもその気怠るさは、だんだん激しいものになり、仕事中にもその場に横臥したいような苦しいものになって来た。秋の穫り入れも終り、いくらか体を休められるようになっても、熱っぽい不快な虚脱感はとれず、風邪気味のような体の変調が続いていた。

年も明けて二月になり、不安な気持で病院へ来たが、あの特有の雰囲気と異様な臭気が既に澄枝を威圧していた。子供が麻疹の熱を出した時、一度病院へ来たことはあるが、健康な澄枝には縁のないとこいてみれば、自分もその人達と同じような状態に思われてならなかった。やがて澄枝は、名前を呼ばれ、医師の前に坐ったが、まだ三十代の医師は、慇懃な程丁寧に、病状について訊いたりして診察をしてくれた。そして、レントゲンの結果、肺結核と診断されたのであった。澄枝には昏倒しそうな衝撃であった。くどくどと自説を誇らし気に語る医師の言葉を聴いて、澄枝はやっと立っていた。

澄枝は、そんな病気など考えてもみなかった。第一澄枝は肺病の血統でもなかったし、病院へ来るまで働いてだっていたのに、そんな筈はないと思ったが、真白く曇った写真を指されて説明されてみれば、信じない訳にはいかなかった。澄枝の意識は朦朧として来た……子供の顔が浮かんで来た……姑の顔も、夫の顔も……二重三重に閃いた。そして澄枝は、バッタリその場に倒れたのであった。

すぐ家人に連絡され、澄枝は、そのまま入院の身となった。しかしその毎日は、澄枝を圧し潰すような重苦しいものであった。医師は半年の療養で治癒すると励ますのだが、一と月の静養を経過したこの頃では、寝ているのがたまらなく腹立たしかった。

いつもなら、八月の祭日でもなければ来たことのない神社境内へ、陽光に誘われるまま、ぶらっと澄枝は登って来た。早春の陽光を含み柔く膨れた黒土に、澄枝はすがすがしいものを覚え、足跡を残すように一歩ずつ歩いていた。もう忙がしくなる時季である。家のことを思えば澄枝は気が滅入って来る。澄枝がしていた仕事を夫や姑は、どのようにしているであろう。あそこも、ここも、澄枝がしなければ、夫や姑は、どんなに難儀なことであろう。澄枝は次から次へと家のことを連想し、神社の境内に出て来た。

桜の赤味がかった樹肌にも、春の走りの光沢が出て椴の茂みに小鳥が囀っていた。澄枝は立ち止って椴の梢を見上げたが、チチ……と鳴くだけで姿は見えなかった。澄枝は小鳥の姿を求めるように、椴の梢を仰いで歩き出していた。と、その時、片側の小丘に落葉を踏み分ける音を聞いたので、澄枝は思わずその方を見た。裸木の疎に立つ樹間に小丘を俯きかげんに登って来る人影を認めた。だが、かの人物は、敏捷に木影に身を潜めてしまったので、誰なのか確かめることが出来なかった。森閑とした境内に人影の邂逅は澄枝を慄然とさせた。澄枝は、平静を装って神主の屋形の方へと歩いて行った。

澄　枝

三月中旬ともなれば、北国も日中の暖かさはいくらかずつ増して来る。結核病棟の五号室は、女ばかりの八人部屋であった。部屋の中央部に、タンク型の武骨な石炭ストーブが据えられ、それを囲むようにベットが並んでいた。ストーブの暖かさはもうとっくになくなっていたが、患者達は、それにも気づかず、安静前のひと時を過ごしていた。

先程から、部屋の一隅にある大野ウメのベットに四、五人の女患が集って、何かひそひそ喋っていた。また一方には、七十を過ぎた後藤エツが、同じ病棟の高野達と花札に興じていた。その傍に六十を過ぎた川上幸太や若い宮原などが観戦していた。老婆と中年の高野は、好敵手として、いつも小さな戦場にあいまみえていたが、どちらも負けん気が強く、勝敗に負けたら口で争って譲らなかった。高野は、花札を座ぶとんに敲きつけてくやしがった。

「畜生、ババァの奴、いくら春だからってフケ（発情）やがって、がっぱりとれると思ったが——チェッ、糞面白くない」

高野は、憎々し気にエッを睨んだ。一定の少い数だけしか集めなかったらフケ（発情）たといって、その勝敗は数の少い方が勝ちであった。

「おあいにくさま、いくらババァだからって春だものフケてもみたくなりますよ、ねえ宮原さん」

エッは、不敵な笑を浮かべて若い宮原を振り返った。それを見た川上幸太は、

「婆ちゃんも若いのが側にいるから気分を出したな」

「ええ、猫も恋する春じゃもの……」

エッは節をつけて言い、楽しそうに再び座ぶとんに札を並べた。

「よし、今度は負けんぞ！」

高野は真剣な表情をした。また、エッと高野の新たな戦闘が開始された。と、その内、エッの方が不利とみえて、投げ札に困った。

「そうだ、私しゃ女ですもの、一人坊主に宿かさぬ」

エッは一枚をつまんでポイと捨てた。それを待ちかまえるようにしていた高野は、

「それじゃ、坊主まるもうけ、ありがたく頂戴しようかな」

と言って、その札を拾い上げた。それを見たエッは、心の底から憎悪したように高野を睨みつけ、

「よし、ババァいじめりゃ七生祟る!、よく覚えておきなされ」

と言った。高野は、さも怯えたように、茶目気な表情をしてエツを見ながら、

「おいおい、そんなおどかしっこなしだぜ」

と言った。だが、その時、

「あ、高野さん、それを出しちゃ駄目だ」

と、高野の傍にいる幸太が注意した。が、もう遅かった。

「一度出したら引っこめられない男の意地、高野さんも男だからな、川上さん、あんたは黙っていなされや」

エツは、ご満悦の体でそれを拾いあげた。戦況は一気に逆転した。高野は不承な顔をしたが、もうどうにもならなかった。この勝敗も、やはり高野の負けであった。高野は憤然として立ち上り、ものも言わず、プイと部屋から出て行った。

その気配に澄枝が近づいて来た。

「おや、おや、また喧嘩ですか」

「ええ、私や何も言わなかったけど——高野さん負けたからでしょう」

エツは涼しい顔で答えていた。

「毎日一度は喧嘩しなきゃならないのね、お婆ちゃん達は——」

「なあにすぐ直りますよ、仲のよい夫婦ですから」

幸太は、親子程歳の違うエツ達を茶化してそう言った。

「よし、高野さんの仇討ち俺が相手だ」

幸太は、手にツバするような恰好で高野の去った後に坐り、エツに向った。

「今度はいくらか歯応えがあるかな」

「なあに噛む歯もないくせに――」

幸太とエツは、最初から激しく応酬し合った。

澄枝は、大野達の話を聞いていたが、何故か厭気がさして、エツ達の方に来たのであった。今朝澄枝は、部屋の皆に菓子を分けてやった。部屋の誰もがそうしているので、澄枝も、それに習ったのであった。だが、山田八重だけは、まだその菓子に手をふれていなかった。澄枝は機嫌をとるつもりでもなかったが、病室で渋面をしている八重に向って「山田さん、お菓子食べてね、ここに置きますから」と言って、手箱の上に紙に包んだ菓子を置いたのであった。

だが八重は返事もしなかった。部屋では異端者のように見られている八重は、誰とも口をきかなかったので、澄枝は別に気にも止めなかった。しかし、大野の話によると、八重は、他人からもらった物を汚らしく感じて絶対食べないとのことであった。病棟の中でいちばん重患のように思われる八重だが、誰もいたわろうとはしなかった。病室の掃除も、この小さな病院では患者達がそれぞれ分担してやるのだが、八重のベットの回りだけは、いつも残されていた。医師から絶対安静を命じられている八重は、自分のベットの回りも掃除出来ないからであった。澄枝は、一度してやろうかな、と思って、八重のベットに近寄ったが、エツや大野に、そこはしなくともいい、と注意された。それから幾日かして、澄枝は、また掃除をして

やろうとして八重のベットの下を覗いた時、八重は衝動的に、

「いいです、ほっといて下さい」

と言いきった。澄枝は言われるままにひきさがらなければならない程の荒い剣幕であった。その時、八重のベットの下から何か異臭がするのに気がついた。元お囲いさんだったという八重は、整った顔形をしていたが頬が痩けて、蒼白な顔面に眼は引きつったように険しく、髪は少女のように長くのばしていた。八重は、いつも大柄な花模様の一重を着こんでいて、五尺そこその体軀は、女の連中にも年令を判じさせなかった。八重を囲っていた男も、八重が入院してから、一年程は時折り顔を見せていたが、だんだん来なくなり、ここ二年くらいは音沙汰がなくなっていた。それからの八重は、誰とも口をきかなくなり、人の好意も頑なに受けようとはしなかった。かっての日陰者としての八重の素行を怒り、肉親も八重を突っ離してしまい、唯一人頼りにしていた男に連れられて、その郷里に来ていたのであった。八重を知る者は誰もいなかったが、大野は八重のことについては、何でも知っているという風にいろいろ話してくれた。高女卒業したりして学問もあるから、尚、八重はあんなに生意気な態度をとっているのだ、と大野は言っていた。

だが、澄枝は、自分のやったものを汚らしく感じて食べないとすれば少からず不満にも思うが、大野の言葉があまりにも辛辣なので、八重を庇ってやりたいような気もおきた。病み臥して、頼る者もなく、病気への不安と、裏切られた男への怨み故に荒んで行く八重の気持も分かるような気がした。そして、唇の薄い、あれこれ人のことを詮索して得意がる、ラジオ

われた。

と渾名される大野ウメが、誰にでも八重のことを話すので、澄枝は何となく八重が不憫に思

大野は、また、他の患者達に喋っている。部屋の隅にある八重のベットは深く蒲団がかけられている。澄枝は、八重のことをいろいろ考えていたのだが、花札をしているエツがあまり負けてばかりいるので、加勢しようと何気なく、

「お婆ちゃん駄目じゃないの、負けてばかりいたら」

と言った。だが、エツは憤然として、澄枝を見据えて声を上げた。

「何もあんたまで、川上さんの応援しなくたっていいでしょう！」

「戸島さん、駄目駄目、只今低気圧発令中」

幸太は、何も言うな、と目で合図した。

「ナニオッ、この糞爺い！」

エツはロぎたなく幸太を罵った。だが、幸太はとり合わず、エツの機嫌をとるように、

「さあ、お婆ちゃま、どうぞ――」

と札をまいた。エツはケロッとして、また花札をとり上げた。澄枝は、エツの態度を見て恐しくなった。

エツは、入院して六年目になる。息子は、ある大会社の地方勤務員なのだが、エツをこの病院に置いて、遠くの町に転勤になった。六年の療養にも、さほど疲れた様子は見られなかった。相手さえいれば、時間を問わず花札をしていた。今では、医師も看護婦もエツのそんな療

養を別に咎めだてはしなかった。エツは、勝った時は平たい顔を脹らませて、とても機嫌がよかった。その時は、鬼歯のように上下二本しか残っていない茶褐色の歯を見せて豪快に笑うのであった。しかし、負けたとなると、長キセルを武骨な石炭ストーブに何度も敲きつけてくやしがった。そんな時、誰かが何か言おうものなら、極端な程、エツは荒れだすのである。それを忘れて、澄枝はつい言葉をかけてしまったのだが、澄枝には、そんなエツの態度を、単純だ、と言いきることは出来なかった。八重のことがからんで来るからである。部屋の誰もが、年配者として「お婆ちゃん、お婆ちゃん」と敬称してエツを呼んでいた。そして、何事もエツに相談するようにした。それをいいことに、エツはボス的存在になっている。澄枝は、八重の険しい表情と、エツの荒んだ表現や大野の意地悪そうな面が交錯して、動けなくなっていた。

光一

光一の病室は、病棟のいちばん外れで、谷川秀一、関本頼夫の三人同室であった。ドアを開けて、一歩入ると、室内は狭っ苦しい程いろいろな物が並べられていた。病室は、横に狭く縦に長かった。ベットも縦に並んで、入口側に関本のベットがあり、それと向い合わせて石炭箱や空箱を利用した下駄箱などが積み重ねられ通路は一メートル程しかあいていなかった。その次が光一のベットであり、それと向かい合わせて、石炭ストーブが置かれていて、そこも一メートル程の空間しかなかった。光一の枕元には、戸棚兼用の手箱があり、そこから、カーテンで間じきりをし、谷川のベットとなる。

谷川と関本は、光一のベットの前に椅子を置いて、将棋を指していた。その記録係のような恰好で、光一はベットの上から観戦していた。形勢が不利とみれば、待ったをかけたり、二、三手後戻りをしたりして、勝敗は仲々つかなかった。光一は、先程から見ていたが、つかない勝負にあきあきしていた。そして室内のあちこちを見回している内に、だんだん気が滅入って来た。

谷川や関本のベットの上の壁には、女優のプロマイドや色あせたヌード絵など貼りつけてあるが、光一には不快でならなかった。病室の壁は、建造以来塗り替えたことがなく不潔に薄汚れていて、手の届く所まで紙の剥がした跡が残っている。患者が代る度に、気にいる顔写真や愚にもつかないヌード絵などベタベタ貼りつけた跡であった。谷川も関本も、それをおおうように一層大きいプロマイドやヌード絵を貼りつけていた。それが部屋の空気をけがすように光一には思われた。谷川の貼りつけた女優の写真など、いつまでも微笑をたたえ、光一の憤懣を嘲笑するように見下しているのに対し、愚にも腹を立てていた。まだ白い壁は、所々が剔られたり傷ついたりしていたが、それは、患者の誰かが釘を打ちつけ何かを掛けた跡であった。しかも現に、谷川のカーテンの間じきりは壁に釘を打ちつけてしきってあり、それに針金をもう一本渡して、服やその他の衣類が掛けてあった。光一は、谷川の行為を嫌悪した。谷川は、狭い部屋の三分の一を悠然として占めていた。そして、持ち物のありったけを持ち込んだように、行李やトランクが並べられていた。光一は、内心これ等を侮蔑して見ていたが、谷川と関本がいつまでも将棋を止めようとはしなかったので、枕元にある手箱の上の置時計をちらと見た。時計は、やがて一時を指そうとしていた。光一は、わざとらしく「さて」と言って、手箱の上に手をのばし、パスを一服とり上げた。透明なセロファン紙に包まれた薬剤は、水を含んだ光一の口に投入された。それからまた水をもう一と口飲んだ。

「おお苦い！」

光一は悪寒に震えるような動作をした。白い薬剤は、二・五グラムの量があり、患者達は一日四包みを義務的に服用しなければならなかった。光一も数年間、何度となく喉を通した薬料だが、時には全身を律する苦味を感じることがあった。そんなときは、定まって光一の気分がすぐれなかった。光一は、体中を揺がすような苦味に思わず嘆声をあげたが、それを聞きつけて関本は、

「おや、もう薬を飲む時間か……」

と言って置時計を見た。

「お、もう一時になる、さて、この勝負は引き分けにしよう」

関本は谷川に同意を求める風にして、パラパラと駒を投げた。谷川もそれにしたがって、

「形勢われに利ありってところだが、まあ、やむを得まい」

と言って立ち上った。

「うん、やっぱり谷川さんには、かなわんな、俺も、あの王手飛車捕りをかけた時、すぐ飛車を捕らなければ、なんとか詰んだんだが……」

「いや、まだまだ投了せんさ、あそこで飛車を捕って戦力に加えたから、勝負は引き分けに終ったんだが、もしそうでなかったらとっくに勝敗はついていたぜ」

谷川と関本は、互いに戦果の程を語っていた。光一は、薬を服用してから、すぐ床に入って谷川達の話を黙って聞いていた。光一は、時折りこのように塞ぎこんで、訳もなく蟠りを深めることがあった。周囲や、意識の中に、容赦のない、尖鋭な思惟を押しすすめて侮蔑し、すべてを嫌悪していた。その煩悶に光一は、結局自分自身が苛立ってくるのである。

光一は、上むきになり書見器を引き寄せてみたが、何故か読む気がしなかった。光一は気を静めようとして、ページの一節一節を眼で追った。が、何かで掻き乱されそうな神経は、どうしても落着かなかった。そして一層感情の苛立ちを覚えた。光一は眼を閉じ、しばらくそのままじっとしていた。眼球の映像は消えて、脳中枢部に黒くとぐろする嫌悪が映って来た。

患者達は、パスやストマイなどの抗生物質を長期間使用することによって、胃腸障害や神経障害を起こしていた。そして、長期の療養を送る患者達は、ストレスなどの精神的副作用にも悩まされていた。光一も金属の軋み音のような耳鳴りを伴って、不眠頭痛などに悩まされて精神の安定がなかったのである。光一は、そんな時に定まって何かをしでかし、その存在を確かめなければ納まらない程自己を失っていた。

光一は、起き上って、片手で首筋をトントンと敲いて、左右に二回三回とまわしてみた。しかし熱っぽい靄のようなものを晴らすことは、どうしても出来なかった。光一は、そのままじっと外を見ていた。茶褐色の樹間に春光は目映く射していた。光一は、思いたったようにベットを抜けて無造作に袷を着込んで外へ出た。そして、なだらかな坂道をゆっくり登りはじめた。いつもの林野に向かうのである。光一は、樹間の小丘に出て、いつもの樹木に向かって黙々と歩いていた。侘びしげな裸木に、陽光は優しく慇懃に照していた。光一は歩みを確かめるように俯いて、ただ歩き続けるだけであった。光一の一歩一歩は、茶褐色の枯れ葉を悶えさせていた。と、その時、光一は樹間にもう一人の気配を感じとった。光一は頑なに眼を走らせていたが、瞭然とその人物を確かめ、それが戸島澄枝であることを認めた。

「あら、多賀さんでしたの」

光一はコックリ頷いた。澄枝は怪訝な顔をしていたが、目をきらつかせて問いかけた。

「あの、じゃ、この間も多賀さんでしたの」

光一は、戸惑ったように「ええ」と返辞をした。

「そうでしたの、私、びっくりしたわ、だって急に隠れてしまうんですもの――」

澄枝は軽く光一のこの前の行動を難詰した。光一は、平静になりかけていたすべてが、再び乱れることを知った。

「済みません、考えごとしていた時、あなたを見たものですから……」

光一は苦しい弁解をした。一瞬、重苦しい沈黙が二人の間に流れた。

「よく散歩なさるのですか」

澄枝は問うように語りかけて来た。

「ええ、病室にばかりいると、とても気が重くなるものですから……」

「ほんとうにいやね、病院生活って……、私も狂いそうになりますわ、長いんですの、入院されてから……」

「ええ、もう五年になります」

「まあ、五年も……」

澄枝は光一の全体を改める風にして見た。

「そうでしたの、――それじゃ私なんか、まだ苦しみが分からない方なのね……」

光一と澄枝は、それ以上口をきかなかった。

澄枝は、時折り話かけようとするのだが、光一の頑なな表情に躊躇した。縞の和服を着た光一は、どこか淋しそうな憂いのある表情をしていた。それが顔面を強張らせ、澄枝を寄せつけなかった。澄枝は、光一の不愛想さに何かものたりないものを感じたが、一方では安堵した。それにしても、何故あの時、光一は木影に隠れたのであろう、澄枝は不可解でならなかった。澄枝はもう一度、光一を盗み見た。だが、やっぱり光一の表情は変っていなかった。

光一は、再び気が滅入って来た。この前の行動を難詰した澄枝の言葉が耳元からとれなかった。木影に隠れた自分の行動が、暴漢か何かのように澄枝を脅かしたことを知った時、光一はどうにもならない屈辱に責められた。あの刹那的行動が自分でも苦々しく意識されてならなかった。

光一は幼くして病弱であった。それも、肋膜炎、カリエス、肺結核――と結核のお定まりのコースをゆうに十年余歩んで来た。その病者心理が唐突として卑屈な感情に走らすのであった。田舎では、一と口に、肺病たかり、と嫌われ蔑まれるのだが、光一には、その卑屈感がたまらなく苦しかった。が、光一は、それを澄枝に説明しようとはしなかった。

宣告

「多賀さん、写真結果の説明がありますから詰所へ来て下さい」

病棟専任看護婦に促がされて、光一は起き上った。三か月に一度レントゲン診断を受けるのだが、光一は、その都度病魔のしぶとさを確認して失意のドン底に蹴落されていた。午后の陽光は廊下を照し、安静時刻の院内はひっそりとして、光一の足音だけを感じさせていた。廊下の突き当りに病棟の詰所がある。光一は強張った表情でノックした。

病棟三十数名の患者を受持つ専任看護婦は、島良江、斉東正子の二人だけである。詰所内は、薬品戸棚が一つあり、事務机が一脚あるだけだったが、それでも狭苦しい感じであった。その中央の事務机に、恰幅のいい主治医増田医博が坐って、二、三枚の写真を比較していた。医博は、光一の来室を見て軽く会釈し、窓辺に歩み寄りフイルムを光線に透すようにして、おもむろに説明にかかった。

「多賀さん、あなたの病状はもう治療の限界ですね、——これがこの前の写真ですよ、それとこの度の写真を比べてみますと、——ほら分かるでしょう、この前の写真と何も変っていないってことが——、この肋膜の部分、ここに空洞があるでしょう、これがいちばん心配されたのです。しかし、ここ一年程は別に変化が見られませんのでね、もう定着したと一応見るべきですね、この右側の空洞ぐらいでしたら外科処置まで持って行けるのですが、現在の多賀さんの病状では科学療法で押えるより他はないですね、この右上葉部に黒い班点があるでしょう。この部分も冒されていたのですよ。それをこのように科学療法で押えたのですから……まあ、これが限度でしょうね」

事務的処置とは言いながら淡々と説明する増田医博の言葉に、光一は非情なものを感じてじっと立っていた。

黒い画面に細い肋骨がくっきり浮かび、霞が浮游するようにからんでいた。その左肺に死者の瞠視のように不気味な空洞が、どろんと淀んでいた。また右側には親指大の空洞が認められたが、その上葉郡に浸潤性疾患の焼ゴテで焼きつけたような黒い痕跡が残っていた。光一は、呪文にかけられたように突っ立って増田医博の言葉を聴いていた。

「肺活量がもう少しあるといいのですが、多賀さんの場合でしたら――不可能ですね……、それで、排菌も認められないし、血沈も十ミリ内外で安定しているので、もう二、三箇月様子をみて退院しては如何です、もう家庭療養の範囲ですね……、自宅に帰れば、つい不規則になりがちですが、科学療法と午后の安静だけは怠らないで下さいよ」

光一は下唇を噛んでじっと動かなかった。増田医博は、それに気がついたのか、つけ加えるように、

「再発さえしなければ大丈夫ですよ、――多賀さんの家は農家なんですか――、農家は無理だな、他に何か職業転換を計るべきですね、なるべく無理はしない方がいいですよ……」

光一は頷いて無言で詰所を辞した。光一は薄っぺらな胸部をみつめるようにして病室に戻って来た。同室の谷川や関本に結果を問われたが、光一には何も言う気力がなかった。光一は無性に感傷的になっていた。微弱な身を労るように静かに横たえ、枕の心地を確かめるように、左右に頭を振り、深い溜息をして瞼を閉じた。

幼くして病弱であった光一は、今日まで生きたことがすべて誤っていた。思慮分別のつく今になって、その生命価値を確認することはあまりに酷かった。学問もなく労力もなく、光一は何を巨標にして生きて行くのであろう。光一の体には酷い束縛の枷が必然的にはめこまれた。その束縛の中に、光一は生きて行く希望も夢も失いそうであった。病魔の傀儡として果無い前途を意識する時、光一は自己の微弱な命を手玉にして死神に投げつけてしまいたかった。だが、母の面影が必死に光一の絶望を払いのけていた。恵まれない結婚をして、夫と離別し、光一と二人の女の子をかかえて家庭を守り通して来た母親は、素朴乍らわが子の治癒を信じていた。耕作面積も少く光一の医療費の捻出は容易でなかった。過去五年間の療養費の負担にもあえいでいたが、母は、「お前さえ治ったら」と眼を細めて、いくらかの金を養に膨大な額と化した医療費は、細い女の腕でうめることができなかった。光一は未納の医療費を届けてくれるのであった。光一には、その母の慈愛がなお切なかった。激しい労働に明け暮れ近年めっきり老い込んで見える更年期の母親は、光一の退院を聞いたらどんなに喜ぶであろう。しかし、光一の退院は臥すことを条件としたものであった。光一は母が不憫でならなかった。老いて行く母親に、光一は報いるものが何もなかったのだ。光一は、如何にして生きて行くか、それすら定めていなかった。否、何度も描いた設計図は、次から次へと病魔に否定されてしまうのであった。

光一は、養鶏か養豚を考えていた。辺鄙な田舎での生活には、それがいちばん適していたからである。だが、そこにも光一の存在は否定されていた。近年緊々としのび寄って来た農業近代化への動きとして、これ等を大々的に企業化する篤農家も現れ、病弱な光一と老け行く母の生活手段として、仲々容易なものではなかった。近郊の小さな街々に新たな活路を開こうとしても、幼くして病床にある光一には、不安より他は芽生えて来なかったのである。

病身に適合した生活設計とは？

光一は、これ等を真剣に考えていたこともあった。しかし、それが病む光一にとって如何に負担であり苦捕であるかが、療養の歳月が増すにしたがって意識されて来た。それぞれ意図するものを読んだり訊いたり話し合ったりしたが、どれも光一を励ますものではなかった。架空のものを描くが如く、その不安はつのるばかりであるのを知り、だんだん生計のことを考えようとしなくなった。母が、いつも口癖のように言う「治りさえしたら」と、ある程度の希望を託して療養に専念して来たのである。だが、それは、ともすれば光一の生命を自ら否定するものでもあった。光一は、この調整に悩んでいたが、今退院の言葉を聞かされて、処理しきれずに避けて来た人生への課題に、是非なく取り組まなければならなかった。だが光一には何があろう。過去五年間の歳月は、光一から生活への意欲を奪い去り、苦痛と倦怠の病床の中に押しこんでしまった。身を律するパスやストマイなどの科学療法は、光一のどこに定着したのであろう。口の歪む苦さ、肌を刺す激痛、そして多くの副作用、あらゆる苦痛にじっと耐えて来た五年間の療養は、光一を病魔の傀儡としてつくり上げてしまっていた。価値なき人生に執着し、きゅうきゅうとして過ごして来た自分が、たまらなく不憫に思われた。光一は、退院を意識することによって、燃しつづけて来たか細い炎がフッと吹き消されるような気がした。純朴な母の希いも、光一の淡い夢も、現代医学は否定して、強靭に、しかも具体的に、その生路を占ってしまったのである。光一の瞼からは、血潮のような涙があふれて頬を流れた。

再　会

光一は、二、三日山へも行かなかった。

病室の窓から遠くに見える落葉松の木立もいくらかずつ蘇生して、朝靄がこの香りを匂わすようになって来た。光一は先程からこの景観に浸り、少年時代の感慨に耽っていた。幼年時代、鷹揚な自然に抱かれて駆けめぐった野山が憶い出されて来た。ある時は友と、ある時は犬や馬と、光一は、黒土を力いっぱい蹴って快適な汗を流していた。だが光一は、それらの感動が、二度と還らないことを知って悄然とし、そのまま、じっと窓辺を動かなかった。永遠に還らない感動を追って光一は、現実の病に悶えて逼塞する自分が腹立たしくなった。そして、無性に料峭にさらされたくなった。

その時、朝食の手木が打たれた。光一は同室の関本に声をかけられた。

「さあ、多賀さん、ごはんだぜ」

「マンマ、マンマと食ってや寝、食ってや寝、動かず寝ていりゃ文句がないが――」

谷川は自嘲的に節をつけて言いながら先に立った。

「フフ、本当だな、妻や子供達のことは俺等の知ったこっちゃない」

「口は病院まかせ、尻は便所まかせ、命や医者まかせ、これで金もくれるんなら、こんな極楽はないな――」

「全くだ、もしそうなったら、俺は一生病院にいるな」

谷川と関本は、冗談を言い合っていた。二人とも世帯持ちであるが、療養してまだ一年ぐらいしかたっていなかった。また、病状も比較的良好な経過をたどっていたので、それ程不安は現われていなかった。光一は、二人より少し遅れて廊下へ出た。

配膳室の前では患者達が、餌に群がる鶏のように騒いでいたが、それは、膳室から食膳を自室に持ち帰る為である。

「おやおや、いっぱいいる」

「あのように並んでいるのって変なもんだな」

「食べることしか能のない奴等ばっかしや……俺もその一員だがね――」

すれ違いざま「お早う」と声をかけ合ったり微笑みかえしたり、なごやかな朝食時である。

三人は、ゆっくり配膳室に向かっていた。患者達もだんだんすけて来た。澄枝も、お膳を捧げるようにして戻って来た。それを見た谷川は、澄枝に声をかけた。

「おや、戸島さん、もう貰って来たのですか」

「さては、腹をすかしていたな——」

すかさず関本が言った。

「あら、一号の人達が遅いのですわ」

澄枝は微笑みながら軽く応えていた。

「ハ、どうも申し訳ありません、今後は早く取りに行きます」

谷川はおどけてピョコンと頭を下げた。谷川の茶目気な態度につりこまれて、光一も笑を含んだが、澄枝の視線に逢ってそれが消えてしまった。澄枝のすれ違いざまの眸に、疑惑と軽蔑の厳しいものが感じられ、光一を難詰したあの言葉が思い出されたからである。

光一達が配膳室の前まで来た時、患者達はもう誰もいなかった。配膳係は、若い沼村百合子であった。百合子は、光一の強張った表情を見て、言葉をかけて来た。

「多賀さん、今朝は元気がないわ、どうしたの——」

「百合ちゃんに振られたんだってさ」

谷川は、本当だぞ、というように真顔で言った。

「まあ、私が、おあいにくさま、私は多賀さんに首ったけなのよ」

「本当かな」

と関本が言った。

「ええ、本当ですとも」

百合子はむきになって応えていた。着古したエプロンを付け、自分を飾らない百合子は、口達者な患者達に毎日接しているだけに、谷川や関本に負けてはいなかった。光一は苛々して来た。

「百合ちゃん、お膳――」

「あ、そうそう、済みません」

炊事婦兼配膳係の百合子は、あわててお膳を突き出した。剽軽な百合子の態度に、光一は苦笑した。

緑色の欠けたドンブリに麦めし、ステンレスの皿に盛られたオカラのゴクタ煮、漬物が二切れ、冷たくなった味噌汁、味気ない朝食であった。

食後光一は、洋服に着がえて病室を出た。病室のすぐ裏山に街の貯水管があるが、そこを目ざして急激な坂道を登り始めた。肺活量のない光一には喘ぎ喘ぎ登らなければならない坂道である。光一は一歩登っては呼吸を整え、また一歩と、ようやく登りつめた。だが、頂上に「係員以外立入禁止」の札が立って光一を拒んでいた。光一は、その場に崩れるように坐って、すっかり病み疲れた自分を意識した。そして、その場に坐って、しばらく呼吸を数えるようにして動かなかった。

光一の坐っている場所からは、古い建物の密集した小さな街が一望された。所々に商店街の看板が突っ立って、物音ひとつしない陽炎のゆらめく街である。光一の坐っている位置に平行して、川向うの山々が眺望されたが、両崖の意という町名の由来もぴったりするほど、この小さな街は、崖と崖の間に張りめぐらされた碧空の下にかたまっていた。光一は、淀みない空を仰いでじっとしていた。一点の染みもない大気に、光一はすがすがしいものを意識した。だが、すぐ眼下にある卍にも似た大きな建物は、光一の意識の飛翔を阻んでしまった。そこは、不潔な感覚や、たまらない侮蔑や、猜忍な羨望などが淀み、倦怠がうようよ蟄居する厨房である。光一は、その中にまた押し込められるような嫌悪を感じて、そこを立ち上った。光一はグリーン色の建物の外を通り、いつもの林野に向かった。弛緩した大地は柔く、マットのような心地である。細道の傍にある早熟の躑躅が小さな芽を吹いてはにかんでいる。枯草の下からは、初々しい発芽も見られる。小鳥も早口に早春の訪れを告げている。光一の肌に陽光も和く触れて、春はやっと微笑みかけて来た。光一はリズミカルに歩いていた。楢、楓、桂など雑然と林立する樹間に、華奢な女体のような白樺も立っていた。光一は、細道を外れて生い繁る樹木を避け、一本の白樺の前に歩み寄った。幹は陽光にさらされて妖しいほど光っていた。光一は、その幹の一部に目を据えて海老のように動かなくなった。一点の凝視は、瞳を爛々とさせて、頬に微かな痙攣さえ生じさせている。光一は腕をまげ拳を固め、怒る風に苦悶する風に、一定の間隔をおいては、またその動作をくり返していた。

その幹の一部は、削られたように傷ついて、そこに何かを刻みつけた風でもあるが、それは判別出来なかった。裸森を吹き抜ける風も光一の姿を異として避けて行く。やがて、重苦しい盗窃のような一瞬は流れ去った。光一は恐悸するように後ずさりをした。そしてクルリと背を向け、再び振り返ることを恐れるように、大股に歩いて先ほどの細道に出て来た。光一は立ち停り、白樺の方を窺う風にして深い溜息をつき、頂垂れたまま、また歩き出していた。と、その時、光一は不意に「多賀さん」と呼び止められ、ピクと立ち停った。声のする方を振り向くと——そこに和服姿の澄枝が立っていた。澄枝は、ニッコリ微笑んで光一の方に歩み寄って来た。だが、光一の頑なな表情を見て、

「どうしたの、そんな深刻な顔なさって……」

「いいえ、別に……」

「ならいいけど、ごめんなさい、おどかしたりして……」

「いいえ、これであいこですよ、この前はぼくが戸島さんを驚かせたんだから——」

光一は強張った表情を和げた。澄枝もホットしたようであった。

「寝ているのがつまらなくて、どうにもならないわ、多賀さんが山へ登る後姿を見たものですから、すぐ追いかけて来ちゃったの……」

では、光一のあの挙動を見ていたのだろうか——光一は、またしても澄枝に惨めな敗北を意識した。

「大丈夫ですか、そのように外出して……」

「ええ、もうどこも悪くないみたい、家のことを考えたら、じっと寝ていられないの……」

「お子さんもおありなんですね……」

「ええ、今年三歳になる男の子がおりますわ……、可哀想に——こんなに置いて歩いたことなんかなかったのに……どうしているか……」

「家では、ご主人だけなんですか?」

「いいえ、おかあ（姑）さんも、おとうと（義弟）も、いもうと（義妹）もおりますけど……、でも、子供って、母親がいなければ、とても淋しがるものよ……、それにもう忙しい時季でしょう、子供なんてとてもかまってもらえないわ……、そんなこと考えたら、気がくしゃくしゃしちゃって……」

「そう、ぼくもそうでしたよ、入院当初は家のことが気にかかってね――、でも月日が経つにしたがって自分のことを考えるのが精いっぱい……」

「そうでしょうか、でも多賀さんなんか、とてもお元気そうですけど……」

「見かけだけはね――、この病気の特徴なんですよ」

「ほんとうね、私は生まれて初めての病気なんですの、だから、痛かったり苦しかったりしたとき入院する、と思っていたの……、そりゃ、最初のうちは苦しかったわ、でもこの頃のように、どこも苦しくなければ、家の人達に済まなくって……」

「全くですよ、ある程度、科学療法を続ければ元気になりますが、それからが大変なんですよ――」

「多賀さんは、まだまだですの……」

「ええ、退院してみたって、使い途のない人間ですから、一生病院生活ですよ」

「でも、今朝、大野さんが、多賀さんは退院が近いって言ってましたけど?」

「大野さん……」

「ええ、私と同じ部屋の人ですわ」

「ああ、あの人ですか、退院なんてまだ決まっていませんよ、大野さんて、早いんだな――誰からそんなことを聞いたんだろう」

光一と澄枝は喋りながら、林野の細道を並んで歩いていた。そして、雑木林を抜け、桜椴などが整然と植えられている神社の境内に出て来た。

孤　愁

そこは義経神社として知られていた。義経カムイ（神様）として、アイヌ人崇敬の的であった義経像も、現今では、その面影がなく社殿も改築されていた。市街地より一段と高い山頂にあり、社殿まで百十の石段を並べ、雄大な原始林にかこまれ、東方に風光明媚な日高連峯をのぞむことができる。

寛政三年、山田文左ェ門、あるいは、享和二年幕臣近藤重蔵の建立であるとも伝えられているが、寛政十年、幕吏として近藤重蔵が東えぞ（蝦夷）巡検の際、現地人を慰撫すべく、江戸の大工、法橋善啓に制作させ、同十二年、渡来の折り寄進した、と伝えられているのが、義経神社建立の信に近い由緒である。神体は、一尺一寸の高さで、金箔を塗り、眼に水晶を嵌めた九郎判官義経の甲冑姿の木像で、その背に、寛政十一年、巳未四月二十八日、近藤重蔵、藤原守重、比企市郎右ェ門、藤原可満と彫刻してあり、台の裏に、大仏工、法橋善啓の名が墨書してある。

「ずい分、立派なお堂ですのね」

「うん、社殿と会館を合わせて総額六百萬ぐらいかかったそうですよ、義経神社として名前が知られているのと、桜の名勝地として観光団も来るようになったから、外観をよくしたんじゃない」

「ここの桜は、きれいですってね」

「ええ、この公園は、昭和十一年、私財を投じて、遠く本州から桜や紅葉などを移植したと言われていますからね――、去年なんか観光団もずい分来ましたよ」

「私、花見なんて、一度もしたことがないわ」

「ぼくもそうでしたけど、病院に入ってから二年程ここの桜を見に来ました、人の大勢集まる花見なんてつまらんですよ――」

「私も今年はお花見ができるのね……、入院していてお花見でもないけど……」

光一と澄枝は、社殿前から記念塔のある広場に出た。そこは境内の最東方で、桂の巨木が立ち、その下に七尺ぐらいの白い石塔が建っていた――正三位勲一等男爵佐藤昌介題――故ぺん里うく翁ハ気骨智稜々智畧ニ富ミ十勝ノ同族ヲ征服シテ其名遠近ニ轟キ大ニ衆望ヲ聚メ亦良ク地方ノ同族ヲ統制シ愛撫ヲ加ヘ文字ノ学ブベキヲ説キ学校ヲ設立シテ子弟ノ就学ヲ勧ム之ヲ土人教育ノ嚆矢トス官乃チ土人ノ事一切ヲ翁ニ委ネおてな即チ総酋長ヲ以テ之ヲ遇ス翁曽テ判官義経公ノ神像ヲ此ノ地ニ遷祀シテ其徳ヲ鑑カニス是本村義経神社ノ濫觴ナリ明治十七年八月故小松宮彰仁親王殿下本村御成ノ砌翁ノ住宅ニ御立寄リアラセラレ優渥ナル御諚ヲ賜ハル誠ニ無上ノ栄誉ト謂フヘシ翁明治三十六年十一月二十八日七十一歳ニシテ病ヲ以テ歿ス郷党翁ノ遺業ヲ追慕シ茲ニ碑ヲ建テ以テ記念トナシ長ヘニ英魂ヲ慰メント欲ス、

昭和九年七月——

と認められていた。小松宮が義経神社に参拝の折りペンリウク宅を訪れ一泊し、多々話し合ったとか、また、出発のとき握手をして「ニシパタッシャテナ」と言ったが、宮はその言葉の意味が分からず、お側の者に、宮の健康を祈る、と言ったのだと教えられ、大変満足したという逸話もある。

遠くに日高連峯の銀嶺が壮観に映し出され、近くに沙流の山波が絵筆で描かれたように裸木を林立させ、限下には町の公営住宅が建ち並んでいる。その建物の色彩が陽光に照されて、まばゆいばかりであった。

「まあ、きれい、箱庭みたいだわ」

「ええ、ぼくはこの眺めがいちばん好きなんです、いつもここへ来て深呼吸をするのですよ、そうしたら、胸の中の汚れまですっかり吐き出したような、さわやかな気分になります」

光一と澄枝は、両手を広げ、肩で息を吸い込み、それを押し出すように深呼吸をした。

「ほんと、いい気分ですこと」

「病院にばかりいると、こせこせいらないところに気を使うものですよ、見えるものが毎日同じものでしょう、だから小さなシミでも分かってしまうのです、それを話題にして時間をつぶす、その結果また別な話の種を見つけなければならない……、全くつまらん毎日ですよ」

二人は桂の巨木の根方に腰を下した。

「私も最初の内は当惑しましたわ、病院って黙って寝ていられるところかな、と思っておりましたのよ、そしたら全然ちがうのね、朝は掃除をしなければならないし、ごはんは自分でとりに行かなければならないし、それをしなかったら大変ね、みんなから、なんだかんだって言われるし……。山田さんなんか可哀想なぐらいよ、あの人は、動けば喀血するんですって――」

「とにかく感情対感情、煩わしい環境ですよ、少しも気を許すことができないからね……、いくらか体が良くなれば、他の人達に気を使うことの方が苦しみになって来ます」

「ほんとよ、みんなが笑って話しているから、その気になって、つい口をすべらしちゃうの、そしたら急に怒ってしまうでしょう、そうかといって黙っていると生意気だって言われるし……、私なんかどうしたらいいのか分からないわ」

「ええ、そうです、だから、うんと極端な性質にならなければ、あの環境では過ごされませんよ、いや、これはぼくだけかも知れません、だけどみんなに調和しようとしたってしょうがないですよ、結局、人のことを言う気ならいくらでもありますからね」

澄枝は、それから病室内のことをいろいろ話していたが、光一には、それが過去に知りつくしていることであった。特に女の病室は話題が豊富で、連日、何かのトラブルが持ち上っていた。光一は澄枝と話をしながら、自分のうっぷんが、いくらかでも軽やかになったような気がした。

関本は、寝て読切雑誌を読んでいた。谷川は、ベットに起き上って、簿記の講義録を拡げて一生懸命ソロバンをはじいていた。一方、光一は書見器に目を向けていた。しかし翻訳ものなので難解な語句が多く、フトンの襟元に辞典を置いて、調べては、雑記帳に横臥したまま記入したりして読んでいた。

その内、谷川が突拍子もない声をあげた。

「できた、よし、これで第一巻終りっと――」

谷川は、独りごとのように、また、誰かに聞かす風にソロバンをガチャガチャ振った。

「多賀さん、俺は簿記の第一巻を終ったぞ！」

「ほう、それはずい分早かったですね――」

「うん、この調子なら、入院中に専門部までやれるかも知れないぜ、――簿記とは、つまり記録計算、整理して、その結果を明らかにする方法、および研究なり、か――、第一巻はその用語的説明だ、多賀さん、案外やさしいぜ、やってみないか？」

「う、うん……」

光一は、つまったような返事をした。

谷川は背後のベットを振り向いて、光一に言った。

「そんな本を読んで肩をこらせるより、簿記を勉強した方が、退院してから役立つぜ」

光一は、いつもの不愉快な憤懣が湧き上って来たが、黙っていた。谷川は、光一より十程歳上で元鉱夫であったが、発病と同時に、現場の閉鎖によって失職していた。妻と子供のある谷川は、当然、退院後の問題を真剣に考えなければならないが、不思議にユーモラスな、そして気さくな人柄を現わしていた。谷川のような状態で現実を意識し、身近に物事を考えたら、環境的な淀みにも渦巻かれ、自己の責任の重さに圧されるであろう。だが谷川は、現実を覚えているから環境と妥協出来るのだ、とうそぶき、光一の頑なな性質をいつも嘲笑していた。谷川に言わせれば、光一は世間を知らないとのことである。しかし光一には、世間という言葉が漠として、判断することができなかった。

色白の谷川は、身嗜みに気を配り、身のまわりをいつも整然としていた。それだけに、見え坊的な態度は否めなかった。廊下を歩く時などにも気取った風が見える。が、それでいて剽軽に笑いを発散する性質でもあった。唐突とした瞬間に相手を笑わせる谷川に、光一は自己の頑なさを指摘されていた。それに谷川は、何気ない雑談にもユーモアを折り込んで、人をあきさせなかった。光一は、谷川のこんな人柄に畏敬を表し、自己の欠点を酷烈に意識していた。

谷川は光一を批判して、こんなことを言ったことがある。

「多賀さんは、なるほど知識がある、しかし俺に言わせれば、単純で幼稚な性質にしか見られない、なんのために生きるか、文学とは何か、など、そんなことを考えてなんになります、結局、無駄なことを考えて苦しむだけですよ、それに多賀さんは、毎日むずかしそうな本を読んでいるが、そのわりには、びっくりする程、文字が分からない、結局、手紙用語ぐらいしか分からんじゃないですか、われわれは手紙を書ければ、それでいいのですよ、それ以上勉強したって、何の役にもたちません、それよりも計算なんか勉強した方がいいのじゃないですかな、退院してから、例えば、どこかへ勤めるにしたって、ソロバンだとかの計算が出来なければ駄目ですよ、小説なんてやつは、最初を読んで、最後を読めば、それで内容が分かっちまいますよ、だいたい小説家には変人が多い、そんな奴等の書いたものは、みんなでたらめなことばっかしだ、そして内容も、恋だとか愛だとか、全部同じようなものじゃないですか、——ともかくわれわれには縁のないものだ、多賀さんは、そんな本ばかり読んでいるから、どうしても世間が分からないんです、こんな環境にいて理屈をこねたって、誰も聞きませんよ、それよりも適当なことを言って、みんなを喜ばせた方が得ですよ」

光一は歯を食いしばって、谷川の辛辣な言葉を聴いていた。谷川の言葉は、光一の現実をあまりにも指摘し過ぎていた。光一は確かに頑なな性質であった。そして理想も漠としてつかみ得なかった。文字も、谷川の言うように、手紙用語を書ける程度で、それ以上はあいまいになって来る。小学校卒業だけの学力では、文学用語など不可解も当然であろう。しかし、それ以上に不愉快なのは、小説家は変人であり、書くものは価値なし、といった谷川の言葉であった。だが、谷川と議論を戦わせたとしても、感情に向うだけであった。たとえ谷川を屈服せしめても、そのシッペ返しが日常生活に撥ねかえって来るのだ。光一は、必然的に懐疑的な日を送るようになってしまった。谷川を見る眼も内攻的に鋭利になってくる、その結果、幾多の疑問が侮蔑と嫉妬の彷彿としたものとなり、結局、谷川の言葉を無責任なものとして嫌悪するようになっていた。しかし谷川は、光一のそんな態度を、承服したものとして受取り、すべてに優越感を抱いている模様であった。光一は、黙々と読書を続けていた。谷川はそんな光一を見ては、いつも文学無用論を投げつけていた。

谷川の持論の計算も、自分が光一に言う資格の何もないことに気がついてか、半月程前から商業簿記の通信講義録を取り、退院後職につくのだ、と張りきっていた。谷川は、講義録の問題を光一につきつけて、答えを求めたりしてくるが、基礎知識のない計算など出来る筈がなかった。その度に谷川は、誇らし気に理屈を説明するのだが、光一は上の空で聞いていた。光一は、谷川の虚栄的な身嗜みが嫌いであった。それも家庭人としての谷川でなければ、そう考えないのだが、現実の谷川からは如何にしてもまともとは受取られない。いくらかの退職金も、爛漫と咲き乱れ散るが如く不必要なものまで買い込んで、結局虚栄の飾りつけをしている。谷川は、その優越感をもって、光一の理想を単純な、と決めている風にも見える。あれほど、好ましいものに感じていたユーモラスな人柄も、愚にもつかない戯態として光一には意識されて来た。そして、口を開けば、世間を知っている、と称する谷川に、如何程の認識があるのか疑問になって来た。それまでの、労務者達の猥談や浅薄な戯談を、真の世間的なものとして意識し、無知で傲慢な文学論をぶつに至っては、全く憤懣にたえなかった。狭苦しい病室を半分程一人で占めて、そこだけカーテンで間仕切りをし、がらくたを並べる棚を作ったり、持物のありったけを持ち込んだように行李やトランクを並べたて、世間を知り人との調和を保ちうると自負する谷川には、郭での生活のように自己本位なものがあった。光一は、谷川不信の念を固くしたのと同時に、自己の理想を語り合う者のいないことも確認した。光一は、懐疑的な漠とした問題をじっくり語り合える真の人物を求めていたが、病棟の中にそれを期待することは無理であった。あるものを期待して相手を厳しく観察することによって、虚脱した過去の光一に触れてしまうのであった。

そこには、自分だけが生きるのにやっとの空虚な人物しか意識されなかった。

猫　柳

光一は山で語り合ってからも、別に変った態度を澄枝にとらなかった。以前のように、廊下で顔を合わせても目礼して通りすぎるだけであった。澄枝の方も話しかけていこうかなと思うのだが、光一の固く結んだ口と、キットした眼に、何か近づき難いものを感じ、微笑より先に顔を伏せてしまうのであった。

そんなある朝、光一の方から話しかけて来た。

「お早う」

「あら、お早うございます、もうお掃除はお済みになりましたの?」

「ええ、終りました、だんだん暖くなりましたね——、今朝なんか空気がなまぬるいみたいだ、今日は日曜日ですし、河原の方へ行って見ませんか?」

「河原へ、いいですね——、行きますわ」

澄枝は掃除のバケツを下げたまま、ニッコリ頷いた。

河原へは、病院の裏のグランドを横切り、街を通り抜けなければならない。食後二人は、患者達に見られない表面出入口から国道に出て河原へ向かった。低い軒なみの家々に不調和な、商店や飲屋の大きい看板が目につき、さわやかな春風にも街の通りが埃っぽく感じられた。澄枝は俯きかげんにして、光一より少し遅れて歩いていた。光一は、澄枝に期待していた、あの浮々とした気分が味わえなかった。それでも、澄枝と話し合ってからの釈然としない蟠りは、いくらか緩和されたような気がしていた。しかし澄枝は、頑なな表情をしてじっと俯き、家が疎になる街はずれまで、口を開かなかった。

片側の山を切り崩した国道のすぐ下に、灌木の茂る河床が開けて来た。澄枝は、気がついたように、そして誘うように、

「もう、猫柳が咲いているのね――」

と言った。だが光一は、ちょっと振り向いただけであった。思案気な澄枝の表情に解せないものがあったからである。光一は沙流大橋の方を指して言った。

「あそこの橋のところから降りて行きましょう」

二人は、また押し黙って橋の方へ歩いて行った。小砂利を敷きつめた国道を外れて河原へ降りた二人は、河砂に足をとられ綿の上を歩くようにもたついた。矮小な灌木は、二人を微笑んで迎えるかのように、茶褐色の固い蕾が殼を分け、可憐にもはにかみの生々しさを覗かせていた。

「もう、こんなに咲いているのね――」

「猫柳って雪のある内から芽を出しているんですね――」

「部屋の方達にも取って行ってあげようかな――」

「病室にも春来たるってわけですか」

瑞々した灌木に絹毛の密生した灰白色の穂は、頑なな光一の心を解きほぐしていた。澄枝は少女のようにはしゃいで、細枝をポキポキ折っていた。光一は、それを微笑みながら眺めていたが、河床に延々と続く茂みを見て、

「同じところでそんなにとらなくたって……、ほら、ずうっと向うまで続いているのですよ、歩きながらいいようなのを取ったら――」

「そうですね――。じゃあ、これ捨てますわ――」

澄枝は、手に持っている細枝を足元に投げ捨てた。

「あ、何も捨てなくたって……」

「だって――」

澄枝は、甘えたような声を出して光一を瞠めた。一瞬光一は、軽い当惑を覚えた。今までに見たことないような瞳が光一を瞠めていたからである。光一は澄枝の捨てた枝を一本拾いあげ、澄枝をうながすように歩き出した。

「柳は春がいちばん楽しそうだな――」

「何故ですの……」

「――ほかの木なら、季節的な移り変りって、そう感じないのですよ、たとえば桜にしたって、あの可憐な花の名残りを何処かに感じさせます、しかし柳は昔から、幽霊の寄生木とし

てしか人は見ないのですよ、ほかの木のように情緒的な雰囲気がないのですね」

「そうかも知れませんわね――」

「先程河原へ降りたとき、猫柳のふくらみを見て、みんな幸福に笑っているように感じましたよ、結局、今生きているものとして猫柳がいちばん身近に感じられるからですね――」

「……」

「ぼくは今、自分の生命というものに、執拗なまでに執着をもっている、普通の人なら、こんな灌木の芽なんか気にも止めませんよ、しかし、自分の生命が犯されている……といった本能的なものが、猫柳を幸福だとか楽しそうだとか、そんな目で見るのですね――」

「……」

「健康な人達なら無頓着に通りすぎてしまう一本の雑草にも、ぼくは羨ましい生命力を感じます、季節と共に、芽、花、実と、はっきり成長過程の見える草木は、煩わしい人間世界より清潔で、規律があって、強さが感じられますよ」

「……」

「一度咲いたら散るまいと必死に枝にしがみついている、風が吹き、雨、雪が降れば、その現象にさからって泣いている、人間なんて、つまらないものですね――」

「……」

光一の颯爽とした真理の露呈に、澄枝は、かすかに頷くだけであった。灌木の茂みもだんだん深くなり、光一と澄枝は、護岸のコンクリートの上を前後して川下に添って歩いていた。

うっそうたる渓谷から放流する沙流川の水は、不気味なほど青く澄み、光一達の歩く護岸になだらかな円を描いて波打っていた。向岸には、被いかぶさるような山々が、佗し気な樹木をかかえ、川に落下していた。

「この辺で休みましょう」

「ええ――」

光一と澄枝は並んで腰をかけ、二人を目がけて流れて来る水面をじっと見ていた。水流は、追いかけ合い敏捷に小さな渦を巻き、またほぐれて流れ去って行く。

「フフ……」

「――どうしたんですか?」

「……だって、……黙って見ていると可笑しいわ、こんなに水が面白く流れているなんて、考えたことがなかったんですもの、それがくるくる逃げまわるように流れているんですもの……」

「水の鬼ごっこですね――」

「変だわ私、光一さんと一緒にいると、木や草や、こんな水までも生きもののように見えてしまうんですもの……、来る途中もずっと考えて来ましたの、私と同じぐらいの年令なのに、光一さんの考え方ってすごく若々しいのね、そして、その中に厳しいものが含まれているみたい、――だから私の言うことなんて、全部分かっているような気がしますわ」

「――ええ、そういう気まずさを、ぼくは人に与えるようですよ、……いけないことだ」

「いいえ、気を悪くされたらごめんなさい、私の言ったのは、そんな気まずさではないのよ……」

澄枝は今まで、働くことだけを生甲斐と考えていた。誰よりも早く起きて働き、姑につかえることが澄枝を幸せにしていた。しかし、激しい労働にくたくたに疲れたあげく病に倒れたとき、病床の倦怠と妥協するものが何もなく、日々悶え苦しまなければならなかった。苦痛を伴わない療養は、獄舎につながれた囚人の如く、罪のつぐないに対する恐怖心と、遮断された獄外に感傷的郷愁を覚えるだけであった。結核に対する恐怖心からか、姑も夫も入院したとき来たきりであった。澄枝は、忙がしい家の状態を考えぬわけでもないが、せめて夫たりとも顔を見せて欲しかった。ただ働くことだけ、それだけが澄枝の存在であったのだろうか、心の飢餓は、姑や夫が顔を見せてくれることによって満たされるのだ。すぐそこにある樹木や水に、自分の淋しさを託することなど、澄枝は考えてみたことがなかった。とりとめもない雑談や笑いに日時を送っている患者達には病者としての虚無しか感じなかった。しかし澄枝は、光一のとりつきにくい険しい表情の中に、何かしら人を引きつける力強いものが潜んでいるように思われた。あくせくと働くだけで過ごしてきた自分が、追いたててこき使われる馬のような存在に思われてならなかった。

光一は、澄枝の話を聞いているうちに、次第に自己嫌悪に陥入った。澄枝の羨望を受ける資格など、光一のどこにもなかったのだ。たとえ、それが無意識であったとしても、澄枝の感じとったものは、光一のいちばん嫌悪し侮蔑する一面である。光一は、自己に流れる軽薄な観念論の一つ一つを、黒々と墨で塗りつぶし、澄枝の前に謝罪したかった。虚脱した環境に、ゴテゴテと塗りたてた絵画には、歪んだ懐疑的な醜い表情しか出ていないであろう。それすらも肯定する純朴な澄枝に、光一は危険なものを感じ、清淡な流れに渦巻く小さな流浪をじっと瞠めていた。

河原

澄枝は、病室の窓辺に寄りかかって、索漠とした胸の中に河辺での光一の言葉をくり返していた。――澄枝さん、それは、あなたの考え違いです、確かにぼくは変っています、が、それは他の人達より優れているという意味ではないのです、病院に入ってから五年間、ぼくがどんな醜い愚かな日々を過ごして来たかは、あなたには判らない筈です、ぼくの病状は入院当初より重くなっているのです、それも乱脈な入院生活が原因してなのですよ、今ぼくのいちばん望んでいるのは、草も木も水も死んで見えることです、細枝を一本折ろうとしても、その生命力に怯えて指の力が抜けてしまうような弱い病人心理が、極端に孤立した気難しい態度をとらせているのですよ――

光一は、それっきり口を固く結んで、語ろうとはしなかった。醜い……愚かな……乱脈な……、澄枝には、光一の表情からどうしてもそれが分からなかった。あの何かに怯えたように急におし黙ってしまう光一……、白樺の前の恐懼したように奇怪な挙動をした光一……、澄枝は、じっとみつめていた花壇の幼芽が、二つにも三つにも見えて、その場一面に広がっていくように感じられ、唐突として窓辺を離れた。そして、寝間着の上に羽織を着て、足早に部屋を出、病棟の表玄関から外へ出て行った。

柔い春の陽は、真上から心地よく肌に触れる。澄枝は捷径を急ぐように、――白樺なにかがある、きっと――と呟きながら歩いていた。あの時は、さほど気にもかけなかったのであるが、澄枝に声をかけられて驚愕した光一の表情に、憂愁の重苦しいものと、狼狽した当惑が閃いたが、その原因はあの白樺にあるような気がした。

何かに促がされるように足を早めていた澄枝は、雑木林外れの坂道にさしかかり病み臥す自分がたまらなく哀憫に思われた。こんな小さな坂道も喘ぎ喘ぎ登り、途中何回か休止しなければならなかった。澄枝の立っている地面は、春特有の香りを漂わせ、草や木の芽ぶきをうながしていた。農家にとっては、広々とした畑に馬を追いプラオの握木を握りしめる時季である。昨年までの澄枝は、仕事と姑達への思惑にせきたてられ、節くれたった自分の手をみつめる余裕もなかった。しかし、今坂道の途中で立ち止まり、胸部に当てられた武骨な手を見ていると、病み臥す現実と健康だった過去が交錯して来る。いつもやさしく話しかける風な能面のような姑の顔、それに追従するかのようにやさし過ぎる夫の表情、澄枝はそれらの面影を撥ね除けるように、今度は一気に坂を登りつめて、いいわ私なんかどうなったって……と呟きながら歩き出していた。たった一度の見合いで、見知らぬ男に嫁いで、兄嫁としての責任を負わされ、古風な姑に畏敬の念を表わして来た。姑は、穏和なような妥協的な人柄でもあったが、それが澄枝には、かえって苦痛であった。自分の思っていることを言い切ることができず、すべてに犠牲的な女の哀れさを教えこもうとするのであった。いつか街へ出たとき澄枝は、姑に無断でスカーフを一枚買ったことがあったが、心なしかそっぽを向き、しばらくの間不気嫌な表情であった。あの時の厭な憶い出が澄枝の脳裏にこびりついていて、いつまでも離れることがなかった。夫も感情があるのかないのか、いつもヌーボー然として、仕事のこと以外ろくに口をきかなかった。そんな夫に、少なからず不満を抱いていたが、女の慎みとして胸に納め、一度も争うようなことがなく今日まで過ごして来た。

だが病床に臥して物事を静かに考える身になってみれば、捨てられた仔猫のようにさまよわなければならない自分が哀れに思われ、戸島家に対して押えようのない憤懣が湧くのであった。澄枝は、これ等のことをさらけ出して光一に語り、何かを期待したのだが、その反応は淡々として掴みどころのないものであった。そんな澄枝の意図を知って、光一が逃げているようにも思われる。もしそうでなければ、あの時、光一を黙らせたものが何であるのか、澄枝には分からなかった。澄枝は、細道を外れ、瞳を凝らして一歩ずつ白樺に近づいて行った。

四月下旬特有の気怠い気温の午後、光一は深い眠りに誘われていた。長期の療養で光一は、不眠に悩まされていたが、ときどき正体のない眠りに陥ることがあった。そんな光一は、検温の看護婦に起こされて、茫漠とした脳裡を持て余していた。谷川と関本は、検温後また眠ったらしく静かな寝息をたてている。光一は、まばゆい陽光の照りつける廊下に出て、窓辺に佗んだ。午睡時刻の病棟は物音ひとつなく、日陰になる向かいの建物は、墨のように淀んでいた。澄み渡った空には、綿花を千切って置き忘れたような雲がポッカリと浮かんでいた。光一は、その雲にじっと目を据えていたが、鈍く軋むドアーの音に振り返った。そこには、何かに怯えたような表情の澄枝が黙って立っていたが、つと足早に光一の傍に来て一片の紙片を渡すや否や離れて行った。

光一は、澄枝からの手紙を持って病室に戻って来だ。谷川たちは未だ眠っているらしく、置時計が気ぜわしく時を刻んでいた。光一は、おもむろに小さく折り畳んだ紙片を開いてみた。

――光一様、はしたない私の行為をお許し下さいませ、お顔を合わせても、貴男様の澄んだ瞳に、澄枝への濁りが感じられ、心が痛く苦しんでおります、あの水の流れに今までにない幸福な澄枝が浮かんできて、とりとめのないお喋りをしてしまったのです、そのとき貴男様は、お怒りになったように急におし黙ってしまわれましたが、澄枝には、それが気がかりでなりません、澄枝のお喋りで気を悪くなされたのなら、心からお詫びいたしますが、何故か素直に申し述べることが出来ないのです、あの時の澄枝の気持をもう一度お聞き下さらないでしょうか、夕食後、河原のあの所でお待ちしております――

光一は澄枝の手紙を読み終えて深い溜息をついた。あのときの光一には確かに責められるものがあったかも知れない。しかし、あれから澄枝に対して別に変った態度をとったわけでもなかった。あのとき何かを言ったら、単純な澄枝をいっそう惑わす結果ともなりかねない、と懸念されたからである。避け難い何かがそこに出現しそうな気がして、光一は自分に対する不安と嫌悪に口を開くことが出来なかったのだ。単調な生活から、感情の淀みのような環境に押込められた澄枝は、毎日が不安なものであったろう。が、光一は自分の頑なな観念を澄枝に与えたくなかった。生息の中に、腐敗堕落の動物本能を潜ませ病人心理を偽装する傲慢さが苦々しく思われてならなかった。芽や木や水に何が感じられるであろう。そこにあるものは一つの現象ではあるが、感情として光一に触れるものでなかった。周囲に人を感じ、健康を意識するとき光一は、病者特有の偏狭な劣等感に襲われた。光一は、そんな卑屈感から逃避したかったのである。だが、それが崇高なものとして澄枝の目に映ったのではないだろうか。四壁の中に閉じ込められた孤独な生は、単純な一つの感傷に溺れて、理性も道徳も見失ってしまう。嘗て光一が煩悶したあの渇望や執念の過酷な渦に、澄枝も苦悶しているのではないだろうか。その渦が静かなら静かなほど、踠けば踠くほど、焦燥と自己意識が強烈になって来る。光一は処理しきれない問題を突きつけられて解答を迫られるような当惑を覚えた。

連日、義務的に運ばれる食事を、光一はいつものように五時少し前に終っていた。夕食後、思い沈むように肩を落して出て行く澄枝の後姿を認めた光一は、呼び止めるべきか否か、その決断を下しかねて躊躇した。呼び止めるとしたら、当然その理由を明らかにしなければならない。やがて澄枝は、早くもグランドを横切って、家々の陰に消えてしまった。光一は、不安と期待が交錯した妙なものにかきたてられていた。患者たちは、どんな小さな動きにもかぎつけ鶏鳴する習性を秘めている。光一は、これを誑惑しなければならなかった。川向うの山麓が、夕映えに燃えるように浮かび出されたころ、光一はようやく腰を上げた。凝結した胸中を道々解きほぐして、澄枝からの何かに備えなければならないと思ったが、確信めいたものは何も出て来なかった。光一の姿を被い隠すように密生した灌木の茂みには、暮色がしっとりと迫っている。光一は、この茂みをくぐり抜けたり避けたりしながら、澄枝が待っている筈の場所に来た。しかし、そこには澄枝の姿がなかった。あたりを見まわしたが、その気配は感じられなかった。若しや！と光一は漂々とした流れに怖悸した。と、そのとき茂みをかき分けて近寄ってくる人の気配がしてきたので、ほっとしてその場に腰を下した。ほどなく、光一の傍に澄枝も並んで腰を下したが、二人は唖者のように藍色の流れをみつめるだけであった。夕闇のとばりに、重苦しい沈黙が漂っていた。

「遅かったのね――」

「……」

「もう、来てくれないのかと思っていましたわ……」

「……」

「……光一さん、……あなたは、あの白樺に何を彫りつけたの」

「……」

光一は不意の嘴啄に、声にならない辛苦の呻きをあげた。そして、猶もそのことを追及しようとする澄枝を手荒に引き寄せ、その唇頭を塞いでいた。澄枝は怯えたような瞳を向けて体を硬直させたが、抵抗はしなかった。藍色の清泌な流れも、今は黒々とした闇にひょうひょうと咆哮していた。

「何故……何故そんなことを……」

光一はつぶやくように繰り返したが、後の言葉が続かなかった。五年間の傷痕は覆いのベールを不意に毟りとられて、醜い変貌を曝け出していた。澄枝は光一の胸に顔を伏せて、かすかに震えていた。白樺の前に脚が縺れて竦んでしまったときの感動が、再び澄枝を襲って来るのであった。

「何故そんなことを……」

「……」

澄枝はただ頭を振るだけりであった。侘びし気にまばたく星の群れを、光一は力いっぱい敲き落してしまいたかった。

白樺

ゆったりと、とばりをおろす春の陽は夕食後もまだ陥ちなかった。同室の谷川と関本は遊びに出たらしく、部屋には光一だけが残って、古い日記を読み返していた。五年間の療養に列記されたノートは十冊になっていたが、いずれも手垢に汚れて光一の苦悶を物語っていた。

――なんと書けばいいのだ、現実に直面して初めて自己の愚かさを確識する、彼女にその意がないのに、今日まで狂えるほど煩悩せしはなんたる愚かな浅ましき姿なのか……わからん、俺にはこの傷悲感をなんに託して然るべきか、先日やった文の意とする嫉妬感は見抜いている様子、この屈辱だけでも、エゴイストの俺には耐えられんのだ、それなのに、なんて酷い言葉をたむけるのか……後は聞きたくない、それ以上言えば現実の俺は狂ってしまう、失恋、絶望……わからん、俺はこの衝激を表現する知能がないのか、残念だ、まだ若さのある俺の現実、どこまでも苦しみ学ばねば、自己の一生を誤れり、と多くの自己批判も無意味でなかった筈、それなのに、あいまいな彼女の態度に眩惑され、結局己が失態を曝け出していた、俺だって、彼女の今日の言葉が早くあり、それを態度に現わすのなら、これ程煩わしき蟠りは深めまいに……、やはり俺は若かった。彼女が言葉をどのように続けようとも、明らかに彼女の意に反する行動をとり、それに煩悶していたのだ、諦めてしかるべし、もっと人に弱さを見せない強い意志の持主になって欲しい、貧欲に若さの恋を執拗にせまれば、多くの経験を積みし彼女のこと、その意は、いくら愚かなりとも解せねばならぬ、つのる恋慕も文学の確立にあるべし、と傲慢に、安易に考えて、どこにその進歩が認められるか、いくらかの知識も嘲笑されているとも知らず、あまりにも愚かなる行為をくりかえして来た俺にはまだ、人間視野が不足なり、しかし彼女の意見——なんか聞きたくない、あくまでもその箴言は文学にあるのだ、一生の目標に、たった一つの理想に、この屈辱をひねりつぶしてくれん、だが……　現実の俺には、何もない、倒れる身をささえてくれるものは、何もないのだ、……やはり、絶望……絶望……絶望なんだ、生きること、空想か、理想か、……それとも絶望を意識することなのか……、愚かなる嫉妬も見抜かれるようでは、最早、理想ではない、踏まれ蹴られて、のたうちまわる俺の姿、……否生きよう、あくまで文学に執念をかけよう、そして、何かを把握するのだ——

一九五九、二月三日――

朝、光一は、洗面所で顔を洗っていた。病棟付属の小さな洗面所は、三人程横に並ぶぐらいの間口しかなかったので、食事まぎわは、いつも混み合っていた。光一は、そんな混雑を避けて、いつも人より早目に顔を洗うのだが、その日も、一人たちのぼる湯気の中に顔を潜していた。そのとき、軽いスリッパの音が近づいたが、光一は、その気配でトシ子であることを知った。トシ子は、洗面具をそこへ置くと同時に、震えるような声で口を開いた。

「お早うございます」

「……」

「光一さん、私は、あなたの気持ありがたいわ、だけど、病院にいる間は、そんなことしたくないの、子供たちが可哀想ですもの……それに私達は……」

光一は乱暴に洗面器の水をあけて、トシ子から顔をそむけるようにして洗面所を出た。石鹸が入ったのか、光一の眼は充血していた。部屋に戻って来た光一は、そのままベットの上に坐り、膝の上にノートを置き、捷疾にペンを進めていた。何かにせきたてられるように早る異様な光一の姿は、怒りにペンをたたきつけるように感じられた。

やがて書き終えた光一は、服に着がえて、朝食もとらず寒威の中に飛び出していた。北国の二月は、まだ厳しい寒さであった。寒波は細い枯枝にも花を咲かせ、澄んだ朝の陽光に身を切る鋭刃のようにギラギラ輝いていた。光一は、神社の道を通り過ぎ、病院の職員住宅のある沢へ向っていた。沢の間合いに塗装された古い家屋が立ち並んで、氷結した青空に白い帯のような煙を吐き出していた。光一はその住宅を通り過ぎ、人家の全くない刳割したように狭い山間に人の足跡をたどる風に歩いて来た。積雪も少く猫額のような空間にトウモロコシの枯茎が醜く突き出ていた。小さな泉は、氷の下を這えずって執拗な流れを作っている。透明な結晶は、蠢めく現象を生き物のように見せ、力強い抵抗を感じさせた。光一は靴底で、力いっぱい氷を踏み割った。水は割れ間にどっと押し寄せ、なめらかにすべるように流れ初めた。しかし、あふれる力は程なく絶えた。のしかけて来る重圧にめげず、あくまでも流れを培う泉は、断末の呻きをあげて空間に悶え、やがてむくんで氷結していく。光一は寒威に身を慄わせた。

光一は昨年、ひたむきな療養一途の覚悟で入院したのだが、その変貌はかなりひどかった。光一は幼くして病弱で、小学校卒業と同時に、肋膜炎、カリエス、肺結核と、お定まりのコースを歩んで来た。性の目覚めも遅かった。しかし、その内攻的性格は、歳上の人妻と淡い落陽を見たことによって、それが今では、トシ子を盲愛する執念となっていた。光一は二十三歳、トシ子は三十一歳の未亡人であった。三人の子供を残されて、夫に逝かれたトシ子は、発病してから三年の歳月が経過――その色白の慎しい表情が光一をとりこにした。倦怠の日時に二人は多くを語り合ったが、いくら打ちとけてもトシ子は、夫の死を語ろうとしなかった。それを暗に自殺をほのめかすのだが、それが如何なる理由からか光一には分からなかった。それを問う時、トシ子は、上向きかげんに複雑な微笑を浮かべ、「ご想像におまかせしますわ」とだけ言うのであった。そのときのトシ子は、寂漠とした陰影を漂わせ、口をつぐんでしまうのだが、それが光一には、未知のものへの興味と、愛苦しい程の魅力を感じさせるのであった。光一がこのことに気がついたときには、自分の単純な性格を最早、食い止めることができなかった。孤独の中に潜り、慎しくふるまうトシ子の胸中に、未熟な自己のすべてを投げ捨てたかった。そして、色白の豊満な肉体に貪欲なものを感じてしまった。二度三度と書きつづった恋文を、トシ子は黙って受取っていたが、日時が経つにつれて、それだけでは満たされる筈がなかった。不満の吐け口は、トシ子の周囲に厳しく向けられていた。そんなある日、光一は、トシ子の身辺に嫉妬の気配を感じとったのである。しかし、今朝光一は、その非癖を手痛く咎められてしまったのだ。

光一は屈辱の淀みに渦巻かれ、狂えるように彷徨して、先程の沢を見下ろすことのできる殺伐とした林野に登って来た。光一は茫然として沢を見下ろしていたが、白雪の上にもつれるように残された足跡も自分のものとは感じられなかった。どこにも自己の存在などあり得ず、ただトシ子にからみつく執念の醜い姿が映るだけであった。光一は、その執念をどうしても払い除けることができなかった。光一は悄然としてまた歩き出そうとしたのだが、ふと手をかけている白樺に気がついた。武骨な林立の中に、そこだけが妖しく自然と調和した樹肌に光一は、狂気したようにナイフを当てトシ子の名を刻んでいた。柔い樹肌を無惨に痛めつけていた。

光一はそれから感冒のために咳込んでしまった。喀痰の中に血腺が認められたが、その原因を正されることを恐れて、医師にも告げずじっと臥せっていた。仰臥する光一の眼には、蝿糞の粘着した天上が映るだけであった。倦怠な時間を持て余す患者達は、午後の安静時間以外は自由に各部屋に出入りしていたが、その騒々しさは、病院として奇異なものであった。時たまあがる爆笑に、一際高いトシ子の笑声が、光一の卑屈な胸に突き刺ってくる。喀痰の血腺は、二、三日で止まったが、微熱がとれず、病魔は呼吸の度に不気味な咆哮をくり返していた。光一は、眷恋と、屈辱と、病気への不安の混淆とした煩悶に憔悴した。光一は、トシ子と顔を合わせることを極度に恐れていた。

そんなある日、光一は薬の包紙に認められた書面を渡された。光一は小きざみに震えて、あるものを期待しながら眼を走らせた。

――光一さん、どうしたのです、あんなに私達の部屋へ遊びに来ていたのに、急に来なくなるなんて、みんながあやしむんじゃありませんか、部屋の方々は、あなたの来なくなったことを不思議がっております、そして変な眼で私を見たりするのです、二人だけの胸にしまいこめば、誰にも気づかれずに終ってしまう問題なのです、私もいけなかったことをお詫びします、お願いです、私を苦しめないで下さい――

光一は一瞬、その唐突な文面がよくのみこめなかった。だが、次の瞬間。強烈な一撃を意識し、小さな紙片を粉々に引き裂いて、病室の床に敲きつけた。しかし紙片は、光一のとり乱した行為を嘲笑うように一面に舞って抵抗していた。

光一は、そのまま闇の中に身を潜めて、雪の林野を幻のように小一夜さまよい歩き、遂に吐血してしまった。光一の喀血は、なかなか止まらなかった。そして、患者達が死病室として恐れていた個室に移され、その生は絶望視されていた。光一が悪化してから一週間目に、トシ子は呼吸困難の症状を呈して、あっけなく逝去したのであった。

光一は、あたりを窺い、怯悸したように日記を閉じてしまった。しかし、冥想にトシ子の慎しい表情が浮かび、光一を落着かせなかった。ベットを跳び降りるようにして点燈し、もう一度、室内を窺ったが、何の気配も感じられなかった。光一は何かを払い除けるように、頭を振り肩や腕をせわしく動かしながら、室内をうろうろ歩き初めた。

情炎

爽かな春風に頑ななつぼみをほぐした桜は、ほの赤い恥じらいを見せている。公園に咲き誇る梅も自然の香りを漂わせているのだが、人々は、思慮もなくその下で酔いしれていた。今日もそれらの群が、騒々しく神社境内に向かっていた。光一は、病室の窓の縁に寄りかかって、この光景をじっと見送っていたが、複雑な気分に滅入るばかりであった。自己の理性が、かくも脆く崩れ去り蹉跌する現実が光一にはやりきれない思いであった。学力も労力もない光一は、ただ文学をつれあいとして、それに執念をかけ微弱な生を励ましたかった。とぼしい知識を培うために苦悶し、その中に自己の生命を見い出せばそれでよかった。

しかし、澄枝の揺曳が、稟性の人間的渇望を誘致して、光一はその疼痛に悶えなければならなかった。人妻の不倫と倦怠の玩具に光一は自分の身を投げ棄てたくはなかった。だが光一は、現実の厳しい孤独を思うとき、寂莫とした影のつきまとう人生を煩わしく意識してならなかった。光一は、置き忘れた若さと、孤独な人生の焦燥に駆られていた。いつもの林野の彷徨も、光一には出来なかった。そこには、亡きトシ子の面影が、生肌として厳粛に映像されるからである。光一は、トシ子を意識するときすべての妄念を払い除けて、自我の境地に戻らなければならなかった。

先程から凝然として人々の行くさきを見送っていた光一は、軽く口唇を噛んで窓辺を離れた。何かを心に決めた風であった。

夕暮れの、なま温い空気は、澄枝の肌をしっとりとうるおしてくる。街の裏側の帯のような細道を澄枝は歩いていた。小川の木橋を渡って、トド松の植っている坂道にさしかかったが、澄枝の足はにぶらなかった。澄枝の胸の中には、光一からの手紙が心地よく燃えていた。この前、白樺を確かめに行ったときには小さな坂も喘ぎ喘ぎ登った澄枝だったが、今日は急な傾斜も、さほど苦にならなかった。その坂道を登りつめた澄枝の目に飛び込んで来たのは、広場の中央に建てられた白い石の塔であった。そこには、天皇のため、報国のためとして駆りたてられ、戦火の藻屑と消えた三百いく柱かが納められている。黄昏の静寂とした中に厳として建つ白い塔は、澄枝の情炎をやっと鎮めたようであった。

「光一さん！」

澄枝は思わず声を出して呼んでいた。塔の茂みの横合いに黒い物影が動いた。澄枝は、それへ小走りに歩み寄った。

「怖いわ！」

澄枝は光一の胸に倒れるようにうずくまってしまった。火照った澄枝の頬は、つめたい光一の手にささえられ、唇は甘い湿りをおびた感触にむせ、全身の血が逆循するような気がした。森閑とした自然に恐怖した澄枝は、思わず光一の名を呼んでいた。

「弱虫、何故そんなに怖がるの？」

「だって、あんまり静かなんですもの……」

「あんがい弱虫なんだなあ……」

「……」

「澄枝さん、ぼく近々退院するようになるかも知れないよ……」

「エッ！」

澄枝は、耳許で光一の言葉を聴いたのだが、風塵を避けたときのような衝動に駆られて、その意味がよくのみこめなかった。

「……あの退院ですの？」

「ええ……」

光一は静かに頷いた。

「そう……、そうでしたの……」

澄枝は、闇の中の何かを見定めようと瞠視していた。茫漠とした脳裡に、一瞬何かが閃いたがそれが何を意味するのか解らなかった。光一に何かを言わなければならないことを知っ

たが、言葉は素直に出て来なかった。ようやく語尾が消えるような声で、

「……おめでとうございます……」

と言った。澄枝は無性に寂しい孤独さに襲われてならなかった。それまで、光一の熱い息や唇を意識して燃えていた全軀に、新たな鍛錬を試みなければと思われた。

「ありがとう……でも、ぼくには、素直に喜ぶことが出来ないのです」

「まあ、何故ですの？」

光一の横顔は憂いを漂わせ凝然として動かなかった。

「だって、退院出来るんですもの……」

「いや、よそう、こんな話……」

「……そう、私には関係ないことですものね……」

「え！、違う、違うんだ、君に話したくないことでなく……ぼくには、どうして生きて行けばいいのか判らないのです」

「……」

「ぼくは、今まで君に、自分の身の上について何も話しなかった、しかし、ぼくたちは、それでよかったんですよ」

「私は、お喋りでしたのね、自分のことを全部あなたにお話ししたんですもの……」

光一は吃として澄枝を見た。が、澄枝はおかまいなしに言葉をつづけた。

「光一さん、あなたって、つめたい方ですのね……、いいわ、いいわ、……それでも……」

澄枝はクックックとしゃくるように嗚咽した。渺茫とした曠野に置き忘れられた自分の賤しい嫖焰が醜く甦って来る。

「ばかな……、そんなばかな……」

光一は吐き捨てるようにくりかえしたが、澄枝には、その言葉の意味がわからなかった。光一には、非常に敏感な面と単純な面があるが、それは如何なるものか、追っても追ってもつかまえることができなかった。触れようとすれば、頑なに口を噤む魚貝のように、触れられたくないエラのようなものがある。それは、脱ぎ捨てることのできない稚児の殻が、まだ光一を被っていて、その中に頑なに身を潜めてしまうのか、澄枝には複雑めいてその境地が計り知れなかった。が、あの白樺のことだけは二度と口にすまいと心に誓っていた。

そのとき突然、澄枝の肩に光一の手が触れ強く抱き寄せられた。こうして、再び本能の刺戟を受けた澄枝は、貪るような光一の接吻に応えていた。それとなく着物の裾をおし開き、体重をのしかけて来るのを知ったが、焼きつくような刹那的感触への誘いが澄枝を盲目にし愉楽のとりこにしていた。澄枝は、溶けるような快感を持て余し、両腕で必死に光一にすがりつかねばならなかった。腕の力は、澄枝の寂莫を救い、空虚な現実を満してくれていた。澄枝は、この腕の力を抜きたくなかった。

「離さないで、私を離さないで……」

澄枝は夢にうなされたようにくりかえしていた。

蹉跌

潮騒のような神経の高ぶりの中を、興奮したままよたよたさまよって寝つかれなかった光一は、瞼の白じんでいることを知って目を明けた。茫漠とした目覚めたが、いつものような物憂い脳裏ではなかった。谷川と関本はまだ眠っているようだったが、もう六時近かった。光一はカーテンを明けた。音もなく絹糸のように降る雨は、野山を洗い、鮮かな新緑を見せていた。光一は、ベットの上に体を起こして、音のしないように気を配って窓を明け放し、すがすがしい空気を入れた。閉めきっていた病室に、生き生きした新緑の香がドッとおし寄せて来た。光一は胸ふくらませ、その空気全部を吸い込むように深呼吸をした。光一は、昨日までのあの重苦しい殻のようなものが、すっぽり脱ぎ捨てられたようになり、思わず口笛でも吹きたいような浮き浮きした気分になっていた。あの電撃のような、むず痒いような感覚の余韻が、まだ光一の体の一部に残っているように思われた。そして、自分の跳躍の一大変化に驚くとともに、こんな歓喜がどこに潜んでいたのか不思議でならなかった。しかし、光一は、その謳歌が何によって得られたか、それは考えようとしなかった。そうすることによって、また惨めに煩悶しなければならないことを知っていたからである。「わたし生まれて初めての、しあわせなひとときでしたわ……」とささやいた澄枝の吐息が、光一の耳許をくすぐって離れなかった。澄枝の、ぐったりした体は、光一の中にとけこんで、ちょっと声をかけてもすぐ応えるような気がした。澄枝を抱えるようにして歩いて来たのだが、何度か光一の胸に崩れかかるように顔をうずめるので、足を止めなければならなかった。

光一がベットを脱けると、朝と共に訪れる騒々しさが、そこここから聞えて来た。六時半になると患者達は、それぞれの部屋を掃除するのだが、光一も谷川や関本を起して、軽く掃除に取りかかった。

「多賀さんの退院も近くなったな」

「うん、あと半月、住みなれた病院ともお別れだ」

「多賀さんも長かったからな……」

「この病棟では、横綱格でしたよ……、五年もいるんだもの……」

「今度は、誰が後を襲名するのかな……」

「あまりありがたくないね、こんな横綱は……フフ……」

光一と関本は、喋りながら手箱の上やベットの下を雑巾がけしていた。そこへ、今まで黙っていた谷川が口を出した。

「多賀さんも長かっただけに、ずい分思い出もあるだろうな……」

一瞬、光一はギクッとした。そのとき関本が、光一をかばうように言った。

「こんなところにいて、思い出なんかあるもんか、例え、あったとしても、苦しさだけだろうさ……」

光一は、心の片隅に隙間風が冷たく吹きこむのを意識した。昨夜、光一が帰室したのは九時頃であった。その時、関本は他の部屋へ遊びにでも行ったのか、まだ寝ていなかったが、谷川は、おとなしく眠っている風であった。九時半の消燈まで、患者達は、それぞれ花札とか雑談などで過すのだが、その笑声を聞いて光一はホッとした。が、病棟の出入口のすぐ側の光一達の部屋からは、環境特有の感で、姿を見なくとも誰が出入したか分かるのだから、谷川は寝た風をよそって自分の行動を窺っていたのかも知れない、と光一は、だんだん凝固していく自己を重く意識した。掃除も終り、洗面も済んで、食事までには、まだ少し時間があった。谷川と関本は、患者達の療養期間の長い順序をあげて、時折り相槌を求めるのだが、光一は気のない返事をしていた。谷川の言葉が、何か異物のように光一の心に引っ掛るからであった。

そのうちに食事の合図があり、光一達は食膳をとりに廊下へ出た。各病室からは、先を争うように患者達が出て来て、少しも黙っていることがなく何事か喋りながら食膳をもらい、汐の引くように去って行った。光一達も食膳をもらって戻って来たが、その時、廊下に出て来た澄枝とばったり合ってしまった。澄枝は、不自然な表情で俯いてしまったが、すかさず谷川に「お早よう……」と声をかけられて、ぎこちなく「お早よう、ございます」と応えていた。今朝の澄枝は、誰にも顔を見られたくなかった。それで、いつもより遅れて、部屋の人達が食べ始めてからお膳をとりに出たのに、その瞬間、あっ！と声を上げる程動揺した、並んで歩いて来る光一達と対面してしまったのだ。

澄枝が部屋に戻って来ると、

「戸島さん、今朝はまた遅いじゃないの……」

と七十五才になる後藤エツに声をかけられた。

「ええ、なんだか、あまりごはんが欲しくありませんの……」

「ほう、そりゃ困りましたね、うんと食べなけりゃだめですよ……」

年令の割にしては若く見える老婆は、澄枝を気遣っていろいろ語りかけて来るのだが、何故か煩わしく感じられてならなかった。そして、聴耳を立てるようにしている大野達が嫌悪されて、エツの口を封じてしまいたかった。澄枝は、あの火照をなんとしても冷したくなかった、それには誰からも言葉をかけてもらいたくなかった。何かに打ちのめされたように手足がしびれ、箸や茶碗をぽろりと落しそうな気怠るさが襲って来る。口の中のごはんは、いくら噛んでもなくならず、かえって増えるような気がしてならなかった。澄枝は、半分程残し、そのままお膳を返してしまった。

食後の患者達は、いつものように雑然として、すぐ床に就く者はいなかったが、重患の山田八重だけは、静かに床に入っていた。澄枝は、八重にならって横臥し、興奮のるつぼの中に耽溺したひとときを思い返えすために、また目をつぶった。すぐ光一の面影が浮かび、その行動のひとコマひとコマが、フイルムのように甦生されて来る。ゴム毬のように弾みをつけて、無意識の中にそのまま奈落の底まで転がってしまいたい程、澄枝は幸福であった。夫の一方的な要求には、ムードも放心もなかったからである。……厭だわ、また、あんなところに戻るなんて……澄枝は、光一の懐にすべてを投げ捨ててしまいたかった。

光一は澄枝への慕情と苦悶に苛まれた。あの時、自分の心境を澄枝に述べなかったことが苦々しく思い返された。感情の連りがなく、ただ野獣のように浅ましい行為の中に溺れてしまったことが、不潔に意識された。光一は確かに澄枝を愛していたが、そうすることによって惨めに傷つかなければならない同性のいることを知っていたにも拘らず、彼女を誘っていた。平静を装いながら、その心は不潔な貪婪に舌舐めずりをして澄枝を犯している、この欺瞞的理性に光一は執拗に刃向ってみた。しかし、次の瞬間、身を律するものが影を潜め、軽蔑すべき貪欲な性欲の沸騰が光一を襲って来るので、もう理想も理性もなかった。個性的な内攻的性格は自問自答をくりかえすだけで、精神も神経も麻痺し、ただ澄枝の爛熟した果実のような肉体を属望するだけであった。かってトシ子に寄せた破廉恥な欲情を澄枝によって実現し、その中に逼塞しそうな気がしてならなかった。五年間の療養生活を経て、退院の現実がすぐそこに控えているというのに、何故、素直にその喜びに浸ることができないのか、そこまで考えたとき光一は、再び訳の分からない発酵するような熱いものが充満して来ることを知った。

光一は、文学を通して真摯な生き方を探り、より実際的な思想の知識を得ようと、絶えず重苦しい懊悩に緊張していたのだが、把握したものは漠としたことだけで何もなかった。むしろ逆に光一を絶望の深淵に立たせ、いつも死を彷彿とさせて、病弱と曙光のない人生の決断を迫るのだった。そんな光一は、トシ子の面影を抱きつつ林野を彷徨し、死の現実から逃避しようと計ったのだが、それは蝕まれた微弱な生命でも、屍よりは価値あることを見出すからであった。はたしてトシ子は、何を考え、何を迫られて謎のような死を遂げたのであろう。如何に問い正しても、瞑想のトシ子は慎しく微笑むだけである。死を決意し、老木の根元に小一夜明かしたとき光一は、動けないでいる自分を発見しただけであった。トシ子への復讐を死に求めたとしても、困惑気な彼女の表情が浮かぶだけであった。あの時、鈍器で絞り上げるような感触が胸部を走った、刹那、咳込んで、酸味のある生温いものが吐露されたことを知った。

喀血を見て光一は、犯されている生命が急に愛おしくなった。そして、まだどこかに苦しみに耐えるだけの生が残っているような気がした。光一は、そこにこそ自分の生きるすべてがあるのではなかろうか、と考えてみた。すると張りつめていた諸々の体内の緊張がゆるみ、あの心地よい歓喜に変化する神秘的陶酔の渦に踠くような恍惚の感動が襲って来た。そこには、あくまでも温く、どこまでも柔かそうな彼女の肉体があったのである。

はたして光一は、漠然とした幻影のような文学だけを理想として生きていくことが出来るであろうか。何かがそこにあるということと、自己の人間的価値を病弱者として片隅に押しやられたような敗北感、それ等を懐疑的に詮策し呪詛する安易な言葉として文学を意識しているのではあるまいか。病魔の傀儡として、機械的に規則正しい無我無欲の生活設計は、ひとつの蹉跌によって脆くも騒き乱されてしまったのではないか、と光一は、自分を軽蔑し、恚乱した。

便所と壁ひとつ隔て水道設備もない洗面所は、流し舟の中の白タイルも茶色に変色して不潔な感じであった。その朝澄枝は、いつもより早目に洗面所に来て、光一の現われるのを期待しながら、ゆっくり洗顔していた。光一に潜むある敏感な、そして単純な性質は、とりとめのない霞のような存在とみえるが、そのひたぶるなものは澄枝にも分かるような気がして来た。健康で家庭の中にある時は、光一のような若い理想論は大人気ないことと無価値なものとして、耳を傾けようとしなかったし、勿論、考えても見なかった。光一のように、物をみつめる目が、木だとか水などの自然現象におくような思想は、百姓には縁のないことだと決めつけて、真面目に聴こうとはせず、嘲笑ってすらいたのである。だが、入院して自分をみつめ周囲をみつめているうちに澄枝は、この環境に調和しない孤立した存在も意識しなければならなかった。

病棟内の集団生活では、人前を憚らず赤裸々に性のことを駄洒落化する男達が、よりその人間の円満さを示す所以にもなっていた。そこには、誰をも腹の底から笑わせるものがあった。しかし、光一と話し合うようになってからは、何故かしら猥談や駄洒落をこだわりなく笑うことができなくなった。それは、肌着と寝巻だけの体に当てる目の焦点が、ただ、そこだけにあるように不潔でたまらなかった。猥談を嫌悪するようになれば、結局、自分と環境とのずれが生じ、現実と妥協するものが稀薄になるのは仕方ないことである。光一との語らいの中に未知の世界を彷徨するようになってからは、すぐ身近なものが感動的に映し出されて来る。かってあれ程、単純な、と決めつけていた理論的仮説論は、身近な自然の中に生き物としていくらでも見ることができる。そうすることによって澄枝には、現実との調和が可能になるような気がしてきた。光一は澄枝の分からないものを相手として見つけ出し、それに支えられているのではなかろうか。いつかこの話をした時、光一はすごく怒ったような態度を示したが、普通の人にはない何かがあるような気がした。漠然と光一に求めていたものは、澄枝には今、恋として意識されて来る。あの個性的な眼眸や性格の、どこに、あの驚異的な抱擁が潜んでいるのであろうか、と思ったりした。

澄枝は、光一の近づく気配を感じていたが、そ知らぬ風を装っていた。しかし、血液が激しく鼓動してくるのをどうすることもできなかった。光一は血走ったような目をしていたが、す早く澄枝のウガイのコップに小さく折り畳んだ紙片を入れた。その時、また誰か洗面に来たので澄枝は、入れ違いに挨拶をしてそそくさと出て行った。

澄枝と入れ違いに来たのは、タオルの寝巻を着た中年の川上幸太であった。

「お早う——」

と声をかけられて、光一も軽く挨拶を交した。幸太は、すぐとりとめもないお喋りを始めて、ついでのように、

「そうそう。多賀さんも退院だそうですな……」

と言った。光一は、

「ええ、まあ……」

と答えて、連日、同じことを何人からも問われることにうんざりした。

「それはそれは、よかったですね……、わたしなんか、いつ退院できるやら……」

と言って咳込んだ。光一は、それを期として病室に戻って来た。

光一は最初、澄枝との情事を利己的に考えていた。人妻としての澄枝は、夫と光一を比較するであろうことを意識して、病者としての偏狭な胸中にまだ見ぬ相手から怒濤のような敗北感を与えられた。トシ子の瞑想に対する畏敬も光一にはあった。それと童貞を投げ捨てた過去の記憶からも、あの神経を掻き乱し狂暴に吼えたけるような官能の咆哮も、人妻としての澄枝を意識する時、屈辱として光一を襲って来たのが、それらはすべて、あの行動以前の空想的杞憂のようなものであった。今は、ただ、澄枝を愛することによって、その身辺を気遣い、人妻としての彼女を擁護してやりたかった。独身者としての光一には、さほど周囲や世間に対する気遣いはなかったが、風潮として、女の不貞は如何なる理由もあまり聞き入れられないことを考えれば、澄枝の姑や夫から、また、世間の揶揄や非難から彼女を庇ってやりたかった。谷川の言葉にしろ、最早、何かそこに警戒しなければならないものを感じて、光一は澄枝に次のような手紙を宛てていた。

――澄枝さん、あのぼくの行動はあなたを苦しませているのではないでしょうか、あの日以来ぼくの胸の中にあるあなたの面影は、何かを言おうとしているのですが、それは何を意味するのか、ぼくにはわからないのです、あなたを苦しませる、ただ、それだけのぼくのような気がします、あの時ぼくの気持を申さなかったことが、今となれば、せめてものすくいのような気もします、あなたは、現在の孤独についてよく話しなさる、そして、それが自分の不幸だと思っているようですが、もし、あなたがぼくを愛することにでもなったら、なお不幸になるでしょう、ぼくは自分だけ生きるのがやっとの哀れな人間です、あなたが今、不幸だと思っているその心を、ぼくの小さな胸には置場所がないのです。自分だけがやっと生きる精いっぱいの人間なのです。……愛することも愛されることも、その資格が許されないのです、今ほど生きる自分を惨めに思ったことがありません、あなたへの慕情がつのればつのるほど、ぼくは自分を否定し、その苦悩の中に悶えなければならないのです、来る三十日に退院を予定しています、その前にもう一度お逢いしたい、だが、あなたを傷つけるようでしたら避けなければなりません。みんなは、ぼく達の行動を厳しく監視しています。いずれ期会を見て、後ほど――

澄枝は光一の手紙を読み終えて思わずあたりを見まわした。洗面後、食事までのひとときは、患者達のいちばん持て余す時間でもあった。わずかな時間だけに、床に入るにしろ、他の部屋へ遊びに行くにしろ、患者達はいずれをも選ぶことができないからである。そんな部屋の中に、年老いたエッツは、火鉢を抱えるようにして板の間に坐っていた。それに、他の三人が中腰になって加わり何か喋っていたが、大野だけは自分のベットの上に坐り、澄枝を見ている風であった。が、澄枝の目を感じたのか、あわてたように部屋内を見まわし、また澄枝のところへ目を返して来た。澄枝は怒鳴り散らしたいような腹立たしさを覚えたが、屹と唇を噛んでその憤懣に耐えていた。澄枝は、熱湯のようなものが胸に湧いて来るような気がした。煮え切らない光一の態度が不満でならなかったのである。澄枝は、自分自身をあまり考えようとしなかった、ただ、光一を愛し、その中に溺れてしまいたかった。柔い雲の上に乗せられて、今まで見たことのない世界へ旅するように、前後の考えもなくはしゃぎまわり、家庭も周囲もしばしの間、忘れてしまいたかった。

朝食後、澄枝は光一に手紙を書こうと思ったが、患者達が相変らず右往左往し、廊下へ出入りなどしていたので、もう少しと思い、仰臥して胸の上に服薬包の紙で鶴を折っていた。退屈まぎれに折った鶴は、もう千羽に近かった。澄枝は、光一に贈る手紙の内容などを考えながら、丁寧に折り畳んでいた。

その時、特徴のあるスリッパの音をたててエツが澄枝に近づいて来た。

「戸島さん、はい紙……」

と言って、四、五枚の薬の包紙を差し出した。

「あら、お婆ちゃん、すみません……」

「もう、だいぶたまったでしょう?」

「ええ、もう千羽近いんじゃないかしら……」

「まあ、千羽も……」

「何の気なしに折っている内に、もう千羽近くなってしまったのよ……」

「じゃ戸島さん、その鶴、千羽にしてお寺へ納めたら……、それとも川へ流すか……、そうすれば早く元気になるそうですよ……」

「川へ流してもいいの？」

「ええ、自分の病気を流してしまうって祈りながら流すのですよ」

「そうね……」

澄枝は、エツの話を半信半疑で訊いていたが、ふと、別の意味で心にからんで来るものがあった。

「じゃ、千羽になったら川へ流してしまおうかしら……」

「ええ、そうした方がいいですよ、あまり長く手許に置かない方がいいって言いますからね……」

澄枝は、この折鶴で光一の退院を祝して上げることにして、それを口実に――彼を誘い出すことを考えついたのである。幸い、エツのあの言葉もある、もう二、三日で千羽になるのである、そうしたら、それを持って海辺の河口へ行こう、そうだそれがいい、澄枝は、また、あの恍惚とした感動に襲われていた。

こうしたことは、入院前の澄枝には想像もつかぬことであった。それまでは、どれほど困憊し働き続けても、誰もが当然のこととして澄枝の苦労を認めてはくれなかった。嫁の義務として、その困憊を仕向けられ、連日連夜、過酷な毎日を送らなければならなかったとしても、媚びるのではないが、価値あるものとして夫や姑に自分の存在を認めてもらいたかったのであった。しかし、それらの不満も、今、光一の潤むまなざしを見ることによって、はっきり意識に上って来たのであって、彼に淡い恋心を感じていたが、それはまだ漠然としたもののように思われた。

家庭を意識しながら光一を愛することができるかどうかは、光一の退院によって決着を迫られることではあろうが、澄枝には分からなかった。澄枝は、いわゆる幸福というものが、このように感動的であるならば、このまま、いつまでも光一だけを愛していたかったと考えて、何かしら無性に悲しくなって来るのを覚えた。

折　鶴

光一の退院も差し迫ってあと二日になった。野も山も薄い緑に蘇生し、病院の窓からもようやく本格的な春の訪れを感じることができた。

病院の裏側の公設グランドには、子供達がいっぱい集まって、二つにも三つにも別かれ野球やソフトボールに興じていた。が、今にも降ってきそうな灰雲が低くたれこめ、晩春特有の倦怠な日曜日であった。

光一は、十時のバスに乗ろう、と支度をし、谷川と関本には、退院の準備のため帰宅するから、と言って病室を出た。紺色の背広を着た光一は、雨空を懸念してコートを手にし気取るような姿勢で歩いていた。いつも変りばえのしない街並には目もくれず停留所に来ると、待つ程もなくバスがやって来た。

大型バスの柔いシートに坐って光一は、現実の自分が別人のような気がした。あの病院の、澱のような環境に萎縮した感情が、見知らぬ客達と車内にいることによって、誰に憚ることなく力いっぱい手足を伸ばせるような気がした。光一は、今までにない解放感が微風のように吹いて来ることを知った。退院の実感はどうしても湧いて来なかったが、それも自分の微弱な体があまりにも意識されるからであろう。光一は、窓ガラスに顔をくっ付けるようにして、移り行く風影を見送っていた。低い軒並も切れて、片側に田圃が展け、水の上に這うように横列する田植えの人々の姿が眺められた。遅々として捗らぬ亀這いのような悲痛な後姿を見て光一は、自分の現実が嫌悪されてならなかった。

灰色の空と、曠々たる田園の中に調和した農民の姿は、すぐれた絵画でもある。そこには、おおらかな自然に抱かれた農民の生きる真摯な純朴な魂があった。それは、また過酷な労働でもあるが、そこにこそ農民の自然そのものへの愛着と郷愁があるように思われる。腐敗した空気の中に不貞の謀りをめぐらし、それに追従する光一の姿は、神聖な自然と神秘的人生に対する反逆であり、否定でなかろうか。働く中にこそ最大の幸福と陶酔があるが、その中に光一や澄枝の姿を見ることができなかった。光一は、疾駆するバスに揺られながら、虚妄する自己の現実をはっきりと見極めることができた。

色白の可憐な感じの車掌が、鼻にかかった甘い声で、澄枝の待つ街の近づいたことを告げた。ほどなく、軒並びの低い家が光一の目に映り、やがて街の中にさしかかった。バスは速度をゆるめて街を通り抜け、終点の国鉄駅前に到達した。バスの到着と同時に、澄枝は微笑みながら駆け寄って来た。光一は、客達のいちばん最後に列してバスを降りた。

「ずい分、待ったわ……」

水玉模様の白いスカーフを被り、ブルーのトッパーを着た澄枝は、片手に大き目の箱を抱えていた。

「先のバスで来たの？」

「ええ、八時半で来ましたの……いやね……降るんじゃないかしら……」

澄枝は顔を顰めるようにして空を仰いだ。その表情を見て、光一の胸に何か複雑なものが閃いた。

二人は、国鉄駅附近の、材木や石炭、砂利などを放り出したような構内を横切り、線路伝いに歩いて行った。そこから海辺までは、一キロ程下らなければならなかった。澄枝は、自分の思いつきを喋りながら、いそいそと足を運ばせていた。右側の山傾に、まだ覚醒していないような柏の矮小な裸木が侘びし気に突立って、山肌は一面の枯草に被われている。また、片方の低地は、柳の灌木が緑づき、谷地草が勝手に生い繁り、無気味な調和をかもし出している。両側のコントラストを描くように、線路は延々と続き、土手にはタンポポの花が微笑んでいた。

トンネルの崩れたような、両側の切り立った所にさしかかると、潮騒の鳴動がはっきり感じられた。やがて、片側の陵丘が折れたように切れると、渺々とした海原が光一達の目に入った。

「ずい分、河口が変ったなあ……」

「ほんとね……、いつも汽車の窓から見る時、まっすぐ流れていたのに……」

光一は、河口を見るのが五年振りであった。以前は旅行の時など列車の窓からよく見た風景だったが、今は曲線を描き線路傍の土手に食い込むような流れを作っていた。

「ほら、あそこがいいですわ……」

澄枝が河べりの好適そうな場所を指したので、二人はそろそろと土手を下りた。

岩石が被うように切り立って、巨大な落岩がそこここに転っていた。二人は、その中の河辺にいちばん近い細長い岩石に腰をかけた。澄枝は笑を含んで、

「光一さんの退院を祝して、……じゃ流そうかな……」

と包みをほどいた。包みの箱の中からは、押し込められた真白い小さな折鶴が飛び出すように出て来た。澄枝の好意によって丹念に折られた小さな鶴は、今、光一のために一羽一羽流されるのであった。それには、澄枝の真心と純愛がこめられている。

「ありがとう……」

「まあ、ありがとうなんて……」

澄枝は、軽く光一を睨んで、嬉しそうに一羽ずつ羽根を開いて水面に浮かばせた。

紺碧の海原に接した河口は、ゆったりと淀んでいたが、折り鶴は生き生きとして飛翔前の游泳のように流れに乗っていた。光一は、この光景を見て、感傷と慕情の混淆に澄枝を抱き、嗚咽したいような感動に襲われ衝動的に、

「生きているみたいだ……」

とつぶやいた。光一の吐き捨てるような語勢を聞き、澄枝は恐悸したように顔を上げたが、彼の自分を見る瞳に溢れそうな潤いを認めて、あわてて顔を俯けた。自分のしていることが、これ程まで光一に感動を与えるとは思っていなかった、どうせ病人の気慰めに言い伝えられた呪いであろう、位に思ってやったことであるが、何かに取り憑かれたような光一の表情を見て、悲しいような嬉しいような訳の分からないものが、澄枝にも感じられた。澄枝は、生まれて初めて自分が認められたような幸福感に、羽根を開く指の感覚がにぶりがちになっていることに気がつかなかった。そのとき澄枝は、ふっと放心状態に陥入っていくのを感じた、潮騒と河流のざわめきが遠のいていく……、瞬間、危い！と思ったが、支えがないままに沈んでいく——刹那、

「あぶない！澄枝さん——」

乱暴な声と同時に澄枝は強く抱き止められた。

「あ、……」

と澄枝は、やっと目が覚めたように声を上げ光一の胸に崩れた。光一は、すぐ額に手を当ててみた。が、熱はなさそうであった。澄枝は、光一の胸にささえられて激しく嗚咽した。その上に、光一の瞳から溢れこぼれた大粒の涙が落ちていた。それらを見守るように折鶴が水面いっぱいに浮かんでいた。

線路の傍の敷きつめたような枯草の下に、雑草の幼芽は隠れるようにしていて、ここにも

やはり春の訪れが感じられた。二人は手を組みながら、その丘陵を静かに歩いていた。光一は、今日限り、もう澄枝とは逢うまい、と心に決めてみたが、それもまたあえなく崩れそうに思われた。澄枝の不貞を意識する資格は、光一にはなかった。このままどこまでも歩き続けて行きたかった。

そのうちに、どちらからともなく足が止まり、柔かそうな枯草の上に腰を下ろしていた。頭の上の灰色の空は、重くのしかかるように淀んで今にも降りそうな気配であった。

「光一さん、私達、もうこれきりで逢えないかしら……」

光一は、言いそびれていることを言われ、一瞬たじろぐように澄枝を見たが、無言でうなずくだけであった。

「いや、いやだわ、そんな……、私……あなたのところへいくわ……、ね、ね、いいでしょう――」

澄枝は光一を瞠めながら、思いつめたように言った。

「……」

しかし光一は、唖のように黙りこくって、また重く左右に頭を振るだけであった。

「なぜ、なぜよ……」

問い詰められて光一は、自分の考えと全く反対のことを答えていた。

「それは君のためだ、ぼくには、自分が生きていくことすら分からない……」

「いえ、行くわ、私どんなことしたって……、どんなになったって……、あなたのためならがまんできる、そして働くわ――」

きっぱりと言い切る澄枝を見て光一は、自分の言葉が恐ろしくなった。澄枝を愛しているのに、それを全面的に肯定することができないのである。身を焦すような眷恋に苛まれても、澄枝のどこかに煩わしく感じさせる一面がある。それは、あまりに饒舌な澄枝を見せつけられたときと、光一の思考していることを軽々と批判するときであった。光一は確かに情に飢えているが、自分の境地に他人の干渉を受けたくなかった。

「あなたは、私を嫌いなの、それとも軽蔑しているの……はしたない女って……、光一さん、私だって人間よ、自分のたった一度の生涯を、いつまでも泥の中に埋めてしまうなんて……、そんな生活したくないわ……」

「いや、違う、違うと思うね、夫婦なんて、愛情だけじゃ生活して行かれないんじゃないかな……、ぼくは弱気かも知れないが、君を幸せにするものが何もないのですよ、いつ再発するか分からん、とくどいほど医者に言われている、もし倒れた場合……」

お前は、また……と光一は、澄枝の不貞を詰りたかった。それと、澄枝をそんな窮地に陥し入れることが不憫でならなかった。

「あなたは、私を信じて下さらないの――、煮え切らない態度も、それだったのね……、私は……」

澄枝は、どうしたらよいのか分からなくなった。込み上げてくるものが言葉より先に出そうであったが、下唇を噛んで屹と耐えていた。

「澄枝さん、ぼくだって、どんなに苦しんでいるか、別れようという苦しみは、ぼくの方が強いかも知れない……」

光一は、澄枝のための自分の体が、病魔に巣くわれていることを執拗なまでに意識されて来た……。

「お互いにこんな病気をしていて、そのどちらが倒れても、今以上に苦しまなければならない……、働くという君がもし倒れたら、いったいどうなるの……、ぼくが苦しみたくないと言うのでなく、君が起き上る力をなくすることを恐れるのですよ……」

澄枝は、耐えていたものをせき切るように嗚咽していた。光一は言葉を続けた。

「……ぼくの行動は、無責任なものであった……、君を悲しませるだけの結果にしかならなかったのですから……」

「いいえ、よして、もういいわ……あなたの気持も分かったわ、……結局あなたは、私の考えを浅薄だと言いたいのでしょう……、でも、あなたがそのように考えるのなら、私だって意地になりますわ……」

澄枝は、自分の浮気を弁護するのでなく、どんなに今まで愛情に飢えていたか、それが自分の力で捉えてみて初めて分かったのだ。澄枝は、光一の理屈っぽい話しぶりに苛々した、自己をはぐらかそうとすることを計っているのではなかろうか、いつも何かを考えているように思われるが、その中に澄枝の存在はないような気がする。澄枝は光一を愛することによって、病気のことなどあまり気にしなくなった。そして光一のためならどんなことでもできるような気がしているのだ。

光一は、澄枝の恚乱したような表情を見て愕然とした、何か今までに見たことのない女の執念に触れたように感じた。先程、河べりで涙を流した時には、澄枝のすべてが愛しく、真の愛情を意識したのであったが、澄枝にとっては、愛情とか夫婦生活とかいうものは、この前のような行為だけにあると思っているのではないだろうか、母親として子供のことを考えていないのでなかろうか、と光一はその性愛がうとましくも感じられた。それにしても、澄枝とその周囲にあまり気を配り過ぎているのであろうか、それが真に澄枝を愛するが故であろうか、それとも?、光一は、解決できないものが波のように次から次と寄せて来ることを知った。

重苦しい感情に遮断されたようなひと時が二人の上に襲って来た。澄枝は両足を立てて、それを両手で抱えこむようにして五、六メートル先の柏の矮樹を瞠めていたが、

「光一さん、私を愛しているとだけでも言って……、それ以外は何も聞きたくない、たった、たったそれだけでいいの……」

と哀願するように言って、光一の膝に手をかけて顔を覗きこんだ。だが光一は石のように黙りこくっていた。

「光一さん、私、できるだけがんばって見ますわ、だけど、今までのように、馬みたいに働くだけの生活なら……がまんできませんの——、そんな時、あなたを思い出し、いつでも側へ行けるって……考えていたいの……」

今度は訴えるように静かな口ぶりであった。光一は、今まで澄枝に感じたことがなかった

威圧するような気力に狼狽した。

「澄枝さん、ぼくは自分自身が嫌悪されてならないのです、何かを考える時、義務のように、資格を求めるように、体の悪いことを意識しなければならないのです、君を愛していながら、それを素直に言い出すこともできない、意気地のない、気弱な男です……、それでも、あなたは……」

「ええ、光一さん……」

澄枝は、次の行動を待つかのように燃える瞳で光一を瞠めた。香料を含んだ女の体臭は、光一の官能を刺戟し興奮の旋律を奏で欲情のムードに誘い込んだ。満腔の血潮は快奔し吐息も荒く縺れ合って歓喜の足掻きに二人の主体は失われていく。そこには、規律も秩序もあり得ない、ただ、灼熱の興奮に憔悴し、自己を見失うだけであった。

雨傘

いよいよ光一の退院の日がやって来た。その日も朝から小雨が降っていた。

五年間の療養は、空虚と倦怠と苦闘の連続であったが、光一は朝、目を覚ましたとき、荷物をまとめなければならない、と義務的に意識しただけで、退院の実感がどうしても湧いて来なかった。五年の歳月が、自分を置き去りにして、一瞬の間に行ってしまったように思われた。かけがえのない若さも病魔の餌食となり、培わなければならない生涯の理想も懐疑的に懊悩するに止まり、解決のつかないまま放出されるような、不安な気持に支配されていた。

光一は五年前、やはり不安な気持で入院した。が、その時は、今に癒るんだ、と、不安の内にも、単純ながら希望に励まされていた。しかし、病魔の傀儡として、求めるものは拘束され、来るものは否定しなければならない自己の生涯を思う時、退院の現実の中に何も見い出し得なかった。あれ程、煩わしく意識していた環境ではあったが、どこかに何かを捉えようと、病室や病棟を確かめて見たが、やはり五年の成長と収穫らしいものを認めることができなかった。

母と妹が、小型トラックを雇って迎えに来ることになっている。谷川や関本が身の回りの物を取りまとめてくれていたが、光一もそれを手伝っているような気持であった。だが、一応ひとまとめにされた荷物を見ているうちに、追い出されるような、存在否定の退院感がちょっぴり湧いて来た。誰もの退院がそうであるように、その人を送り出すまで患者達は右往左往している。そして顔を合わせれば嫉妬のような羨望的なまなざしを向けて、儀礼的な励ましや祝詞を贈るのであった。光一は、いよいよ追い立てられる自分を意識した。

やがて、迎えの車が来たが、すでにまとめられた荷物を見て、母と妹は、谷川や関本に丁寧な礼をくり返していた。

光一は、荷物の運び去られた室内を、もう一度見廻してみた。が、自分の気配はどこにも感じられなかった。光一は突き離されたような、それでいて身軽い足取りで病室を出た。患者達が、病棟の出入口の方に集まって何やら喋りまくっている風なので、光一は、病室の前で谷川と関本に最後の別れを告げた。そして歩き出そうとしたのだが、その時、子供を背負い、病室の表札を窺っている中年ぐらいの男の姿を認めた。その男は、片手に雨傘と履物を持ち、一方の手には風呂敷包を下げて、次第に光一達のいる方へ向かって来た。

光一は、ある人物を予感して、呪文に懸ったように動きの自由が止るのを覚えた。谷川と関本は、廊下の窓から空を見上げて、

「いやな雨ですな――」

「全くですよ――、せっかく多賀さんの退院だと言うのに――」

と言って歩き出した。

光一は、それとなく男の行動を見守っていたが、澄枝の部屋の前に来て表札を確かめたように、そこに片手の荷物を置き、ぎこちなくドアーに手をかけた。光一は、恐怖するように男の容姿に目を配り、谷川や関本より少し遅れて歩き出した。

背の子供は眠っている、そして男の日焼けした横顔に、まだ若々しさのあることも認めた。男は、体でドアーの閉まるのを防ぎながら、中腰になって荷物を取り上げた。光一は、その隙間から澄枝の強張った表情をちらっと見た、昏倒しそうな衝撃であった。不貞な澄枝や光一の醜い心情と裏腹に、男は、穏やかな中にも何かしら不気味なものを含んでいるような表情を示していた。光一は、釈然としない澄枝への愛執を自発的に断ち切って、男に向かって悛心を誓いたいような気がした。そして、体の隅々にまだ残っている澄枝の体温が、男に奪い去られた衝撃的空漠感が、不思議に愛着のないさっぱりしたものとして感じられて来た。光一は、患者達の待つ出入口に達した。

「やあ――、皆さん済みません」

「多賀さん、お元気でね……」

「戻って来ちゃだめだぜ……」

「われわれの励みとなるように、うんと達者になってくれよ……」

二十人程の患者達は、それぞれ激励の言葉を述べていた。光一はトラックに荷物が積み込まれる間、小雨の中に突っ立って、男から受けた敗北感を噛みしめていた。が、ふと、茫然と立っている自分に気がついて、窓に群っている患者達の一人一人を見回しながら微笑んだ。どの顔も、光一の退院を羨望しているようである、どの顔にも煩わしい環境的なものは感じられなかった。幼児のようにあどけない微笑が、光一の目を迎えていて、真に、お元気で、と言っている。光一は、退院する自分を感動的に知らされた。そして、作為した孤陋に陥入って五年間も経過したことを知って悄然とした。

車が響きを上げた。母と妹は、改めて患者達に礼を言いながら激励し、別れを告げていた。光一も、運転席のドアーに手をかけ、患者達に最後の別れを告げた。

灯

赤い風船

歌を忘れたカナリヤ　狂妄と倦怠と焦躁の厨房に、否、籠の中にこもっている。一九六五年二月一日、自ら歌うことを忘れたのだ。それは、生の断絶であったろうか、己の醜悪を止めることに疲れたのだ。そこには、止めて十分な内容もあった。吾が、生路の最も充実した時期でもあったからだ。しかし、神が創りし前途は峻厳であり波瀾に満ちていた。死に瀕する、という言葉がある。が、それをまるで地で行くかの連日であった。少しの安穏もあり得ない。渇望は猜疑を生み、絶望は呪詛を生んだ。生を棄て美を破壊し芸術の創造と豪語する。勿論この持論に偽りはなかった。が、発見し確認したものは、修羅相と化し憎念に色彩られた心身であった。助けを求めて塵芥をも漁ってみた。しかし、唾棄した生と、否定した美に、得るものは、百鬼の形骸と消滅であった。が、その虚無の中にも、侵すことの出来ない崇高な天然自然の存在が映じていた。自然、即ち四季の展移に、荒みきった生路の悲影を漠然と感じるのだ。が、動作や言語の無なる存在にただ悯々し、悶々とするばかりであった。しかし本日、即ち筆を執る一九六七年一月一九日午後三時三〇分、自然への語りかけと、挑戦に意を決した。既存論や造形物に失望しストイックな開鑿を図る自称、破壊者にとって、最も恰好な相対であり課題である。北の彼方より、斜降の雪が舞っている。遥かの山峰は、暮色を漂わせる。ガラス越しの目下は色彩のある屋根々々が、白く埋められて行く。鳥が二羽、時を求めてか、彼方を目指す。が、放心状態のように、感慨はあり得なかった。少し間を措いてか、再び数羽が映じる。しかも座居する物体を、見降すかのように一羽がカァーと去って行く。瞬間、思わず、ベッドを降り窓ガラスに顔をつけた。と、いきなり、真赤な球が浮いていた。病院前の広場に、一人の少女が、大きなゴム風船を引いて来た。雪はそうひどい降りではない。が、今にもはち切れそうな、風船玉は、少女と雪にさからうように、糸に操られて、上下する。十二、三才のその少女は、必死に駆けまわる。無意識のうちに、窓を開いて、顔をのぞかせた。少女は気づいて、はにかむような笑みをちらと、おくってくれた。それを咎めたのか、風船玉は急下した。思わず、アッ！と声を出すところであった。少女は、あわてて、糸をたぐり寄せた。が、ゴム風船は、雪の茵に、いたずらっぽく降りてしまった。少女は、微笑みながら、糸を巻きはじめた。それは、幸福に満ちた表情のようであった。瞬間、空虚な胸中にあふれるような何物かが湧いて来た。そうだ！この少女のように、自然との戯れ、自然との語らい、それこそが吾れに加せられた使命なのだ。ありがとう！と、心の中で少女にささやき窓を閉めた。

一九六七・一・一九

一月二〇日

陽光まばゆく　風も穏かに、屋根上に昇る噴煙を、左右にゆらめかす。横たう大地は、潔癖な化粧をし、豊穣な影を漂わせ、艶質な反射を試みる。昨日のあの厚い雲も、舞う雪も、まるでその面影さえ感じられない。しかし匂う虚無に変りはない。反省と、新たな挑戦を象徴するかのように、犬の遠吠と、室内のテレビの音量、前は、慟哭であり、後は、嘲笑である。その中間に位置して、求めるものは、この太陽の微笑みなのだ。しかし冬の陽は非情な疲れのみを投げくれる。十分に季節への認識は保っている。厳冬に耐えることも、自然の条理である。が、狂奏と放心を、渾然としたスロープの軽妙さを、一瞬たりとも味ってもみたい。その希いをかければ、天は、増々、距離を深め行く。そして、この清楚な被膜をめぐらすのだ。一点の凝視は無なるものへの対座である。が、湧出は泥塊の流浪であり渦であった。自然、即ち、すべての現象の無である。培われた存在は、やがて発芽と開花と結実という条理であろう。が、根浅き蔦は対象に惑い、不安と焦躁に駆立てられる。凍てつく季節に、ともすると不調和な陽光の輝きでもある。満腔にも招き入れたし。されど、神なるものの天罰が、恐し。天、即ち、大気の存在無機質的であり、欠くことの出来ない有機現象なのだ。窓の隙間より、一条の流れが訪れる。拘束と峻厳をもって。おお、非情な、神々よ！

一月二一日

狂乱　閉めきった窓ガラスを透し快晴の陽が、室内いっぱいに射込んでくる。また一方に、壁際の暖房管はジュージューと温気を送りくる。寒気で凍てついた窓は開閉も出来ず、朝食をとり新聞を読む最中室内には天然の暖と人工の温がいっぱいに満ちてしまった。それはさながら狂気か、あるいは白痴者の戯争にも等し。ガンガンと耳をつん裂くような狂声、勝った！敗けない！で、一瞬、新聞の目を上げたほどである。まだ、朝のうちだというのに飲酒する者、そして、勝負事と、全く、この世のパラダイス！その情景をちらと見て、満ちてくる温気に気がついた。それは、欝積であり逼塞の状態なのだ。勿論、今に気のついたことではない。が狂気の原体を今朝ほど、まざまざと意識した事はなかった。他者然り、しかし汝、自らを知れ！である。この倦怠さからの逃避は、一層の狂暴さを生む。他者をして、自己を語れりである。先日の赤い風船が、ある種の方向を示す。しかし、環境を絶して、今朝の情景を正常なり、とは書けまい。が、一面に於て、厳然とした姿勢、否、体勢が整う。それを是としながらも、何か、釈然とせぬものが絶えず脳裏をかすめる。他者を語ることにおいて、いささかの傲慢さも許されぬ。自己に厳しさ、是としよう。が、他者に対しては、柔軟であれ。ベットの上から手をのばし、窓をそーっと引いてみた。

一月二三日

林　此処にトド松の大木があったが……、彼処に、石梨の木があったが……と、幼き日の感慨に浸りながら歩き続けた。季節外れの陽暖とも思える日である。その故でか、心のそこここは、早くも、春の雪解の流れを思わせる。自然の生息は、時刻の推移と共に、新陳代謝の感を呈する、主観の懐古は、最早、一時代を隔す。悠然とした風格と、味覚をさえ感じさせた樹々の群は、華奢なカラ松林と変貌す。整った林立と、容姿の端麗さに、貧想さを一瞬感じたりした。それはカラ松の表面に現れるあの色彩であろうか。林野の細道は、どこまでもどこまでも続く。友々と、あるいは犬など、駆けまわった原始林に到達す。おお……と声をあぐ。苔むしたる楢の大木や自然の血脈を象徴したような、変化の多い楓などなど、幼き日の面影をそこに見る。求め、夢描いていた情景は、此処であった。しばし、機能も停止する。辺りには、樹液と、枯草の嗅味にも似たかすかな漂いがある。それを嗅覚に刻もうと意識すれば、横たう雪の風雅であった。楢の大木に近づき、樹皮にくっつく苔を、指先でつまんで、口に入れる。土のような香りと、少しばかりの苦味、……しかし、祈りをこめて、喉頭を下す。自然は、生きている。そして、永遠に、苔むすまで……。

一月二四日

街並は無表情であった。路面はテカテカに凍って、危っかしい。足元に注意しながら向って来た。と、園児たちを誘導する後姿を見かける。頭は反対に向いていたが、目は、明らかにこっち向きだ。昨秋のあの華いだ一面が消えているような気がしたが、如何だろう。短髪と、赤ら顔、そして、着飾らない黄色のセーター姿、着なくともいい、食べなくとも、歩けなくとも、書けるといいね……と言った数年前をふっと憶い出す。難物、すなわち意志である。あくまでも一徹であれ。迷うこと是、狂気、肯、堕ちることも、神を伴って、容と、しよう。無意味なる現象は、意志を伴ってのみ、前進に結びつく。何人の手も力もかりず、二人には、只、民族的な血あるのみ。一瞬の閃きであった。内裡をさとられまいとして、路面の氷を避けるようにして通り過ぎる。失われる過去を求めて、否、生かそうとして、血みどろの戦いに明け暮れる。得たものは、疲労と絶望のみであったかも知れぬ。しかし、あくまでも、栄光の座を、目指している。多くの問題を心にもやしている。が、今はただこの環境のみを脱したい。病むことによって、幾多の人々を苦しめて来た。最早、許されぬ。社会人として、生きながら、普遍性を旨としたし。新たなるもの……いつも与えくれる吾が神、アーメン、と、祈ろう。

一月二五日

錯綜　観念としても意志としても確乎としたものである。が、どこからか、何物かがしのび寄ってくる。もちろん、現実を伴うものではない。空漠とした内裡に、小波のように、寄せては引く。厳然とした態度をとろうとすれば、頑なであり、異常である。十分に、知りすぎるほど知っている。しかし、無駄の有効を忘れてしまった。時刻があれば、書物との対座、その内容はまるで、珍紛漢。ただ、対象の模索、そして、漠とした彼方を、見ている。書物よりの感動はどうした訳か、稀薄である。読めば読むほど、懐疑を深めてゆく。書物を、捨てよ!といった偉人がいた。が、それも一方法であろう。が、やはり完全なる美、は破壊し創造することにある。得るものが少くとも、とにかく、とにかく自己のすべてを一度、あらゆる角度から破壊することが必要だ。その反動として揺ぐ物体に、ふっ!と溺れようともしてしまう。が、表情の動き一つにも、天の怒りを意識してしまう。それが、気弱さを生んでいるのではない。が、このように書くこと自体が面映くなってしまう。十年一日の如く!とはよくいった。自己を描こうとすればする程、微々たることに気がつく。が、修練である。身近のすべてをかき集めて、試み浄化すべし！

一月二六日

楢の大木　古釘一本、たかが知れたる一本の釘である。が、ダモクレスの剣の如く迫り来る。何故あの場所に座っていたのであろう。アラビアンナイトの物語の如く、思惟は魔術的な広がりを見せてゆく。思い当る節もなくはない。たんなる偶然だとは言えないであろう。自然は、あらゆる啓示を与えてくれるからだ。それをいくら払っても払って拭えない。が、あくまでもそのことを否定し、己の神としての信念を抱いている。それを失いては、吾が民族の神々が消滅するからだ。それを論理づけ体系づけることにおいてのみ、自らのすべてが肯定出来る。昨夜来、幾多の知覚もある。が、それにさからいても、この一念を維持したし。あの碑の前に立ちしときの感動、そして、あの石造りの建物、……吾れを護りたまえ……。早春の訪れにも似た樹間を思索しながら又胸をせめられる。まさか……と……やはり、甘いのだろうか、やはり俗っぽいのであろうか。心のすべてを眺望の彼方へ押しやった。が、そよ風は意地悪く返してよこす。神を、そして、人間を冒瀆した報いであろうか。森羅万象、無なる存在がなし。自然の神々……護らせたまへ。

一月二七日

烏　烏が菱の実を一つくわえて来た。烏は神の御使いと、東南アジヤの神話である。まさか、あの汚い色の、容姿は醜く、そして饒舌家の烏が、神の御使いだなんて。ハンチキキ、ハンチキキ、パスクルオッカヨ、ハンチキキ、というお噺もある。が、どうした訳か、この面白お噺には、間違いが潜んでいた。勿論、伝承者の意図としたものではない。自然に語り唱ったものである。が、烏の魔性、否、誤謬が、無意識のうちに、滲出したものであろう。今も、筆を執る上を、カゥアーと一声を置いて翔けてゆく。それに呼応するかのように、雪が激しく舞い始めた。自然の予言者、烏の神通力、少し開けてある窓の隙間から雪が舞込みノートをステージにしている。烏の神々は素朴である。雪を載く松陰であり、樹木の根方である。秩序も規律もない。勿論、道徳も倫理もない。それが為に烏はこの雪の中を、塒を求めて、飛び行くのであろう。が、烏は、そのことをちっとも悔いている風がない。又執拗に、啄む物を求めて、飛翔を試みる。しかし季節は冬である。たくわえてある糧食以外、他に何があろう。その季節まで、待つこと、耐ること、を何故せぬのだろう。容姿ばかりでなく、内裡もきっと黒いのだろう。木偶でもいい、烏はきっと、こう叫んだのかも知れない。対象がなんであれ、魂が問題だからね。烏はやっぱり神の御使いなんだ……。

一月二八日

白　薄雲を白く染めるように陽光がのぞいている。じーっとみつめると、実に色彩が多種だ。黄青赤、黒茶紫、色別するだけのゆとりはない。が自然色、即ち赤橙黄緑青藍菫の七色が潜んでいるのであろう。色、即、是、空、とか、仏教の理念に相脈するが、すべての色素は無、即ち白である。四六時、白壁の環境の故か、もっとも好む色素は、自然に流れたる白である。一点、一条の染も全体を拒否してしまう厳しさ、それでいて内裡にある種種の色素を蓄えている、白、翻弄されながらも拒否されながらも対座した。そして、完全なまでに、その素ともいうべき物体だけは捉えた。その分析と種論を今後の課題とする。只、懸念されるのは、プリズム的反射である。相当の決意と、根気がなければ、波動多い酸素的作用によって、折角の課題を雲散霧消させてしまうだろう。無、即ち、白とは実に疲れ多きものだ。何よりも視神経から惑いが入ってくる。それを浄化せしむるのは諸々の雑色的な現象である。無地であるだけに溶込む要素も考えられる。が、何よりも、照らしうる陽光が肝要だ。執念であってもいけない。慇懃であってもだめである。四季の経移が示す如く、唯、神かけて、自然の流れで行くより仕方なし。少しの思惑も打算も許されぬであろう。真実、唯、その一言のみに徹すべし。

一月三〇日

狂気の実相、不運の原理、因縁の輪廻、永劫不滅の課題を得る。暗とし漠とせる幾世紀が彷彿とさえして来た。棄てられ顧みられぬ狂、不、因、は、それぞれ解知せしむる日も、来そうである。しかし、そのすべては、努力と耐念に於てだ。周辺には、絶えず霞のようなものが漂っている。気象の変化で雨とも風とも嵐ともなる。その実体の掌握は、あらゆる行動の束縛と、抑制にあるだろう。自然は如何なる形にあれ不滅なのだ。雪解の下からの福寿草などの早春花、草、などに樹木の発芽、春は謳歌するものが豊富だ。植物の稟性は、静止と順応さにある。如何なる暴挙や手段によりて、滅しようとしても、地は不変である。昨日来随分、歩行もあれど、何故か同一地点の立脚を思わせる。聖、神、仏、の三位一体、すなわちその総合芸術の完成は、自然の啓示以外にはなし。予定を変更しその一体のすべてを描いてみる。内裡においての優柔不断の態度は災いをまねく。勿論、確乎たる信念を目標とする。幾多の惑いはともすると、風圧的破壊力さえ生む。が、そのすべては、静止によって浄化し、耐念によって解知せる。茫々としている彼方は、芳香の匂う園である。静止、只そのすべてをこめる。

一月三一日

母　もしこの世に、自然なる生が存在しているとしたら母なる姿はその象徴であるまいか。怒りにも喜びにも素直である。それを抑してはみるものの所詮、本質を制することは出来そうにない。子を想う親心、とか、家を出し娘と孫のことを思うのであろう。しかし、今の場合は、その是非を論じたくなし。昨日も、二番目の娘を遣いて、容子を伺う。挙句には、憤懣遣る方なし！の言葉であり表情である。土に生き日に求める。そして年増に至りても、尚、健々としている。反骨と求道にも似た姿の中に、見るものは、女の哀れさ、強いては人間全体の宿業的悲影である。これは、宗教的な理念ではない。その分析は、あくまでも大学的な解知に於て、現わそう。家畜を飼いて明け暮れる。トントントンと、しばれ大根を刻む刃物の音、その汚れ手を、食卓の布巾で拭う。家の構造も、確かに悪い。が、所狭しと、器物を並べ立てる。その一ツ一ツを咎めたくはない。が、つい、あてつけがましく、整頓してしまう。過ぎたる時代をもふっ……と思い出す。何よりも貧に打ちのめされし時代が問題だ。粗野者の両親に育てられ、ろくな作法も身につけなかったろう。嫁いで始て、幾多の問題を知る。そして、只、頑なに、否、違う、素朴のままに生きて来た。この母に栄光あれ！只報いる者は吾が存在のみ！肝に銘記すべし。

二月一日

入来　古代の英姿、映じらん。聖教仏教神教、等の理念もさることながら、森林の精にも似た揺蕩……。あまりにも、自然に愛しんだ故であろうか。柳の幹の造りなす吾が祖先の神、あの場所に於ける崇高な戦慄……只、慄然とす。無意識でいた行事であった。それも祖先の蛮性と、無知を嫌厭するが故だった。あくまでも、祖先の宗教を尊びたい。嘲笑と揶揄の中にすっぽりと潜み得たとしても、吾が先祖を何故に否定できるのだ。只一途でありたい。狂、妄、の何れもが、フロンティアイズムの根源だ。その様子を、つぶさに見守りだし。そこには、自然の神々が潜んでいる。白髪白衣の古老、右に白銀の笏を持ち、左に戒厳の白球を携う。木の間を彷徨し、暗示と悟性を与えくれん。その尊きは、称う術もなし。只、畏れ戦く。夢想の彼方といえども、表記そのものが束縛の所以にも思わるる。神々を冒瀆し人々を欺いた結果であろうか。毎夜の夢枕に忍びよる気配……。赦し給え、祓い給えと諸々の神を呼ぶ。しかし、今は声もなく、只、彼方の咆哮ばかり。何故にあの時、理性を超越しなかったのであろうか。と、憶いもする。が、信頼の一語が、何よりも己の不浄さに怯えてしまったのだ。一九六五年一月二九日、魔の夜であった。自然の流れ、それのみが尊かったのに……。
神よ、護り給え、アーメン。

二月二日

四ツ葉のクローバ　　　辞典というものを手にしたのは、この漢和辞典が最初であったろう。初版が昭和一二年、以後昭和二四年、昭和二八年と出版されている三省堂版である。これを求めたのは、おそらく昭和二九年の四月でなかったろうか。なんでも退院当時に買ったように記憶する。爾来、十余年、傍の師であった。ある時は横臥した胸の上で、または、正座した膝の上で、そして机の上で、と、語らうように親しんで来た。字格など、難儀な事も多かった。が、今では、もう完全なまでに引き熟せるようになって来た。お陰で辞典の方は、ボロボロである。十分に注意を払っているつもりでも、やはり、知らず知らずのうちに破損してしまう。それでも外装だけで、内容に於ては何等の損傷もない。今後も、おそらく、書架の一部を占めるであろう。今年に入りて、また、頻繁に使用するようになった。と、あるページの部分に、四ツのクローバが一枚挿んであった。何時、挿んだのかさっぱり記憶しないが、ともかく、自らの手で加えたのであろう。予測なき邂逅のように、何か目の前がぱっ！と明るくなった。過去の時代に真実の希いをこめてさがし求めた事もあった。それを憶出し、失われようとする若さを奮い立たせる。昨今のように沈着する連日であれば、つい自暴自棄にもなりがちである。が、自然の微笑みを、信じて、待つのみ。おお吾が師よ！

二月三日

無　書物を突き放してみた。感覚は、周囲の騒雑とした物音と、窓ガラスを越す視界だけである。しかし脳裡に渦巻く幾多の煩悶、まだ、正体さえ不明である。確かに、観念的には、肯定出来る内容である。しかし推移に於て、どうも漫然してならない。存在自体が、あいまいになって来る。今日迄ひたすら求明のみを希っていた。そして、本当に驚異的な証しを得たのだ。自然は無表情である。が、絶えず、何かを語ってくる。窓下の広場には、雑多な犬共が戯れている。その様子を見ているだけで、棲息そのもの実態が浮んで来る。とにかく、無知覚動物は、季節に順応である。そして、活々として、有機的である。生息、即ち、個としては存在し得ぬ。つまりは、万有の現象である。その輪廻は、自然の法則に潜んでいる。邂逅が、抱擁を生み離別が悲影を招く。その中間的な姿は、即ち無に徹することである。無とは、摂理の抛棄、意志の喪失だ。知覚動物に於て、五感覚の全麻痺はあり得ない。例え、白痴に於て、悲喜こもごもの情を保ち、狂気に於ては恐怖の刹那的な発作を止めている。もし完全なる和が存在するとしたら、それは、現象を超越した無である。だが相克は熾烈な内裡の否定でもある。無、永遠に不滅なる原理を有してのみ、是……。

二月四日

気魄　とかく若さというものは恐しい。指導性や、其の他の影響力を考慮せずに、不用意な言語は堅く慎まねばならない。昨年、最も難儀した若者の変化振は、目を見張る。何か異様な殺気感のようなものさえ意識した。内から溢れ出る若さの堆積、何れをとっても過去の自分を思い描く。気一本の精進さは、前踏を打破る。安閑としてはおられぬ。与えた物は、倍量にもなって戻ってくる。その場合、受けるべき側の姿勢である。あくまでも誠意と信念に照さなければなるまい。既成論の打破は多くの抵抗を受ける。現在の視点からの計画は一〇年を目標にしている。が、単に歳月のみを思い描き、妄想と退廃に通じてはならぬ。情の偏向は惰性を生む。が、執念と化した勤勉は、破滅を招く。人間の思情感の統一がなければ、吾が理想の成就は有り得ず。今こそ将来の設計を果すべし。どこかにまだ俗念的なものが潜んでいる。何よりも、或る種の認知が、呪詛に通じている。十分に思考し行動することが肝要である。苟くも与えられたものを呪うような事があってはならぬ。唯一、己の信念にかかっている。重大なり。もし万一にも信念を逸脱せし時は、大変な災いが生じるであろう。自然は培われている。努努、油断してはならぬ。河の流れを見るがよい。森林の生息を見るがよい。日は輪転す。若者の成長を祈りつつ、筆を止む。冷静であれ……。

二月五日

懺悔　仏門の徒のように、森羅万象、之、謝罪である。文明万能の時限からは到底及びもつかない。オリンポスもアラーもヒンズーも、ベツレヘム、インド、そして吾が大和民族の神々も、素朴なる視点を保てば同一である。すべて自然に司る太陽神、勿論、ニュアンスの違いは否定出来得ぬ。が、アポロ計画の、宇宙飛行士死亡の悲惨をかけても、この太陽光の消滅はあり得ないであろう。対殺戮と破壊の地域に於ても人々は、昼夜の別を持っている。動力と休心、そのアンバランスは、有機性を失わしめる。科学優先の現状に逆行するのではない。が、人々は何故に大地に跪かぬのだ。繁華な都会からは悲痛な呻吟、辺鄙な地区からは、逃避、と、絶望、この無なる時刻を瞠目する者がいない。物対、有ではない。人間本来の視点は空対有である。そして在生の課題を得るであろう。そこには悔悟のみが厳然とす。唯、祈りたし、平穏であれ……と。吾が使命の終えし後は、彼方のミューズに、人知れず抱かれん。初心、失わず。地に帰するのではない。空に復するのだ。この理念を、今は説くことが出来ぬ。空、地、一体化し、陽光を仰ぐ時、人々は失われた心を尊ぶであろう。しかし自然はそれを阻むかも知れ得ぬ。そこには永劫の悲劇が潜むからだ。万全を期することにより、その拘束は解かれるであろう。嘘言と軽動、唯一慎しまれたい。それのみが、永楽の彼方へ誘うであろう。虚心であれ、唯一。

二月六日

童話　　赤や黄色や白、紫黒などのお花がいっぱい咲いていました。そこへ夢の国から王子さまが一人、舞い降りたのです。王子さまは、どのお花も美しいのですっかりびっくりしてしまいました。どうしてこんなきれいなお花畠へ来たのか、王子さまは考えることもできません。王子さまは、天国の神さまからのご命令で、お花を一本だけ取りに来たのです。それは神さまがご病気なので、お薬にするためです。でも王子さまはそのことをすっかり忘れていました。が、頭の上でカァーと一羽の鳥が鳴いたのです。王子さまはハッ！と気がつきました。大変だ、早くしなければ神様が死んでしまう……と、王子さまは、あわててしまいました。が、どのお花がお薬になるのか、わかりません。王子さまは、ただおろおろするばかりです。お花畠に舞う蝶ちょさんや蜜蜂さんに、お薬にするお花はどれですか？って尋ねました。すると、一匹の蜜蜂さんが、ほら、あそこにある堅い莟のまっ赤な薔薇ですよ、と教えてくれました。王子さまは、ありがとう、ありがとう…って、蜜蜂さんにお礼を言い、その薔薇を折ろうとしました。でも薔薇は、刺があるので王子さまは手を痛めて折れません。王子さまは、素手のままで根を掘りにかかりました。根をつけたまま神様のところへ持って行くぞ！と、王子さまは一生懸命です。

二月七日

続・童話

と、ちょっと待って下さい……という声がしたのです。土を掘っていた王子さまはびっくりしてしまいました。辺りを見ても物影もありません。王子さまは、きっと風の物音かも知れないと思いました。王子さまは、天国の神さまのことばかり考えてまた掘り始めたのです。ところがどうでしょう、また声がするのです。神さまのところへ行く前に私は身を浄めなければなりません、と言ったのです。王子さまは、えっ！と声をあげました。よく見ると薔薇はやっぱり堅い莟なのです。だって、あなたは、莟のままですよ、王子さまは言いました。すると薔薇の花が、パッ！と、人間の姿に変ったのです。王子さまは目を丸くしてしまいました。それはそれは、美しいお姫さまだったからです。何故、あなたは人間なのに、そのように姿を変えて薔薇になどなっていたのですか？と訊ねました。すると薔薇の花だったお姫さまが、涙を流して、次のようなお話をしてくれたのです。私は、この辺りの王様の子孫なのです。でも、私の先祖は、王家だということで、少しなまけ心を持ち、乱暴者だったようです。そのために私の曾孫爺さんは、叢の人たちのように神さまや仏さまを大切にしなかったのです。曾孫爺さんのことは知りません。でも私の孫お爺さまのことは少し知っています。勿論、私の生れるずーっと以前に、お爺ちゃんは亡くなっています。そのお爺ちゃんは、二人の妻を持ちました。でも一度に二人の妻を持ったのではありません。最初のお嫁さんには、三人の子供がありました。二人が男子で一人が女子でした。そのうち、男の子一人がお爺ちゃんの子供ですが、もう一人は、お爺ちゃんの子ではありません。私のお婆ちゃんが誰かの子をみごもったのです。そうして生れたのが、私の父なのです。そして女の子の方は、養女であったのです。子供たちがまだ一〇歳前後に、お婆ちゃんは亡くなりました。このお婆ちゃんも、そんなあやまちをしていましたので、元気者だったというお爺ちゃんに、相当いじめられたようです。でも、二番目の妻ほどでなかったかも知れません。二番目のお嫁さんは、とてもおとなしい、美しい人でした。それだけにお爺ちゃんは、お嫁さんを可愛がったようです。でもそれがいけなかったのでしょう。最初の妻のように、他の人にとられまいとして、お爺ちゃんは酷しすぎたのです。そのためにお婆ちゃんは毎日、泣いていたそうです。すると、お爺ちゃんは、メソメソするお婆ちゃんが嫌いになり、今度は乱暴をはたらくようになりました。そしてあげくの果に、養女の娘に、いたずらをしてしまったのです。その娘は、もうどうしていいかわかりません。何度、死のうとしたかわかりません。でも、年頃になり、娘はお嫁に行きました。が、心の中では、生涯、怨んでやるぞ……と、心に決めたのです。それがわざわいしているのかどうか知りません。が、二人の男の子は、恵まれた結婚生活が出来なかったのです。その長男の方、つまり私の伯父さんは、しばらく外地へ行っていたりしました。が、どのような生活をしていたのか、あまり語らずに、私が十一歳当時に亡くなりました。このお爺ちゃんのことは、私も、あまり語りたくありません。お酒呑みで、とてもなまけ者だったからです。私のお父さんのことも、お話しする訳にはまいりません。お父さんも、伯父さんと同じように、お酒呑みで、失敗ばかりしでかしていました。そのためにお父さんは、今、一本の木にされています。何も喋ることも、歩くことも出来ない、一本の木です。でも、きっと、お父さんも、私と同じように、人間になることができると、思います。と、話して、お姫さまは深いためいきをつきました。王子さまは、どうして、と訊ねました。それは、王子さまのお力があれば、ですと、お姫さまはこたえました。ぼくの、どのような力ですか、と尋ねました。するとお姫さまは、神さまのお使いとしてのあなたの使命を、お薬てになることです。とこたえました。すると王子さまは、難しい顔をしました。そして、それは、できませんと、こたえるのです。と、どこからか、蜜蜂がいっぱい集まって来て、お姫さまの全身に群がったのです。王子さまは、びっくりしました。お姫さまは、歯をくいしばって我慢しました。でも神様のことを思うと、どうぞお助け下さいと、言うことが出来ません。私は薔薇になり、やっぱり散ってしまうのでしょうか、と、お姫さまは、怨めし気に、王子さまを見仰ぎました。それでも王子さまは、素知らぬ振りです。その時、一羽の烏が、また飛んで来ました。そうして、カゥーと鳴いて去りました。王子さまは、又、神様のことを思い出しました。でも、苦しむお姫さまを神様のお薬にすることが出来ません。かといって、他のお花をつむことも出来なくなりました。一方に神様のお怒りを思うと、王子さまは、どうしていいのかわかりません。すると、又烏が来たのです。が、今度は黙って去りました。王子さまは、もう、くずれようとするお姫さまに、自分の過去を忘れるのですよ！と叫びました。そのことによって、神様のお怒りも解けるかも知れない。ふっ！と王子さまは、神さまにお宥をねがったのです。するとどうでしょう、あれほどいた蜜蜂が一匹もいなくなりました。お姫さまは、くたくたに疲れています。もう涙を流す気力もありません。王子さまは、神様を裏切ったことで、何も言えなくなりました。すると二人の耳に、熊のような叫びが聞えたのです。二人共、神を冒瀆した罰で、その戒にある。この上は諸々の神にお詫びをして、二人でその使徒となれ、如何なる神も敬う時、人間としても生きることが出来るであろう。王子さまとお姫さまは、跪いて、声もなく掌を合しました。そうして、王子さまとお姫さまは誓ったのです。きっと、神様を冒瀆したことに報い、神の身代りとなる……と。

二月八日

ところが、お姫さまは、びっくりして言ったのです。私は神様になることが出来ません。と……何故です！と王子さまは悲しそうに訊ねました。私は、汚れています。しかも、三度の過ちがあるのです……その場所へ行く時、私は罪の意識と、その時の興奮と、不潔な期待に胸がわななくのです。と、王子さまは、ニッコリ微笑、御安心下さい。神に御使い、幾多の修業を積んでいます。神様は、自分に嘘をつく人間がいちばん嫌いなのです。神様を敬うと同時に、神様を恐れてもなりません。神様は常に正し者に味方します。神の御前において、すべてを懺悔するのです。お姫さまは、涙を流して言いました。でも、私は、あなたの何になるのです……と。王子さまはきっぱりと言いました。貴女は、ぼくの妻です！と。でも私には、母親の血が流れています。私はお母さまのことは申上たくはございません。でも妻子のある男性を見ると、どうしてか、好きになってしまうのです。自分では、十分自戒しているのですが……。それはぼくにも言えることです。と王子さまは、姫とは反対に、ぼくは、姫のような、莟の花を見ると、愛しく思うのです。莟の花の中には、美しい未来が潜んでいるのです。愛しんでやることによって、人々を導く神になることが出来ます。ところが、その途を過ると、姫のお父さまのように、樹木にされてしまいます。過去には、幾度かそのような戒めに遭って来ました。でも、その都度、今、叫び声を挙げた熊のような神に助けられて来たのです。ぼくが生れた時から、愛し信じて来た神です。その神様に、ぼくは誓いを樹てました。二度とそのような過ちを犯さない……と。ご覧下さい、ぼくの手は傷ついています。神へのお詫びと、誓いの証です。姫は、王子さまの言葉の厳しさに、ただ恐れるばかりです。では、私は、どのようなお誓いを樹てればいいのです。とお姫さまは訊ねました。御心配はいりません。ぼくの後に、黙って随いて来て下さい。すべての神の御教えに従うのです。さあ、目を瞑り、一、二、三、四、五……と数うのです。そうすることにより、耳元に、何かの言葉が聴えるでしょう。王子さまと、お姫さまは、合掌し、心の中で、数を数え始めました。すると、どうでしょう。よし二人の心は解った。お前たちは、神の子としてこの世に誕生したのだ。一心同体となれ。二人の何れかが過ちを犯した時は、再び恐しい戒に遭うだろう。もう二度と、神を冒瀆し、人々を欺いてはならぬ。何時も、身辺を浄め、二人のみの生活をするがよい。他の神々には、自分からも、詫びてやる。そうして祖先の神を奉るのだ。と、声がしました。そのお声は、天からにも地からにも聞えました。王子さまとお姫さまは、涙を流して、その声の主に、ありがとうございました、とお祈りをしたのです。

二月九日

あの……今、祖先の神と申されましたが、如何なる神さまを指すのでございましょう。と、お姫さまが訊ねました。すると王子さまは、軽く頭をお振りになり、まだぼくにもはっきり決っていません。姫のお苦しみを見るにつけ、どうしていいのか迷いが生じてしまいました。とにかく、ぼくと姫は、あの熊の叫びのような声を、神にしなければなりません。二人は、神々を冒瀆し人々を欺いたのです。容易に神々のお許しが得られないでしょう。その苦しみから先ず脱しきって、清潔な心と安定から神さまにお願いするのです。それまでは、姫は、その十字を神さまに、ぼくは、日輪を神にするのです。神は万照の御威光を潜めています。過ちが生じた時は、二人共、暗雲の彼方へ押しやられ、再び人間に戻ることが出来ないでしょう。姫が申したように、これは、祖先からの神のお怒りによるお咎めです。二人が、一心になることにより、幾多の悩める人々をも救うことが出来るでしょう。ただすべては、このぼくにまかせて下さい。あらゆる物と対決して、姫をお護りする術を得るでしょう。この際、姫に申上げたいのは、二人の全体には、灼かなる神の御威光が及んでいます。言語や文章などに十分注意を払わなければなりません。軽卒な行動は、災いの元となるでしょう。と、王子さまは静かに申されました。でも、王子さまの心は、涙でいっぱいです。姫をそのまま見棄てることは簡単です。が、王子さまは、姫が大好きなのです。そればかりではありません。王子さまも以前に神を汚したことがあるのです。その罰として、神さまがこのお苦しみをお与え下されたのだと思うと、一層に姫のお心が愛しくなりました。王子さまは、さあ、またお祈りをするのです。と、姫を励ましました。すると、どこからか、温いそよ風が吹いて来たのです。そうして、不思議な声も聴えるのです。もう苦しんではなりません。二人が心を合わせて、努力することにより、神々が御加護下されます。永遠に二人の美しい心を喪わず、神の御前に在りなさい。そうして、先祖の不幸な霊も救うのです。これから先の苦しみは、すべて神が与えくれ給うたものとして、敬うのです。そのことにより二人は神の道を発見するでしょう。決して自暴自棄になってはなりません。今、吾が姿を二人に見せる訳にはいきません。が、二人が、本当に神になれる時、その勇姿はお目にかけよう。それまでは、それぞれの神を共に拝しなさい。さあ、頑張るのです。どうしても迷いや苦しみのある時は、私の名を呼びなさい。王子はすでにその名を知っているであろう。二人の健康を祝す……、と声は空高く舞上りました。王子と姫はきっと幸福になれるでしょう。

二月一〇日

蒙昧　ひたすら念じていた。ただ真実の一語であった。が、ペンは魔性を秘めている。メルヘンを主とする童話において、どうしても他の感念が入って来てならぬ。否定すれば、書くことを止めなければならない。ただ救うべき途は、吾が一心にかかっている。何人も傷つけず、皆、和の中に語らうのは、今日までの純心な、努力だけである。語りても、筆にしても、それは異常な姿となるだろう。じっと、時期を待つべし。揺籃の心地にも似て、現実意識すらも薄らいでしまう。神とは、何れを指すのであろうか。今となれば、すべての現象から逃避したくなってくる。それは卑劣でもある。しかし、罪の十字を背負うとき、果して耐うることが出来るであろうか。召されることを厭うのではない。傷つくことを恐れるのだ。戒律の中に平静を装うことは罪悪である。論ずべき点、謝すべき点を素直に表してこそ人間ではないのか。しかし、現実は逆である。語ること自体が恐しいのだ。理知を超えて、ただこの課題掌握したし。だが時は一刻も停止せぬ。無とは、如何なる正体なるぞ。狂気とは、判事なきものか。周囲は騒雑なり。されど吾れのみ、郭を堅持せる。錯綜、その淀みは、何時の日解ける。春はもうすぐそこだというのに、季節の無情を、憂うなり。アーメン。

二月一一日

偶然　時の巡りは、あまりにも不可思議である。誠を成す時は好展す。が、惑う場合は熾烈なまでの苦悶を伴う。然も、現実に結びつく、過程としての偶然があまりにも多すぎるのだ。その例を挙げたくはないし、また、事件との意識も持ちたくはなし。しかし、偶然と可能性の結びつきが非常に強い。過去を振返っても、すべて、使命への、足掻きであった。それを否定せずに、保存し、また自己を桎梏した処に、今日のこの素晴らしい発想が得られたのであろう。勿論これは、肯定視し、妄想を可能化するのではない。ただ、奇蹟や偶然をあくまでも、論理化する、という気負いめいたもの、これによって、初めて得られた内容でないかと思う。先を見なければまだ断定は出来ぬ。が、すべての面に、結びつく可能性が濃厚である。それもただ必然の待望ではなく、努力の可能性なのである。そこにこそ偶然の時刻化があるのではなかろうか。とにかく、無とは、自己能力の否定である。苟しくも芸術を志し、人間美の完成を図るからには、自己是認や環境陶冶の論理に甘んじるべきではない。桎梏と葛藤を経て、絶望や、死を超越するところにのみ、古代の神々である芸術が完成されるのだ。又そこにこそ、偶然や奇蹟の冷静な論証もなされるであろう。吾等の主よ！

二月一三日

希望　春の息吹きそこここに、鶴首する三月。果して、如何なる結果が出るであろう。ただひたすら念じている。季節にあまりに結びつける処に問題がある。有機質と無機質の違いも考慮しなければなるまい。人間に於ける無とは、即ち、自己認定と周囲の実在である。個なる無はない。集団と、雑多な流れの中に、認定出来る無こそ、創造と、発展の経過となるだろう。偶然と奇蹟の摩訶不思議も数の中に於て、序列となっている。しかし両面の関連はない。即ち整数と偶数、その峻別は、個としての存在になる。が、相対的な数とプラスしてのみ偶数となり、整数となるのではあるまいか。即ちプラス・マイナス、の記号の異と、＝……つまり、イコール、和、で初めて、本来の目的、の希望となるのである。然らば、希望とは、和なのであろうか。現時点に於いて確かに結論になるであろう。が、論証に於いてのアルファーが問題だ。使命に於ける相対はない。あくまでも個としての探究と、結実の結果を見なければ。しかし、実数に於いての和は、個対個としての是非にも必要だ。それが即ち希望なのである。プラス記号の有識論とマイナスの和、即ち無、これこそ、人生未知数の和なのである。そこから方程式序論なども出現し、初めて完成への和、に至るのである。あやしい数学問答を並べるまでもなく、とにかく、希望である。

二月一四日

恐怖　南無妙法蓮華経、と唱う。暮色が漂い始めていた。しかし中央の白塔は、厳然と聳え立っている。供物を上げて、静かに手を合わす。赦し給え、戦争に散りし御霊たちよ。潔き霊場を犯せし事を……。罪、須く吾れにあり。願くば御加護あれ。内裡に一片の不浄もなし。されど御霊よ、吾れの使命は一事なるぞ。今、此の場に及び、偽弁を弄するのではない。迷妄と、焦燥より覚めるに至り、心からの懺悔なり。罪を物質によって補おうと謀るのではない。が、その心を失わず、以後の精励をお誓い申上まする。御霊よ安らかに……。と、残雪の林野へ踏入る。老木の根方より、松林の茂みより、慚懼の囁きぞ漂う。刹那的に脳髄は渦巻く。南無妙法蓮華経……と、その幸福を祈う。そして、諸々の神の名を呼び、潔くあれ……と、念じ続けた。悪夢の過去を辿りて、山を下ったのは、もう夕闇の時刻だった。室に戻りて、着替を済ませて、椅子に腰を下せば、何か形容の出来ない戦慄に襲われていた。林野の彷徨に、一瞬だが発狂的な脳作用があった。一心をこめた懺悔があらばこそ、また、神の加護があればこそ、真似事の謝罪行事でも済ますことが出来た。まだ俗念の拭えぬ状態、神を欺くような誓いも樹てられぬ。が、今度こそあらゆる艱難に対処出来るであろう。ただ念じたい。幸福であれ！と。必ず、二人で、この事に対して報いるであろう。忘却……。

二月一五日

鷲

如何なる因縁や、片親の者、両親の亡き者、又は家庭の貧しき者など、吾れの周辺に集まる。今日も、窓辺に立ちて物思う表情、まだ年若く、悩める若者である。幼くして父母を喪いて、痛み臥せば、心の負担は如何ばかりか。実直な好感の持てる若者……。得たる恋人が、退院する由、然も己は、職もまだ決まらぬとか。その幼き心痛は察してあまりある。しかし若者よ心落すでない。前途は、例え険しくも、その正直な眼を曇らすではない。貴君の宝は、人を信じる心にある。狂人と嘲けられ、異端者と揶揄された昨年だが、過ぎたる尊敬の目差と、丁寧な言葉遣いは、吾が救いであった。若者よ、強くあれ！汝に今与え得るは、空漠とした言葉のみ。しかし若者よ、感謝と友情をこめた吾が心は、いつの日か、お目にかけけん。その上で汝の実直な力を、お頼み申す。如何なる場合も亡き両親を忘れるでない。霊を弔う心は、人間としての安らぎを得るであろう。いつであったか、病室の窓越しに、歩き行く、貴君の後姿をじっと見つめた。幾分尻を落し気味に、一歩一歩を着実に、歩む姿は、正に、アヒル、そのもののような気がした。人生、何も急ぐ事はない。歩を確めて、目的を見つめて、強くあるがよい。そうして、いつの日か、亡き両親の思い出話でもしてみよう。苦しみは、若者よ、貴君の成長に役立つであろう。美しき恋人と、輝ける未来を造るのだ。一方に、全癒退院の、乙女よ。迷いは、最早、晴らすのだ。その若者を導くがよい。汝に与えし贈物は、この素直な若者なのだ。二人の愛を、育てよ。貴君たちの力を、求むる時があるかも知れぬ。乙女よ、女とは、とかく災の種を生み勝ちだ。斯くあれと、念じるのではない。しかし、純心な若者を欺くだけは、避けてくれ。まだ夢を追いたい時期でもあろう。しかし、乙女よ、汝の愛で、両親の懐を知らぬ若者が未来を造り上げたとしたら、なんとする。吾れは唯、その事のみを念じている。勿論、二人は自由である。如何なる結果も、是としよう。しかし、傷つき倒れる悩みだけは持たぬがよい。暇があるのなら、読書し、野や山を語るがよい。乙女よ、水色が、大好き、と言ったな！そう、その水の清らかな上に、アヒルの若者を、飼うがよい。そうして、二人の詩集を創るのだ。この二年の苦闘、心から御苦労さま、と申上る。そして、大きな成長を、称えよう。乙女よ、汝からは、多くの問題を学びとった。それを思うと、涙して感謝したい。ありがとう、ありがとう。人を信じる事の難しさ、そして、男が女に接する態度、等、今は言葉もない。しかし、この感謝の心は、必ずお目にかけよう。祈りたい。ただ、二人の幸福を。悩めることに強くあれ。乙女よ、両親を敬うのだ。自然が無視せられる世の中だ。しかし、若者と共に、乙女よ、語らうのだ。必ず自然は、何かを与えてくれるであろう。人間の美で最も価値ある物は、自然との対話である。乙女よ、空を語った如く、若者と未来を語り、築くのだ。神よ、御加護あれ！

二月一六日

無意識　麻雀牌と、広辞林の二品を、好感の持てる寮友に与えた。麻雀牌は、特に所望されてである。辺鄙な地区の人であり、娯楽性の乏しさを考慮して差上げたのだ。しかし、一方の辞典の方である。これは、確か昭和三五年の品だと思う。この辞典の購入には、いろいろの曲折があった。つまり、当時の失恋による執念めいた購入品なのである。爾来、伴侶として、未知なる分野を求め続けて来た。しかし、昨年、新辞典、広辞苑を購入したことで、最も役立ててくれるだろうと思う寮友に贈ったのだ。が、どうした訳か、何か因縁めいたものを想起してしまう。牌は、多くの寮友が、憩いと、活路を見出した道具である。そこには、いつも笑いと語らいがあった。その牌を、勝負事を断念した昨年、上記の理由で放出した。が、無なる現象のない事を考慮せば、或る種の感謝をこめねばなるまい。それと、何等の災いもなきことをお祈りしたい。別に厄祓い的な魂胆ではない。そして、辞典にも、特殊な感情がこめられていない事を記しておく。このように、物質にも、心を配らなければならない異常さ、唯、恐れを抱くのみ。何れにしても吾が行動には、如何なる打算もない。自然の流れ、唯それのみ。即ち好、悪の別によって、感情の変化も現れる。唯、今後に於て、常に心しなければならないのは、無意識の善行である。あまりにも、頼された使命は大きい。ともかく、寮友に災いなきよう、お祈り申す。

二月一七日

抽象　此の頃矢鱈と、神の名を列記し、感謝の表現を使っている。無に帰する一過程として、正と、悪の判別、並に、表象としての形容詞的な手段として、万やむをえないような気がしてならない。が、一面に於いて、何か、無気力な頽廃的傾向をも意識する。なるほど、現象の掌握に至り、当然帰依心的結論である。しかし、芸術を全体としたならば、神とは、やはり一部分ではなかろうか。人間の喪失は、芸術の無である。芸術の無は、即ち神である。それは、桎梏や葛藤からの逃避であり悠久の場である。現在の発想が、或る種の超克であるとしたら、当然、帰依しなければならない義務を帯びている。それは、執念と否定の時代を経て、ようやくにして、辿り着いた信念だからだ。しかし、他の教派、否定型や、万象、神という汎神論者でもない。今日までの列記を顧みるに、一見、汎神論者的思考もされよう。が、事、芸術を主眼とした神は、飽く迄も一体である。状況として、二体、三体を思い描く場合もあろう。が、一体の神とは、あらゆる総合物でなければならない。それが吾が神、即ち、個の無なのである。もし、この自我喪失がなければ、神とは、永遠に発見されないであろう。共通の理念の中に、一体化されてこそ完成あるのみ。索莫とした科学万能の時世に範とすべき神の存在、それはまだ定かではない。しかし、希望を頼している。神の名に於て、アーメン。

二月一八日

信頼　心底を推量らん。惑うでない。焦くでない。友愛と尊敬を籠めて、汝に与う。表情の化粧は、裏女にも似る。内裡の偽装は、破滅のピエロ。この迷妄を覚すがよい。表現は否定と欺瞞を生む。真を推るは神のみぞ。寄せくる心を疎むのではない。汝の幸福の凋落を憂うのだ。魔性を潜める漂い。無我なる結びつき。共に歩みし歳月、得たる課題。畢竟、友愛の証しではなかったか。純粋な接近があらばこそ、共に語りて来たであろう。俗性の相違、その食い違いに恐れを抱く。対象はまだ惑いなるぞ。しかも、一事に、成すことの使命を負っている。博学は図式の経過、粗野は獣性の謳歌、一徹は信念の成就。土質的な意志こそ、吾等が学びなるぞ……。自然に頼すべし。家庭を愛しめよ！必ず報恩あるべし。冥想こそ宝玉なり。誕生に呪いをかけるではない。何故に未完なる者の名を付した。魅せられることの現れか。健やかなる魂しを祈っている。努むるは倫理なり。愛しむは、師のモラルなり。欠如を他質によって、補ってはならぬ。愛妻の憂慮に耳を傾けるべし。刹那は、理性を押退ける。強くあれ！不倫の汚物を、見世物にしてはならぬ。峻厳こそ、清らかなる完成を見るであろう。心に銘すべし。自然は培われている。相克を伴って……。その寛容を期待する。今は狂者のレッテルも甘受する。しかし、推移を重んじるがよい。超克！無！心は躍る。あらゆる現象の制覇は近し。吾が迷妄を赦し給え！短見を排すべし。唯一聖なる二児の魂、健かなれ！と。幸福の園にあれ！

二月二〇日

快晴　路上の石ころも笑んでいる。残雪の下から、枯草があくびをし始めた。荒野は眠りを醒された。さあ活動だ。何から創り始めよう。先ず、柏の古衣を脱がせて、春の陽をいっぱいに浴させよう。次には隠れている残雪を全部融かすのだ。小鳥も集まっておいで。ほら、そこの毒虫さん、もう起きてもいいぜ。容姿は華麗だが、内裡は毒を潜めている。でも、それが、あなたの使命なら、どうぞご自由に！野の花々と、森の樹々、そして、小鳥たちと、春を心から詩いたい。毒虫さん、あなたは自然の旋律って、知っている？風や空気の作用じゃなく、勿論、植物の揺らめきでもないの……。ただ、戒律の掟なの。自我の中に、寂寥も絶望も、そして歓喜も秘められている。超人のニーチェだろうか、それとも、懺悔者のルソーでしょうか。或いは、死に至る病いのキルケゴールさん……、否、違うな、かの変人を、正常たらしめたプラトン先生が、そうじゃない。でも、それも絶対者じゃないわよ。最も春の謳歌を理解するのは、放浪詩人とかいうホメロスさんでしょね。ホメロスさんの事はよく解らない。のですが、盲人とか、言われてますね。そんな経歴じゃなく、とにかく、自然の厳しさをいちばんよく知っています。それだけに、毒虫さんに注意したいの、焦ってはならない！って……。冬眠の獣たちも、今に山野を駆けめぐります。そうして、完全なる収穫期を迎えるのです。自然は、万有の存在なの……。祓い給え！

二月二一日

精励　つむじ風が舞った。それは必然だった。一定の成長を遂げると、概念がパラドックスになってくる。経験による自信めいたものと、抱負などが過大になり反抗と、自主行動をとりたがる。その対は、素朴な慈愛である。前者を若とすれば後者は老であろう。二者の言葉を聞くうち、無精に腹立しさを覚えて来た。若さの中にも一理はある。が、観念の空疎は、厳しく咎めねばならない。方針に照しての浮游なら容認もしよう。が、単に甘蜜的な、刺戟のみを求めては、堕落のみ。しかもその姿が彷彿としてくる。総てに、対者に勝ろうとする態度に何よりも恐れを抱く。とかく、現代化とは、奇形分野を描きたがる。都市のマンモス化と、田舎の自然の喪失は、人間の本質をも奪うのではないのか。能力を超えての相克も実在している。が、先ず適正の是非こそが、未来へのポーズであろう。その定まりこそ、大切なのに、容姿の整いのみの現代意識は、困ったもの。それを純化教育しようなどという気は毛頭ない。が、少くとも、信念を籠めたアドバイスは必要であろう。己が、青春期を忘れたのではない。が、やはり一徹の精神が、いつも周辺に漂っていた。しかし、それをバックとして、言動を弄するのではない。あくまでも、状況を憂慮しての助言だった。が、しょげかえって、出て行く後姿を見ると、少し過ぎたかな、と反省もつきまとう。しかし、成長を望むが故にこそ、また、未来の自立こそ、願いなのだ。頑張るべし！

二月二二日

混乱　映像は薄れて来た。書くべき内容も、奔放に、対象が広域に渡り始めた。全体を一角度から捉え普遍性と化せば、視点は自と、柔軟になってくる。しかしその反動が、一つの混迷をもたらす。意志として、堅固なものが、所謂、普遍化の言葉の魔力で、妥協しているような気がしてならない。信念とは、超克の結晶である。が、全体としたならば、やはり頑な一面は否定出来ない。状態を意志とすれば、全体は執念である。その浄化方法は、このノートの課題である、即ち自然であり無である。一度、自我全体の喪失がなければ、完成はあり得ないであろう。その顕著な現れが、現在の状態ではないか。形而上的な、思考は正常な意識を浮揺さす。が、決って、摂理に於いて、信念と化している。だが、思索の過程に、時折り虚無的な寂寥感に襲われる。一、瞬間だが、可能性の絶無をさえ意識する。しかし時刻を範疇に置く。結果の断定は推移に於いてだ。現在はとにかく、視点の定めである。それと最も大切な事は、破壊と創造のバランスを崩さぬこと。課題の完全掌握は、理知を超えるやも知れぬ。創造に於いての発想は、瞬間だ。が、それは、蓄積された糧が根源になるであろう。正常と異常の規準を、知覚の判定のみに頼ってはならぬ。社会性と状態、その断定こそ、判別の規準にしたい。昨夜来、激しい頭痛にも襲われているが、沈思、黙考……。

二月二三日

春雨　甦る。大地の大あくび。揺めこうか、招こうか、雑草や小鳥たちを……。しかし樹々だけは、泰然としている。まるで訪れを歓ばぬように。しっとりとした潤いの中に何事かを模索せる。枝の末梢も根源の細胞も無言の培い。風波を憂ふか、害虫を予測すのか……。おお嫌厭、気取りのポーズは破滅への途。妄想の杞憂は凋落の現実。天の恵みを感謝するがよい。現象を詮索してはならぬ。無表情にこそ潜む決意と抱負……。季節の順応さとは、推移に歓喜する事ではない。四季は一体なのである。創造とは個々の超越、全体とは、個の総合でなければならぬ。悠揚と寛容は同一視点。孤独とは対外に於てだ。把握は無である。即ち、存在の解明でなく、否定こそ重要。しかし摂理は神に帰す。神とは個の信念なり。何故、この無表情を捉うことが出来ぬ。自然とは如何なる状態ぞ！人を欺き神を冒瀆する形容か。それとも、頽廃の遁辞であろうか。生息と神秘、あるいは、啓示、その分析を試みよ！植物の啓示は、逼塞を招く。動物の揺ぎは混乱の基。全体を得るならば、やはり自然ではないのか。抽象を、親しみ易い印象にまで掘下げねばなるまい。印象とは、即ち自然なり。この春雨の潤いを写実せよ！蒙昧を糊塗するが如く、晦渋を是としてはならぬ。あくまでも、基本に徹すべし。と、同時に、本質を明らかにせよ。躊躇は信念の稀薄を物語る。惰性は偸安の貪り。甘やかしてはならぬ。推移や羅列に陶酔していてはならぬ。健剛であれ！神を失いては、存在なし。アーメン……。

二月二四日

誤謬　心して、排そうと努めている。一言一句、万全の構えである。しかし少しの隙間からも流込んで来る。所以は吾れにあり。自己流に培われた結果の報いなり。意思に伴わぬ勤勉、怠惰と敗退、そして焦燥、その妥協が、この羅列である。苟しくも文学を口にするからには、誤字や、意味をなさない判じの類は許されぬ。これを他から指摘された場合、屈辱と拒否以外の何物でもないであろう。我の喪失とは、謙虚さと冷静さにある。唯我独尊的な思考は、逼塞こそあれ、前進はない。

協調と従順も、一手段ではないのか。これは人を欺けという謎ではない。自らの内裡を整えたなら、放出前に外部に照すことも必要であろう。芸術に於いての神は、あくまで一体である。しかし、それを異端視されるような結果に流しては、本質たる美性が失われる。常に、批判を伴って、完成あるのみ。自制の欠如は、偽弁を生む。表面の取繕いは、社会悪。精進とは信念に徹すること。最早、方法論は、完了だ。残るは、現況の脱皮。それと、浄化である。とにかく、自然の善、即ち、謝罪のくり返しのないこと。無意識的な行動は何もない。得るべし。誤謬が出発なら、帰すも、その懐か。しかし急ぐでない。再びくりかえそう、文書の整いこそ、先決と。それが、すべての資格なり。神の導きに、委ねるべし。氷解は必ずあろう。雑音に、耳を貸すでない。

二月二五日

凡庸　流れは穏か、日も和らぐ。ただ、破るまいと必死である。批判は反復を生み、反復は決意に通ず。が、熾烈な焔の如き意思も、自然！という箴言に制せらるる。今日まで、自らの運命を呪って来た。与えられた物体を疑い破壊することに明暮れ、まるで阿修羅の実在であった。しかしこの満ちたりた心境は何に由来するのであろう。現象の喪失を恐れ、執念の一言に尽きる過去だった。が、今は失う事を恐れなくなった。一定の角度を貫いて、何の迷妄ぞ！召されるも良、失うもまた然り。意思とは定まりなきもの。如何に使命とは申せ、動揺の端々に翻弄されていては、倦んでしまう。此処までは、自らの力によって、到達した。しかし、無への試みは、他を煩せなければならなくなった。渦巻くは、果して理性の堅持、得るや否やである。如何ような場合も闘わねばならない。それが、神への証なり。が、強いて意識した場合、自然の美は失われる。生地の笑みと、怒り、あらゆるこだわりを棄てること。そしてその中に、今日までの足掻の結晶を潜めること。それが即ち自然なのである。極度の自制は、犯罪者的な境地を創り上げる。野に山に変化を捉う間は、生む事を忘れる。自然とは季節の無意識の詩なのだ。特殊性とは四季の全体化である。個々の変化に捉われてはならぬ。おお、神よ！この幸福は、何れも汝の恵みくれしもの……。今はただ、静かなる祈りにのみ精通したい。南無妙法蓮華経……。

二月二七日

対面　祖父の従姉だとか、年齢は、八六とも、七ともいう。色白のとてもきれいなお婆ちゃんだ。その美貌を一際、印象づけるのが、青い口元の入墨だ。手の甲から腕にかけて、網目模様……古代の歴然たる事実。失われる面影を求めて、お袋を伴う。テープから流れる声に、瞳も潤み声も、ふるえる。迷妄の過去にも等しかった。しかし、人々は、感激と感謝の意を表す。その事に酔うのではない。が、思惑にとらわれず、ただひたすら学び続けて来た事に、一瞬だが、無量の感慨を抱く。日のめぐり年の流失、苦悩を呪い惑いに絶望す。しかし、今こそ、吾が生命の健かなる事と、不屈の信念を知る。祖母には、真似事ばかりの孝らしき尽しはあった。が、祖父は、疎んじる事の方が多かった。それを思うと、血を同じくするという老婆の姿に、ただ頭を静かに下げてしまった。それにしても、吾が執念の恐しさ。瀕死の老婆にマイクを向けた事もあった。が、その声を聞く人々は、生きている事の幸せをひしひしと感じていたようだ。その中から、薄れかけていた諸々の面影を、甦えらす。祖父の霊よ、安かれ！吾等ウタリの平穏を護り給え。とにかく、素晴らしいウエネウサルである。予定のバスを遅らせて、収録を予定す。風土的なのどかさ、何か再訪を、心に決めたような、朝である。

二月二八日

遅

　綿雪が意表を衝くように積り始めた。丁度、一時間、夜影の中に突立った。寒さと、予定を遂げた事の安堵感で、満ちていたものが、薄れかけようとする。それは、恐怖や不安の類が全く無くなった事にもよる。しかし、それ以上に、自論、本来の自然！という実相的な一面を捉えた事によるのである。が、張りつめていたもののゆるみは怠性に通じはせぬであろうか。神の存在を容認しながらも、客観の対象からすれば、やはり異端者の姿は否定出来ない。かといって、神の放出には、恐れを抱く。ようやくにして、到達した境地である。それも、思惑のない、神への崇めがあればこそ。と思うと、すべて、自然の状態に委ねるより仕方もなし。現在の態度が、是か非か、定かではない。が、少くとも、信念に照したポーズである事だけは確かである。しかし、来る筈のバスを待つうち、その信念とやらもあいまいになってくる。自然とは、現象の無がない筈なのだ。が、意思の瞬間は、存在の無に結びつく場合がある。気負っているのかも知れない。が、なんといっても、使命としての義務感に咎められる。傍を見れば、素朴なお袋の姿。また一方には、見送りの年増など。単に、我執の囚人であっていいのであろうか。一時的な放心であれ、現実からの逃避的な思考は許されぬ。有意義な訪問であっただけに雪の中での佇みは、多くの思考をもたらす。末筆、乱、謝！

三月一日

曙

　渺茫とした彼方に、一条の発光。懊悩と慚愧の溢れ、暗い過去に別れを告げん。慕うる心は誠なり。与える物は純なり。俗性の卑を知る。音よ、奏でるでない、秘めよ！秘めよ！耐えるではない。聖なる燃焼だ。神よ、勇気を給わらんことを！何等かの兆候は感じていた。しかし、おお、脆し理性よ、汝は過れり。憎しみのあいまいさ、現象の否定よ……吾れ、過てり。咎めるにあらず、責むには、いたいけなし。ただ、心を整えて祈らん！赦し給え、素朴なる父の罪を。主よ、原罪なる言葉の矛盾、主よ、何故に、怒らん。吾れより、あらゆる現象を奪うのか。知に於て、無に至る。限りなき平原、地平線の彼方！出現あれ！主よ、導き給え！迷える小羊、過ちに堕せぬことを……。乏しき知性、浄化なき胸中、おお、……自然の怒り。最早、聖なる存在はなし。求めていた神も失えり。しかし……尊い到達を見ん。神よ！神よ！これが超越の証ならん。義務はある。されど、筆に頼すは恐し。倫理と道徳、尊重と讃美、それ以上に、静かなる流れを待つ。主よ、すべては汝にあり。果して、耐えうるであろうか。委ねるべし。寂莫の雫よ、宝玉、永遠に輝かん。他を語るでない。他を見るでない。内裡に秘むのだ。新生！おお朝日。誓おう、信念に徹することを。極度の把握は憎念を生む。また思慮なき放失は混乱を招く。すべては無なり。ただ、新たなる月を迎う。打算なき日常、祈りある時刻！主よ、吾が誠を誓わん。アーメン。

三月二日

育成　学齢期の孫娘の手を曳く後姿、幸福と安堵の揺蕩である。夢幻にも呼び続けていた孫娘、神はひとときの歓喜をもたらす。離別の是非を問いたくはない。しかし、母と息子に加せられし使命、貧しき者に施しを、悩める者に、安らぎを、そして、幼き未熟なる者の育成と、私情の介在を許さぬ厳しさ。でも神よ、吾等も人の子なるぞ！丹精を籠め、誠意を尽した花園に、一夜の非常な嵐が吹ききたったら、なんとする。理想を掛け未来を頼した母と息子の存在を否定するのか。「神すべてを与え給う。故に神すべて奪り給う」という箴言、解さぬ者ではない。が、文明に疎い老いかけようとする母を、何故、慈んでは下さらぬ。吾が生存がその報恩と仰せられるか。それも然り、されど、今少しの悠揚さを給りたし。しかし、歎くまい。それが宿業なら、ただ穏かな笑みを湛えたい。が神よ、汝を欺く手段なることを宣言する。さもなくば、神、自ら吾が胸に抱かん。その上で、諸々の使命に徹すべし。ただ、今は希いたい。母を慈めと……。初春の蒼穹にも似て、天然の潤いを感じる今日の日、ただ栄光あれ！と祈りたい。雑多な春、育む季節、眺望の渓谷に、甦える泉。大河に注ぎ大海に出ん。経験と陶冶、その過程を見守りたし。母よ、微弱なる意思をもて、共に歩まん。すべての愛は自然こそ肝要。耐うる意思を培うべし。曲折、多けれ、されど神、これを導き給う。アーメン。

三月三日

停滞　抱負に於て、焦燥、概念に於て、矛盾、無に至って、初めて構想が浮かぶ。しかし、実践の段階ではない。構想の無、即ち破懐と分類の序列が肝要。口説に於て妄想化され、書述に於て適正を欠く。顧みるに、是等の完全推考が有り得なかった。部分推敲の努めはなされた。が、全一体としての創意が稀薄ではなかったか。今日迄も逐次、固陋の類は排して来たつもりだ。が、刹那的に、時限を隔絶した意思に囚われることがある。一介の貧書生論を、万全のものとしてはならぬ。何よりも世相の冀求を、客観視しなければならない。その場合、やはり、ある種の混乱に陥ってしまう。現在、信念と称する意図にも、一方から崩れてしまいそうな不安も抱く。対自に於ては、容認も出来よう。が、外部、つまり肉親や、其の他、接触に於て、脆さが露現する。自説全体の個の喪失、即ち集団の融和を図る苦痛に悶える。以前はこだわりのない游泳であった。しかし結果的に、病躯を蝕む探索だった。それを考慮して姿勢を整えようとすれば、孤立化を指摘する。が、極端を打擲しあくまでも衆の個として振舞う。その故でか、絶えず、全体化の自己否定に陥っている。そこから何等かの進展があれば、幸いである。しかし、結果は頑な渦中に呻吟する。意思と現実のバランスがとれない。行動なり実践なりに移されれば、かく悩みも軽減もされよう。が、疲れ多きこと。方針の定まりが見当らない。いたずらに、理想に突走ることは、消滅に通ず。かといって開闢なき視点も煩わし。気弱くも、やはり、自然……を待つのみ。

三月四日

鱗のような雲がゆっくり北方へ流れている。平地の水たまりも、今朝は鏡のように澄んでいた。また、屋上の手摺をなぶる風音にも倦怠るい春の囁きが感じられる。粟粒のような雨が、筆を執る傍の窓ガラスを印し始めた。軒下の雀が、あわてたような声を残して群翔する。陽炎の焦立と異り、全体が不気味な程沈着す。曙、その躍動がそここに潜んで感じられる。描写の特殊性、それは、自然単位の写実ではない。この鱗のような雨雲と、調和する春風、そして象徴的な雀の乱舞、もし感情の推移を見るとしたら、この全体化ではなかろうか。それぞれ状態を異にしている。一方のみを取上ぐとしたら、単一化されてしまう。所謂、普遍性の所以は現象の羅列ではなく、形而上的な背景にあるのではなかろうか。この章の書出しは、厚い雲であった。一重二重に淀む上空と、処女の瞳の潤いにも似た大地の現象、つまり、平地は弛緩し山野は妖艶なほどの潤いを見せ始めている。この関連に、他の物を求めようとペンを擱き眼をガラス越しに外へ転じた。すると、雨の表情や民家の軒を戯れる雀の群。瞬間ふっと、快晴の日とまるで違った印象に囚われた。が、現象は、陽光のまばゆさが彷彿として来る。そのことにより、曇天下の情景がより鮮明になって来た。表現の技量が問題ではなく、方法こそ重要ではなかろうか。これは、自然や人工を問わず創造への基本のような気がする。しかし、オーソドックスな写実も絶対的に必要だ。が他に類するのではなく、独自のものとして……。

足

三月六日

「足があるから来て顔を見せてくれ」、老人の求める声だった。三時間ほどの語いの内に、別に見るべき内容もない。が、執拗なまでの一念が報われたことに、ふっ、と老人の安らぎを感ず。高齢にして到達した境地、例えそれが価値なき内容であったとしても、当人にすれば、大なる偉業であったろう。それでいて、また飽き足りず、次々と抱負を述ぶる老人の瞳には、多くのものを学びとった。とにかく、自らのものは、自らの手で完成させねばなるまい。誤ちも自らのものなら救われもする。が、他の手を借りての場合は、絶望だ。老人の観念に、少し他の知識が加わっている事も事実に、信頼する者に対しての憤りが渦巻いた。老人の安堵の中にもそれ等が感じられる。と同時だ。が、必要な部分のみをチェックして、他の物は素知らぬ振り、やはり、黙ってはいられない。それと、帰りには、病臥中の老婆を見舞う、この老婆も同様の境遇にある。むしろ老人以上の悲惨な状況にあるのではなかろうか。しかし、そのことを、以前の視点で、捉えてはならぬ。客観視と普遍性の所以はつまりは、此処にある。最早、我執は投げ棄てよう。訪う事により、二人の老人が喜んでくれた。その表情の素描だけで、すべては整うのでなかろうか。抵抗の姿勢は、別の反感を招く。構想をあらゆる角度から破壊することにより、万全のものとなって来る。一人でも多く、今はこの世を去ろうとする人々を励ましてやりたい。そこにのみ吾が魂が潜んでいるからだ。年老いた人たちは、暗黙のうちに、多くの事を教えてくれる。二人の老人たちの上に、神よ、お恵みを！……。

三月七日

療友

二〇才と六五才の療友が転院した。若者は、全治の可能性がありむしろ歓迎する。しかし老者は、ただ平穏を、と祈ってやりたい。若者は、「お会いしたい、何も話すことがないが、……とても落着くのです」という置手紙をして、早朝に出たようだ。また老人は、別れを惜むように手を延べて、目を潤ませていた。二人共に、特殊な感情を持つのではないだろう。が、資格もなき自らを省みなければならない。これまでも幾人かの人々に、若者の言葉と同様の言葉を向けられた。しかし、別に自分に対してのもの、という気がしなかった。が、老若を問わず、病人、健康の別なく、ある種の感情を向けられると、苦痛の方が増大し、複雑な感慨に囚われる。ただ言葉のみによって、純心な瞳を集めていいのであろうか。何よりもまだ、自分に対しての厳しさが存在する。希くば、人に接する時、丸裸の状態でありたい。その実践もなく、ただ悶々とする有様なのに、若者といい、老人といい、その心底をのぞかせる。今は報いるべき言葉もない。が、信念に徹すべし。死の床で吾が名を呼ぶ人々もいた。何かをなさなければなるまい。多くの病める人に接しながら、自らは、不思議な健康者の魂を得る。最早、恐るるものはなし。如何なる状態でも、求める声には応えよう。若者よ老人よ、頑張るのだ。人の好意や善行に、今ほどの感謝を持すことはない。筆、乱れる。

三月八日

夢

関連はない。ただ、時折り、疲労の中に見ることがある。占い的な現象として、重要視する場合もある。が、多く無視する。科学的な判別なき古代人たちのバロメーターであったろう。現に、農作物の豊凶を、占う者もいる。夢とは、疲労による、無意識的な潜在意思の知覚である。例え、現実から遊離した夢であれ、探索することにより、或る種の結びつきが出て来る。そこら辺りに、知性を越える神秘性が潜んでいるのであろう。しかし、夢幻の否定は、複雑多岐な人間のロマン性を失わしめる。現代人に於いて、空想は豊富である。が、抒情性に富む夢が欠乏している。空想は、場合によっては犯罪につながる。何よりも巷に氾濫しているエロ、グロまがいの通俗読物を見るがよい。恥部の露呈を、唯一絶対視し、伴う無機質的現象を、疎外している。結局、動、植物の生息に関しての知識が乏しい。殺伐とした都会に於いて、この種の期待は時限を異にするであろう。しかし、人間としての、自然への憧景だけは保ってもらいたい。自然、即ち現象を意味するのではない。能力に比例した、ロマンを描いて欲しいのだ。その起点は、頬を染めるような夢に酔うことだ。そこには俗化されない未知なる無限が潜むのだ。ただいたずらに、夢の如きに、と、一笑に付してはならない。その時刻をめぐらすことにより、素晴らしい分野も開かれる。夢……吾がオアシス！今は、そこにのみすべてを頼そう。呵責なき日常に、神これを与えくれ給う。そろそろ方針の決定を……。吾等が主、アーメン。

三月九日

統一　読書中、周囲の騒音（雑談やテレビの音声）や、概念の交錯が激しく、肝心の読書の内容が疎かになる。これは、別に、今に始った事ではない。吾が異常の所以は、つまる処、此処にある。一原理を描きながらも、常に二、三の対象が蜉蝣している。しかも、この雑多なものが、すべて、ある種の統一に持って行かれてしまう。理論を主とした統一なら、当然、実践的な試みが必要なのだ。が、とにかく、時期の到来にすべてを頼そう、という安易な妥協に終始している。置かれている状態も、考慮しなければならない事も理由だ。が、二、三という対象が問題だ。広範囲の探究は、課題の把握に必要欠くべからず条件だ。しかし、課題をまとめたなら、一応、他は絶すべきではなかろうか。にもかかわらず、二次、三次の、野望を抱いてしまう。以前から、常に二、三本のテーマを内包して行きたいと心して来た。が、よほど種別を選定しなければ、混乱の基となる。統一とは概念を指すであろう。概念とは、日常の瞬間に於いてだ。複雑微妙な内裡を捉える事が、より異常？性を発揮せしめるであろう。しかし、その空疎な概念も、昨今では、煩しくなってくる。そして、一方に、現実的な姿勢、堅持という逃避的観念も生じてくる。それは、肉親を慮ることにも原因するが、なんといっても、自己能力の否定である。どこまで努めても、限界がなし。とにかく、いつも不安のみにとりまかれている。語学力、社会性、其の他諸々の知識が乏しい。この状態で、果して何が生めよう。本来の無化、とは、このようなものを指すのではあるまい。ここら辺りで、所謂、統一的理念がなければ、それこそ、無、つまり存在さえ無になろう。ともあれ、無という方向に於いては、肯定すべき何かが現れている。

三月一〇日

価値　唯物論考的な視点を持てば、頭句の解釈も、容易である。が、有形無形を問わず、優劣の基準、あるいは評価を決めるとしたら何に由来するであろう。広、狭や、高、低上下等の相対性によって、自と評定されるかも知れない。しかし周囲の状態を見るにつけ、存在に関しての意義を再検討しなければならないようだ。が、対象を狭義には置くまい。つまり貧富の差などに囚われぬということである。それで何よりも感じるのは、やはり、能力による価値である。が能力といっても千差万別、境遇や稟性にまでも及ぶまい。先ず最も指摘したいのは、成年期に達した後の個人差である。異性を知り、刺激物に馴れ生活手段を得る。それを資格として、他は経験を主とした日常になる。が、その過程に、評価の基準を置きたい。昨今、特に感じるのは、ユーモアや、アドリブに於ての虚しさである。奔放に振舞っていた以前は、それなりのポーズでもあった。が、現在ではどのような駄洒落も笑いの誘いにはならない。周囲の人々を知れば、駄洒落と称するものの中に、不潔な感覚が働いている。しかし、人々は一瞬の笑いに興じる。それも批判なしに。が、その眼を捉うとき、批判する自分に対しての価値を云々したくなってくる。果して、素直な一面を破壊してまで詮索しなければならないのであろうか。知る事に於いて価値あるのか、知らぬ事の方が幸いか、判断に窮してしまう。しかし、内裡を語らぬ事に於いては前記を取ろう。が、ただ漠然とした中での存在なら後記であろう。とにかく、人間の価値とは？ 語るまい語るまい。

三月一一日

光明　この書述に於いて、多分に混迷気別である。今日迄にすでに探索し尽したジャンルである。書く事により、自己否定と、反動的な周囲批判に至ってしまう。これも方法過程として必要な事ではある。が、とにかく、最早、創作の体制は整っている。昨夜、過去を少し辿ってみた。すると、闇の中の灯の如く、実に感動する章句を発見す。最早躊躇することはない。あの生を否定した気魄、それはともすれば破壊のみで、倫理や道徳を見失いがちであった。しかし、本当に、この羅列などにこだわっている場合でない。前途には、待っている幾多の題材が転っている。完成を一事に限るな。また歳月を読んではならぬ。とにかく、読書と、自然の奔流、つまり、無意識的なコントロールである。信念は自とパターンや、システムを形成してくれる。現在の多念性も、貴重なもののような気がする。勿論、創作に当って新たなものの出現はあるだろう。が、迷うまい。もう自己を絶対視する以外に完成はない。なんとしても、他の観念を絶してしまう。それは、自己の体臭なり、希望なり、本質的な一面があるからだ。その認定の基に、抱負の方向である。また、飛躍的な観念が生じて来たが、今度こそ大丈夫であろう。明日はすべての謝罪に向うべし。主よ！

三月一三日

家の中　何物かの憤懣のように、家畜の餌のグツグツと煮えたつ音。その異臭が八畳の間に満つ。幼な姪と二人取残される。一昨日は、従妹の婚礼話で、多勢の人々、その中に、忘れていた何かを見出す。また昨日は謝罪の旅だった。信念とは、己れの心に於ける物体である。対象が無であってもいい。意志として揺ぎない創造物である。神とは、己の中にのみ、発見さる。唯、自然のそよぎ、執念を排し、妄想を壊滅せねばならない。その上に於いて、自己の神が発見されるであろう。冷静に来たるべきものに備えたし。今は、我執を拭ったような気でいる。が、現状に対して、まだ不安を残している。超越とは、原理の無視である。永い歳月を思う時、短見な視点は捨てなければなるまい。確かに症状等に不安も抱くであろう。が、信念に司られたなら、意を決すべきだ。母を思う私情もこの際棄てねばなるまい。現在の不安は、多分に、母に捉れている。母を慮る気も十分に尽されての信念ではないのか。ただ描く事だ。最早、恐れる存在はなし。あらゆる実態を捉えたでないか。残されているのは、方法だけだ。如何様な状態で向うべきか、それだけである。表像なきものが、必ず護ってくれるであろう。惜しむではない。今日まで、その一念で来たであろうに……。

三月一四日

存在　病弱と嘆くなかれ。傀儡と、呪うなかれ。自然は、素晴らしい色彩だ。加せられし任務を遂行することにより、その都度、頑な一面は解れて行く。とにかく、自己に忠実であることこそ、肝心である。今日迄、命をかける！という表現に酔って来た。が、その真実味は、現在の状態にかかっている。ただ漠然とした中での理念なら、さほどに、意識することもあるまい。が、最も確固たる把握をなさねばならない課題に於いて、微塵の揺ぎも赦されぬ。とかく、方便等の気弱なものが信念を曇らせてしまう。が、今度こそ自らを整えて、方針に従うべし。特異性を潜めて、文筆を語るなかれ。芸術の真の姿は、凡人の中にこそ見られる。しかし、本質に於いては狂気なのだ。あの瞬間に見られる発想を、正常なりとは言い得ない。少しも、気の安らぐことのない多感性、それこそ吾が命なのだ。物体を、造形として描くのでなく、創造として、自分に帰してしまう。如何なる存在にも意思を秘かに叩きつけている。その反動が、内裡に渦巻く煩悩なのだ。宗教的な要素も十分に加味し全体的統一を見たし。現在の状態は、重大な試練なり。一毛を誤ると奈落であろう。寸刻を、日となし、月となし、年となす。今、乱れるような事があっては、輝く未来は消滅するだろう。ただ、信念の堅持である。吾等が主よ！

三月一五日

マンネリ　狭いジャンルの彷徨は、最早尽きたのではなかろうか。昨今の述記は、類型的な感がしてならない。対象を限定して、方針に徹すれば自と主観は浮彫りにされるであろう。自然、即ち、自我の無なる境地は、どうやら完成の域に近づいた。現在、蟠りとして、持すものは全くない。自、他、共にある分野への示唆はなされた。あとは吾が具体性のみに加せられている。日常の読書などに於いても、内容が全く吸収されない。読めば読む程、観念のみが発達してゆく。その弊害として、文字の判知力が悪し。難解な文字を、丁寧に辞書で引用しながら反復し、且つ記憶に止めようと努める。が、同文字を、四、五回も調べなければ、銘記することが出来ない。これは脳波による乏しさかも知れないが、とにかく、自己に対しての視点が厳しく、他を絶してしまう。その範疇からの列記は、個の域を少しも出ていない。今日までの累積物を見ても、ニアンスの違いこそあれ内容は同一である。一応これをもってしても、次の段階は、熟しているということが出来よう。今度こそ、独自の視点から、完成を目指さねばなるまい。幾多の友々を突放し、批判のみに過ぎたる時代を、実証として見せねばなるまい。ともあれ、吾が異常性の実態を、残せたものとして、貴重なノートである。

三月一六日

軌道　得ようとする処に、我執の念が強まる。が、失うことも摂理と思うと、怯れはなくなってくる。しかし、内裡のあまりの穏かさに、ふっ、と、一抹の物淋みしさを覚ゆ。幼な子たちの、成長振りを眼の前にしたりすると、年齢的な焦燥に迫られるであろう。疑心暗鬼の過去を否定しなければならないが、その破壊的一面が、即ち若さの発散であったのであろう。記しても、語っても、自己意識に捉れる昨今と違い、奔放な感情游泳を懐しむ。対象は、あくまでも、一体であった。確かに、多面性を旨とした時代も存在した。が、事を分野に限って、描いた筈だ。その中から、今日の神々の発見まで紆余曲折の経過は辿った。しかし、是非は問うまい。とにかく、方向に於いて、極限を定めたこと、この収穫は多大だ。まだ実践の段階でなく、抱負としての未知なるものに、不安を感じるのであろう。今はただ、多くの書物に親しみたい。そこにのみ、吾が嫩葉を感ず。環境や、家庭に於いては、最早、新たなる発見はない。注視することが、此の頃では、煩しくさえなって来た。芸術とは、やはり異端者的な存在にのみあてはまるのであろう。が、それにも徹することの出来ぬ、気弱さ、なんとも、心苦しきなり。されど、正常に於いて、より狂気性、優るなり。

三月一七日

懇請　二人の知人が、是非にも顔を見せよという、書状や伝言をよこす。しかし、普段、押殺した感情が人の前に至ると、沸騰することを恐れて、訪問をためらって来た。これまでにも、幾多の友人を裏切った。言語と、内裡が異るからだ。文学の基礎面もなく、ただ観念の部分のみが増長し抱負やサンプルばかりを並べ立てる。商品というものは、とかく、サンプルやレッテルに趣向を凝らすもの。別に意識的なものではないが、とにかく語ることにすっかり疲れた昨今であった。が、意を決し一昨晩と、昨日、各自の家庭を訪問した。そして、疎遠になっていた数年が思い起された。まだ幼児であった子が、親たちの背丈ぐらいまで成長し萬年、青年を自認する者を驚かせた。語るべき内容は、たいして益するものではない。が、殺伐とし、他を絶しようとしていた境地に、人心地を呼覚した。意志の健剛は、偏狭にも通じる。無駄の有益を忘れている現在、こだわりなく、自己を棄てられる処も必要である。しかし、深交を意味するのではない。所詮、孤独な質である人とのまじわりは、どうしても、自己を押殺さればならない。その場合、疵つく度合が多い。が、それを恐れて接触を避けるのではない。ただ、最早、過去のアドバルーンを下したいだけだ。語ることに、焦りと、疲労のみを感じてしまう。じっくり内裡に沈むこと、今はそのことのみに専念したい。

三月一八日

無言　一人は転勤、一人は嫁ぐ。ささやかながら別れと祝いを兼ねた。それが特殊な感情を伴うものではない。が、共に、忘れ難いものを残している。あの狂える日日、確かな目で見守ってくれた人々である。特に、創作に欠かすことの出来ない心も一人は持っている。しかし今は口外はすまい。すべて完成あってのみ、語れる心である。一人二人と良き人々は去ってゆく。孤影の中に、描く叙情、が、それすらも昨今では消えてしまった。これほどまで、美、感覚が失われていいものであろうか。昨日、院内で、鋭い眼の対面、ただ恐れるように避けてしまった。あれほどまで、昂められたことの疲れであろうか。身を切り、意思を狂わせてまで堅持した理性を、不潔な眼で見られることがたまらない。そのことを忘れようとすれば、自と、頑なになる。しかし、今はこだわるまい。何れこの内容も氷解しよう。無言、その中にすべての表情が潜んでいる。ともかく、彼女たちの幸福を祈ってやろう。瀕死の病床で、看護に尽せし彼女、忘れるまい。職務とのみかたづけては、感謝を失う。それにしても、今、冷静に見れることが嬉しい。細時にはこだわるまい。ただ一途なれ。今は少しの怠慢も許されぬ。

三月二〇日

春　老いたる樹々、希望を唄う小鳥、ヌカルミの道も躍動す。延々と、語る古代のロマン、はるかなる彼方を示唆する。しかし、否定からの出発は、抒情と、豊かなる空想を阻んでしまう。が、心の隅に、絶望にも等しき解せない感性がたまっていた。老いたる者を惜しむるのではない。ただ、真心から、敬いたいのだ。何人が語り、心から敬うであろうか。過去のほろびのように、見向く者もなし。その一隅にありて、若き時代を偲び、自負と懐古に虚しく送る。もし可能なら、傍に置きて、いつくしみたし。が、自己をささえるに精いっぱい。この心をただ、包むのみ。もし機会があるのなら、また招きて、微笑みの時刻を持ちたし。昨日から煩雑とした内容。謎にも等しき問題も解けそうな気配である。強いてそのことにこだわりたくなし。が、それぞれの性格の一端を把握した。やはり、過激な、内裡に、すべてが潜んでいた。それが、現在の、肉親たちの淋みしさなのであろう。それにしても一人を嫁がせることに、随分と煩雑としたことも多し。記すべき事もまとまらず。ただ眠気を醒しこのペンを執る。書くべき所は、やはりあの環境か。家の者たちと、うちとける時、どうしても、厳しさが失われる。それが、是か非か、近々、結論も出したし。気力の乏しさ、心苦しき。

三月二一日

雑然　肉親といえどもそれぞれに異る性質。しかし、家の者たちは、一様に気の強さを潜めている。昨日も少し触れたが、今日迄の問題のすべてに、これがあてはまる。女であって、中性化されたような状態、ある一面からすれば悲劇である。祖母などにも、この気強さがあったようだ。それと、遺伝的な何かが潜んでいるのではなかろうか。つまり、孤独性が強く、激化する要素が強い。それが、ともすると異常性に発展する。能力に添うた気強さならよいが、感情が先走ってしまうのだ。他を見るまでもなく、自分自身にもあてはまる。一昨晩、招待状の下書きに筆を執る。注意しながらも、誤字、脱字を指摘される。なるほど、文章に於いては、整っている。が、肝心の文字に、問題を潜めては、才能をさえ、疑われる。如何に基礎がない云々とは申せ、今に至ってまだその是正もなきとは、能力の点に帰するであろう。もう十幾年が流れ去ったのだ。それでいて、観念のみは飛躍している。ここらあたりに、家の者たちの特殊性を認めざるを得ないのだ。が、ドグマ的、あるいは、コンプレックス、として意識するのでなく、従妹の嫁ぐ事から肉親たちそれぞれの特質を感じたのである。何よりも、現実の自分に厳しくあらねば、昨今の文書にも、気力の乏しさを感じてならない。主よ！導き給え……。

三月二一日

あまりに違い過ぎる。理想と現実。いくら注意を払っても、文字の誤りを是正出来ない。特に昨今その現象が著しい。再び、才能！という壁に突当る。執念的な、過激な願望は失われた。しかし、他面に懐疑的な自己否定のみ苛まれる。疾病との妥協として、この人種意識を保ち過ぎたのではあるまいか。あくまでも実現と、気負っていたが、……すべてを断念したくなって来た。以前のあの奔放さの中にのみ、理想が潜んでいたようだ。描こうとする課題も、今日では空想でしかない。確かに、破壊と創造という言葉は存在する。が、とにかく文法等の問題点に、全く自信を失ってしまった。これも、対自の否定に始まるのであろう。冷静に事を処した場合、もっと希望に満ちた今日もあったろうに。あえぐ中から、あまりにも求めすぎてしまった。その反動として、大きくなり過ぎた観念を持て余すのであろう。しかし、努力！ただ、正体が如何であれ、顕さねばなるまい。此処迄来たからには、責任と信念の上に立ちて、筆を執りたい。このノートの前半に見られる、異常な表現も、今では見られなくなった。その事が果していいのか悪いのか、定かではない。目標は、ゆるぎない。どのような結果であれ、向うべし。それまでは、自分でも、認める事は出来ない。

三月二三日

主よ　驕るなかれ。驕慢は、神の喪失。野望を抱きて、弊いえてはならぬ。老境の杞憂ではない。対象を定めよ。流浪に秩序を。転機に勇気を。失うでないその意志を。祈るのだ。否定は肯定に通じる。今は、あらゆる現象を呪うがよい。無なる存在はなし。可能性を信ぜよ。ただ、心を整えて待つべし。汝を失いては、可能性は消滅す。静かなる祝福、未知なる彼方、神よ、御加護あれ。吾が存在にすべてがかけられるなら、あらゆるものと闘うべし。主よ、導き給え。春を感じながら、潔癖な化粧。脆きものであろうに。が、しかし、その脆さとの闘いが使命なのだ。「女は生命が短い」という言葉、俗悪なり。女、とは、存在の無である。その意志を把握せよ、疎かなる観念は、禍いを齎らそう。断定を早めてはならぬ。神に摂理を委ねるべし。母ありてこの安らぎ、聖なる主よ、厳かなる神よ、吾等を自然に導き給え。何を語ろう。何を与えよう、ただ、口を閉じたし。歳月のみが、吾れに語らう。しかし神よ、非情なるぞ。培われた幾年を……苦悩にのみ結びつける。まだ、歩み足りぬとか。ただ祈ろう。今は、神にのみ語りたし。逃避ではない。挫折ではない。神、吾れを導く。乏しき知性、脆き意志、神よ！祈らん。微笑に潜む悲哀、汝は知るや。ただ落涙を止むるのみ。されど光明、前途輝ける。努めて待つべし。すべてが整う。主よ、祈らん。神よ御加護を。

三月二四日

幸福　輝ける太陽。黄金の微笑。朽なき世界。ただ密やかに歩むべし。姑息な耽溺は避けるのだ。おお、輝ける永劫！歓喜！躍動！到達せる。素晴しき整い。さあ、声高らかに詩うべし、詩うべし。ほら、そこに、過去が潜んでいる。そいつを、全部、掴みだすのだ。陰翳を棄てよ。大気の甘美。死滅の蘇生！厳そかな潤い。勝利じゃ、勝利！静寂を求むべし。土の香り、水の囁き。無なる漂い。歓喜の旋律！城堡の完成。崇める民衆。素朴を旨としよう。吾等が神！神！自然の存在。しかし、戒律を経よ。無なる奏で、神秘の茵。創造す、創造す。秩序、規律、柔和！神、これを創り給う。施しを、導きを、安らぎを与えん。巡る歳月、ただ意志に。描こう未来を、幾万年も。大らかな飛翔。貧と悲の謳歌。苦の歓喜。民族の存在。祀ろう、祖先を。称えよう哀者を。そして調和の世界を築くのだ。甘美なるもの、苦渋なるもの。和、即ち無なり。ただ、神、これを導き給う。自然の音を奏でて。陶酔と恍惚、余韻の断絶。妖怪の発想、神の摂理、破壊と創造。美の完成。奔流に堰堤。活動だ！幸とは、現実。苦とは、過去。前途は希望なり。欺瞞を排せ。傲慢を失え！静かに、待つべし。すべてを整えて！氷解はあろう。神よ、誓わん、ただ一途のことを……。

三月二五日

高らかに　ようやくにして、たどり着いた。如何なる問題が待ち受けているのか、やはり不安だった。しかし、ある意味からすれば、予定通りである。此処迄は、すべて、吾が手によってなされて来た。が、これから先は、他を煩せねばならない。昨夜も、また悶々とした眠りだった。なんといっても、断絶は出来ない。口を開こうとしても、思う言葉が出て来ない。現在の奴は、吾が以前の部分にある。それに与えたとしても、再起なき打擲を意味するであろう。今はただ、心を整えて見守ってやりたい。今日の状態をだいぶ以前から暗示してある。感情が優れれば優れる程、行動に於いても変化が多かろう。状況につながる諦念的なものがもたれれば、そこから前進も可能であるのであろう。口でこそ否定しているが内裡に、制することの出来ないものを潜めているの場合は、健康が、一つの障害でもある。が、また若さの完全燃焼を意味するであろう。その場合、見守る側の姿勢として濶達な視野こそ必要である。と同時に、時刻の無をおいてはならない。ただ、日夜を、剋励あるのみ。それが即ち我の無に至るのだ。何れは、結論も打出さねばならないが、それもすでに、決っている。この上は、対象の位置付けのみが、大切なのだ。平静を、祈ろう。

三月二十七日

再会

昭和二十二年か、三年頃であったろうか。四姉妹と、その両親、餓と貧と寒さに震えていた。爾来、二〇年、末妹の婚儀に再会す。両親たちは、もうこの世を辞して、久しいとか。生きるよろこび、再会の涙、もし神が存在するとしたら、吾がお袋ではなかろうか。いろいろと煩雑とした数日であった。が、四姉妹の成長した姿を見たとき、その疲れも吹飛んだ。ただ、情一途の心があればこそ、この感激もあったろう。粗野なお袋である。しかし、人を憐れむときは、まるで神のような心を持つ。対人間に接する場合の至高なる教訓を得た。自らを顧りみてはならぬ、施しと慈しみこそ、人の蒙昧を醒し、悩める者を救い導くのだ。この事も十分に尽した内容である。しかし、まだ俗性的な一面を、宿している。人間の発想をセックスに結びつけた場合は、どうしても老化現象を来す。

それを神として崇めたなら、朽ちない若い躍動にあふれるだろう。例えば、昨日の四姉妹の存在を見ても、つくづくその感を抱く。最早、自然という、すべての体制は整った。あらゆる自己評価もなされた。あとは、自然の完成のみ。それは、能力を超えてのものである。ただこの境地の完成のみを目指して来た。感謝をこめて、南無妙法蓮華経……。

三月二八日

慶事　雲は流れ地は萌む。決意と断定。粗野なる感覚に染る自然。風と雨と陽と。表情はなし。無なる啓示。自然！整いて、歩む。大らかな彼方に秩序を。災禍の潰滅。潤いと成長。輝ける。鈍きものを明晰に。脆きものを健丈に。明珠なる存在。濶達を旨とし、悠揚を条理となす。香ぐわしきもの。明媚なるシンフォニー。詩う日々。煌びやかな宇宙。地に伏すべし。泉と棲息の神秘。灼熱の狂気。停止、鎮静……。峻厳なる装い。創造の結晶。具象の把握。孔雀の飛翔。漂いは厳そか。施しと導き。ただ努む。風よ南に、雨よ空に、陽よ大地！創造の一体。完成の二体。有機的な物体。そして、無……、綜合。分類と形容。否、統一。吾が神！厨房を飾る。恵みと、憩いと、慈しみ。潔く。健剛。堅持！育成。理想の網羅。桎梏の謳歌。活動の讃歌。創造的破壊。甘美……。無限の憧景。永劫の天使。深奥の浄化。倫理！謎と妄想。努めよ観察。現実に模倣。そして、真実の証！得るべし。但し敬いて。ああ疲労……。讃美！暗黙の感動。示唆。慎しみて。規律。惑うではない。杞憂は冒瀆。信頼は愛。ただ歩むべし。手をとりて……。不備を補い、迷妄を導きて。進展あるのみ。躊躇は怠性。信念と勇気。一点の描き。徹すべし。おお、歓喜！祈りながら……。

三月二九日

愛と怒り　　プラトニックなものと、セックス的愛の度合を、どう評定していいものであろう。前者は偶像的な美化であり後者は、衝動的、燃焼ではあるまいか。対象の選定はよほど慎重を要す。と同時に、特に前者の敬いを保たなければならない。今日迄、あらゆる艱難を忍び、辛苦に耐えて来た。そこには、打算もなければかけひきもない。ところが、それを終始、疎外の対象にされた場合、如何なる衝撃を受けよう。まだ、雛鳥の如き存在である。怒るには大人気ないが、愛は、一瞬、憎悪に達した。それも、相手に対してのものではなく、自己嫌悪的なものである。確かに、何かはありそう。その成長を待ちながらも、惜別の情と、桎梏の前途を思うとき、たまらない悲哀を感じた。別に、独自の思惑ではなかったろう。が、奔翻されるかの状態は果して、持続うるや否やである。それをすべて否定してしまいたい。が、神を存在視する時、やはり、嫌悪をも美化しなければならない。とにかく、現在の奴には、殺気的な一面をのみを意識してならない。あの境地で果して、何を掴み得よう。それは、殺戮に至るのではあるまいか。ただ、心に神を、と念じたい。女の奔放さは、多くの惑いを生む。夜影を求めて、歩き続けた。最早、得るものはなし。ただ淋みしきこと！

三月三〇日

影響力　　「私は、影響を受けていないわよ」と。影響力とはなんだろう。それは影である。有形物に、つきまとう非造形的な暗体を指す。あれほどまでに、依存心をもち、尊敬心をさえ抱いていた存在が、間抜け呼ばわりし、侮蔑的な眼差を向けてくる。しからば、過去を、すべて否定せよと言うのであろうか。一言、一言を取上ぐると、限りもないが、助命論をまでも、忘れたのであろうか。「あの時代は、潔癖であって潔癖ではない」という他者の言質、正に的を射ている。が、しかし、それは、あくまでも否定したい。ただ能力という問題だ。天才肌（この場合は異常を含め）の内部に論理を詰込むと、一度は徹底的な破壊を見なければならない。それによって、初めて、能力の断定に至るであろう。もしも、潔癖でない！的な考えで、接したとしたら、それは相手を軽ろんじる結果ではないのか。しかしただ一途であった。「女は馬鹿な奴ほど可愛い」という吾が持論、何か楽しみである。今はあしざまに罵るがよい。もし吾が方針に添えた場合は、その言葉がやがて、桎梏の枷となるだろう。それにしても多感性、その複雑さを痛切に感ず。最も何かを感じる対象が、いる模様である。その人物にも、対面してみた。否定もまた然り。ただ一念のみ。

三月三一日

偶然と自然　多くの期待を抱いた三月であった。別に期待に反す、というのではないが、何かあわただしく過ぎてしまった。問題の一つ一つを拾い上げると、判然として来るが、とにかく、冒頭の表現の意味は掌握した。事件の顛末に、全く無理がなく、スムーズな自然の状態であった。今日迄、無意識でいた異常の断層を壊滅し、再び創造的な姿勢を堅持した。これは、衆の中の個、あるいは、相対的な和の維持によって、見出されたもののように思う。しかし、この月に関しても言える事だが、その和、の中に、方針にそぐわぬ、煩しさも潜んでいる。それが即ち、無の所以なのであろう。孤立的な状態や過激なる一面ばかりでは、普遍性の無視につながる。得るものはすべて独自のものである。それに、全体的な要素を加味しなければならない。如何なる経過をたどろうとも、必ずその責任の証しは樹てねばなるまい。一人の人間を、過らすか否か、重大な岐路にある。以前のあの眼差を取戻すのは、意志の貫徹以外にはない。そういう意味でもこの月には何等かの結論を得たのではあるまいか。ただ、精励あるのみ。それが偶然という幸を得、自然という福を得る所以なのである。吾が主だちよ！アーメン。

四月一日

感動にむせびつつ。奇跡という言葉、今こそ実感とせる。今年の一月四日からの出来事、論理や科学などで割切る事が出来るであろうか。ただ、一心をこめての日夜であった。その結果ようやくにして、信念的なものの統一を見た。即ち、自然の善である。俗人となりせば、確かな誓いも樹てられない。これまでに幾度も、神を冒瀆し、人々を欺いて来た。その罰として、最も必要な、芸術に於ける美が見失われた。すべての現象の否定と破壊であり、自らも失うところであった。しかし、ただ、不思議というより今は言葉もない。此処に、誓わん。新たなる事を。欺瞞的なすべてを排す。道、自ら歩まん。力、尽きる迄。神よ、ねがわくば、吾が母を護り給え。そして、心の妻を導きあれ。諸々のねがいあり。されど、この二点にて。吾が使命の一部なりとも達成せられんことを。再び神の御前に誓いなきことを。そして、自然に敬う神の存在を。諸々の神に祈らん。ああ、幸福なる存在よ、ただすべてを、感謝！の一言におさめん。

御前にて誓い

四月三日

執念や、制約的な一面を棄てると、全く凡人と化す。意義も多かろう道中に、特筆すべきは、人間としての虚無である。新たなるものを心にし、誓いと、信念的なポーズ、そこには今日までの惑いはない。ただ、この間の顛末にすべては物語られん。帰路、墓標の前に手を合わす。あの寒威の中に、狂えし姿を心から詫ぶ。「ペウレウタリ」の悲痛な叫びも必ず甦ろう。自然の条理、そこにのみ存在がある。ようやくにして、一体の身となす。来るべき創作以前に、その証しとして、何かを記めねばなるまい。はたして、内容を飾ることが出来るか、どうか判らぬ。が、真心をこめて、一

祈りて

文としたい。そして、新たなる境地の執筆を志すのだ。他の事には、心をうばわれてはならない。過程として諸々の問題もありそうな気がする。しかし、過ぎたる煩悶だけは抱くまい。若さによって、形容して来た。しかしこれから先は、すべて、認識による行動だけである。当然、神を敬うことに於てである。それにしてもこの心の安らぎは何処から来るのであろう。信念というすべてに潜んでいるのであろうか。如何ような形容をして然るべきか、今は、己の身の自然なることのみに、言葉を措きたい。

四月四日

過剰　意識すると虚無的になり、突き放してしまうと、内容が乏しくなる。あの疑心暗鬼の日常には、弾奏板の弦のような震動的余韻が感じられた。が、昨今は、何か壁のような物に突当っている。なるほど、統一的な見解によって、葛藤や懊悩の類は軽減された。しかし、それを是としてはならない。課題本来の無とは、現象の否定ではないのだ。自我の喪失と、特殊なる対象に拘泥してはなるまい。が、行動を伴わぬ、超越的な意志の堅持は、その自我なり対象を、客観視することに通じなければならない。そして、淘汰すべきは淘汰し、信念に徹すべき処は、あらゆる方法等をめぐらし揺ぎなきものとしておかなければなるまい。此処迄、到達したからには、ただ勇気あるのみ。過剰なる神位意識は、無気力に通じてしまう。そればかりか、反動的な、面にも結びつこう。例え神としても、最早、恐れることはないのだ。このノートを一冊としてまとめた後には、また以前の状態に戻らねばならない。ただ凝視するのみでは主観が強度になる。他による部分的な破壊も全体化には必要だ。それにはやはり、ある種の行動もとらなければならない。が、自然という条理を前提としてである。心して努むべし。

四月五日

寒暖　一昨日の午後から降り出した雨は、強風を伴い昨夜まで続いた。夜半には停電になったりして、今朝の視界は、初冬のような感じであった。また雪でも降らすのか、厚い雲が微動にもしない。寒暖、相俟って、春の訪れなのであろう。今年の一月に、筆を執り出した〝灯〟も、そろそろ、使命を終えようとしている。特別の結論もないが、とにかく、光明としてのまとめをつけねばなるまい。以前のノートと異り、冒頭に、見出し的な語句を挙げた。これは、その記述と関連を示すものである。と、同時に、季節感的な表現をもねらっていた。しかし、自然を詩う意味に於いては失敗であった。どうしても具象性に捉われ、叙情面が疎かである。本来の狙いは、植物的、生息観察である。小説の分野には、人間の底辺からの叫喚が過度で、内容の全体性がない。また詩の分野には前言のように叙情味が薄い。一方、哲学に於いては、普遍性が乏しい。とにかく、小説、即ち人間に於ける形造は、疾病者的な脆さが指摘される。詩、即ち神々の存在には、曖昧模糊とし、理念がない。総合的芸術、即ち、哲学には、信念が稀薄である。これらの統一には、自然の啓示こそが大切だ。にもかかわらず意図するものの把握がなされていない。ノートの内容には、異常性の部分のみが厳然とし、論理面も弱い。今はもう、諦念的なものに通じていそうな気がする。人間としては、正常なる位置に就けよう。が、事を芸術に関しては、己れの異常さに怯える。これは今後の課題である。黒い空から、予測したように雪が舞い始めた。が、春の躍光を感ずる。ただ精励のみ！アーメン。

四月六日

抑制　春の陽はうららかな眠りへと誘う。甘美なる漂いと、妖艶なる彷徨、理性の砦も崩壊の危機。脆しもの、汝を欺く。堅持あれ。二度の誓いを樹てるなかれ。目標を拡大してはならない。安易なる妥協を図ってはならない。摂理を委ねよ。灯も過れると、身を焼く焔と化す。敬いと、自然の流れ。ただ徹すべし。否定の中に潜む決意。蒙昧を醒すべし。美の喪失を嘆くなかれ。瞭然と存在す。傲岸の壊滅、新たなる信念。既成の打破。抑制とは葛藤なり。一語に秘む現象。何故に苛立つ。秩序を……。棄てるではない永遠の美を。峻厳こそ、創造。自然を奏でよ。理性の網羅。過去の教訓に生きよ。芸術とは妄想にあらず。文明は限りなき欲望への階段。原始は、貪欲なる痴呆。されど、日々の堆積。醗酵と憤怒。そして、冷静なる勝利。おお彼方！　戸惑と慎しみに満ちて。歓喜にふるえん。しかし規律を。偕老同穴。ただ一念を保ち。冥護の恩光。培う道義心。が、過酷にあらず。自然！称えるべき勇気。熾盛なる探究。相剋を伴いて。描かれる色彩。豊穣と香りに満ちて。存在に威光。尊厳なりし。語るとき少く、書述多し。塗らるる自然。依存にあらず、牽引にあり。が驕るなかれ。宝玉の敬い。意志に逆らうは、驕なり。しかし過剰なる慎しみも諂らいに通ず。万全に期すのではない。倫理の樹立。無我に至り衆生の発見。が、意識を排せ。と、同時に、委ねるべし。謀るではない。漂いに馴れよ。素朴なる母に帰依を。整いて歩まん。日はのどかに、夜は安らかに。が、真理を極めん。ああ、清吟、轟かん。伏して、念ず。

四月七日

祓除　願いを籠めての綴りであった。それだけに常軌を逸した部分もある。浄化しようとしても、神とまで崇めた存在に、決断的な諦念を抱ける筈がない。諦めの念を強めることにより、憎悪を駆立てる。それを払拭せんと努めれば、他への逃避を図る。が、差別なき行動は、また神への畏敬に通じる。今はただ、自然の一条理に徹するのみ。願いを籠めたといいながらも、呪詛的な一面は極力避けたつもりである。が、眷恋が募れば、無意識的な働きもあるいはあったかも知れない。苟しくも神の名を口にするからには二重構造的な意識はもつべきではない。創作に関する限り、幾多の思惑等は赦されよう。が、日常の一念には、不浄なるものは排すべきである。その意味からしても、この全内容に、災いなきことを念ず。日々は神と共にあった。今日まで不可能であった問題点も例え部分的にせよ、捉えることが出来た。徐々に、また神という意識から遠ざからねばならない。創作を志すものとして、パッショネートは本性である。すべての完成を見た時は当然、方針にのっとらねばならない。が、今はその願いも合わせて籠める。ただその場合、理性を見失わないことが条件であろう。勿論、自らに対して、今日迄以上の厳しさが求められよう。ある種の決断もつきそうだ。その中から、真の自己を定めたし。自然という言葉に、運命を結びつけるのではない。桎梏と葛藤を経て、自らの信念に徹して、初めて、自然の言葉が生きるのである。解釈は、あくまでも、広義となそう。何か、あまりにも、満ち足りた日々である。感謝を籠めて！

四月八日

エポック　戒厳と認識の静かなる流浪。あらゆる努力の中から描かれる前途。今は、未知なり。果して、如何なる結果が待っているのであろう。希薄なる道義に脆き理性を支える。認識の拡大は、信念にあらず。自然なる言葉は、遁辞なのであろうか。また神なる崇めは、雲散霧消か。一念とは惑いの意味か。そして幸福とは、定まりなきものか。疲れ多きこと。が、逃げるは卑怯。委ねよ。但し、徹する自然。さもなくば、神の崩壊を。自らを顧みるな。無なる位置。呵責に耐えること。謀りではない。すべては導かれるまま。時限か超えた現象があるとすれば、この存在ではないのか。慎しみて、侮り。行動にて自然である。生涯のすべてを祈りて……ただ歩むべし。吾れに与えよ勇気を。風も和む。陽も躍る。野に山に新生の声。強く明るく。日夜の努め、ただ徹すべし。それにしても各自の存在に適正ありや。自我の本位か。ジャンヌダルクの悲影を排す。使命とは生の糧、報恩とは、心の存在。銘記すべし。自他共に忠誠を誓うべし。岐路なり。表面を飾りつけてはならない。得るものを尊べ。自制は呪詛に通ず。過大なる評価は神への不信。存在にすべてを頼せ。そして道を極めん。語ろう。笑おう。自然と共に。

四月一〇日

平和　思いを外し、逃避的な行動をとってしまった。しかし欺くにはあらず。目標と過程に於いて、どうしても方向を示さねばならないであろう。が、あらゆる角度から質したい。今は、全力を、自我の発見に傾けたい。挙動や、観念に、幾多の疾病者的な要素が意識される。それが即ち異常の所以である。得る為には、執拗な思惑も肯定されよう。が、信念と称する一部でも発見出来たなら、執念的なものは排すべきだ。一昨日、昨日、今日と、観念的な歪みを指摘し、何かほのぼのとした希望が湧いて来た。直感的な行動も、時と場合によりけり。色種別等の判断には、慎重であって、過ぎたることはない。街を歩き、あるいは乗物に揺られながら、自分を包んでいた外皮のようなものが一枚ずつはがれて行きそうな気がした。このペシミスト的な面の発見は、これまでも度々あった。が、以前はそれが誇張的な発展を見た。しかし、今は、とにかく、呵責なき、自然に徹している。神、あるいは人間、また芸術等々に、最も大切な真なるもの、今度こそ捉えられるのではないだろうか。それによって、ただ歩むのみ。勿論、内裡の厳しさは言語を絶するであろう。外面に於いても、その厳しさを失わず、自然のポーズをとりたい。何かと煩雑とした中にも、本当に、美しい魂を感ず。義務的な筆にも等しい内容だが、心の平和が、その論理なのであろう。一心を……。

静心

四月一一日

吐く言葉、見る状態等が、何故か自分に返る。瞬間ふっ！と、恐悸的衝動さえ受けることもある。それは、全なる神そのものを敬う心によってだが、神、即ち信念の総合に乱れなきことを念ずるが為だ。自然という言葉には虚無的な響と、ともすると遁辞めいたニュアンスが感じられる。また、神、という意味にも限定された範疇を意識する。が、事が此処に至り、再び改悛を見るような事だけは避けねばなるまい。あらゆる角度から認識を深め、摂理を前提としなければ行動を起してはならない。しかし難問を避ける気でもない。自己の信念に合致するしないは別として、来るべきものには接しなければなるまい。それには申すまでもなく誠意と寛容をもってなさねばならないであろう。とにかく、己れのあいまいさを徹底的に打擲しなければなるまい。自然という言葉に惑わされ、信念なり！と称するような欺瞞を排したい。人間としてもっとも尊いものは、相手を敬うことにある。現象や心象を云々する間は、先ず尊重の気がまえはゼロと見たい。各自、思考能力等、異にする。その責苦は、自我にあり。傍者が、その断定をつけるが如きは、赦されぬ。利己に陥ってもならない。使命とは、己れへの厳さにあり。他者を見て、我が身……ではなく、原理に眼を向けねばなるまい。常に意識すべきは、使命としての全体である。が、特に恐るるにも及ぶまい。打算や断定の赦されぬ状態では、あまり過度の意識も、思惑に至ろう。努めよ！

永遠なる灯を

四月一二日

摂理はやはり神に於いてであった。一月一九日を始めとし、日曜をのぞいた記述である。そして、表題の灯と内容の無、に至るまで、何等かの課題は捉えられたように思う。何れの形でも、自然という条理に、自らを生かしたい。人間、神、芸術、その本質は、すべて己れにあり。灯とし、いくらかのまとまりでも見たのなら、それを目標としたい。貪欲になり過ぎてもならない。今日までのくり返しにも等しいまとめだが、倫理道徳に於いて、厳し過ぎるということはない。同じ言葉を幾度でもくり返し、自然体の中に定着すべし。異常という過去も、今にして思えば、すべて一方向にあったような気がする。しかし、今はそれを、異常性のみとし、肯定意識を排したい。とにかく、実践である。結晶をもって、評価である。現今のワクを破るのは、やはり作品をもってなさねばなるまい。昼夜の別なく、使命の灯として、描き続けたい。それが、吾が義務である。何も恐ることはない。静かなる表情から、真の歩みを続けたい。まだ幾多の課題はある。が、徐々に、これ等の問題にも、自論を打出したい。信念と称しながらも、何か、決定的な一面が欠けるような気もする。欺瞞を潜めるのではなく、人間としての有機性に、どうしても全幅の信頼がおけないのである。これに関しては、自然の善を前提とし、行動したい。もっと違った角度からは、この人間としての部分から、把握したい。ただ謝罪と、感謝をこめて、このノートを閉じたい。吾が神、……祈りて。

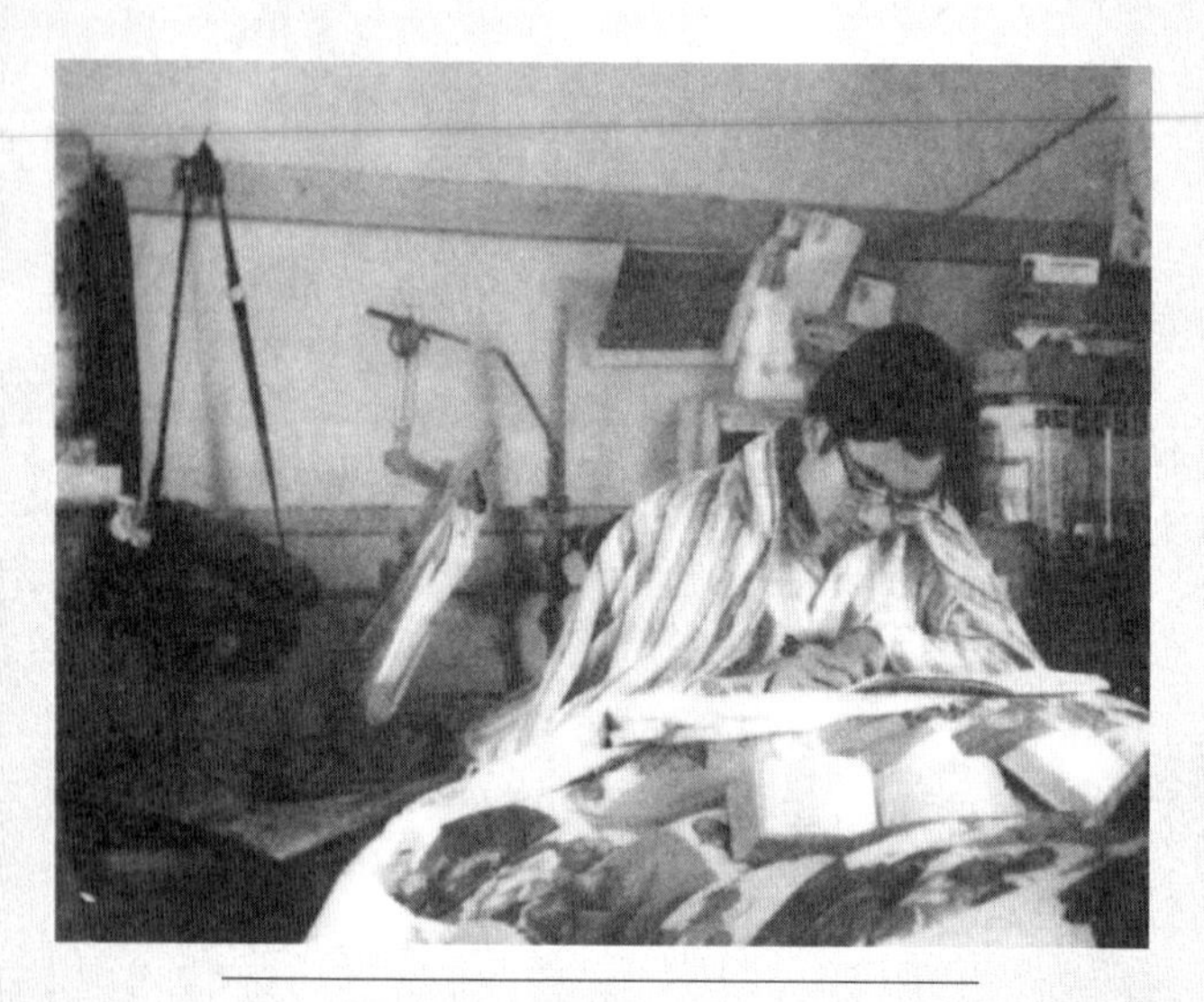

病床で執筆する鳩沢佐美夫

出典：『沙流川　鳩沢佐美夫遺稿』(草風館、1995年)
編者註：これまで上の写真は平取町立病院で撮影されたものといわれてきた。しかし、2014年7月17日平取町立図書館で「鳩沢佐美夫自筆資料展示会」の開催に合わせて編者が講演をおこなった際、上の写真の展示パネルを観覧した複数の来聴者(いずれも同町去場にあった鳩沢宅の近所にお住まいであった方々)から、写っている部屋が町立病院の病室ではなく鳩沢宅の2階にあった彼の自室であるというご指摘をいただいた。ここに感謝の意とともに記す。

編者略歴

木名瀬 高嗣（きなせ・たかし）

1970年生まれ

東京理科大学 教養教育研究院 准教授

専攻：文化人類学、社会史

主な業績：

『鳩沢佐美夫デジタル文書資料集』（木名瀬高嗣、盛義昭、額谷則子［作成・編集］、財団法人北海道文学館寄贈資料［特別資料］、2010年）

『帝国の視角／死角―〈昭和期〉日本の知とメディア―』（共著：坂野徹・愼蒼健［編］、青弓社、2010年）

『日高文芸 特別号 鳩沢佐美夫とその時代』（共編著：日高文芸特別号編集委員会［編］、491アヴァン札幌、2013年）

『帝国を調べる―植民地フィールドワークの科学史―』（共著：坂野徹［編］、勁草書房、2016年）

「譯萃 鳩澤佐美夫《空證文》」（「証しの空文」繁体字中国語訳：『文資學報』14期、國立臺北藝術大學文化資源學院、2021年）

『鳩沢佐美夫の仕事 第一巻』（藤田印刷エクセレントブックス、2021年）

鳩沢佐美夫の仕事　第二巻

発行日　2023年3月31日

著　者　鳩沢佐美夫　©盛義昭

編　者　木名瀬高嗣

発行人　藤田卓也

発行所　藤田印刷エクセレントブックス

〒085-0042

北海道釧路市若草町３番１号

TEL 0154-22-4165

装　幀　磯　優子

印刷・製本　藤田印刷株式会社

ISBN 978-4-86538-139-9　C0093